LOS AMORES
de
MAIDEL

Malú Ramírez

Primera edición
Copyright © 2023 Malú Ramírez
ISBN Paperback : 979-8-9853589-2-6
ISBN ebook: 979-8-9853589-3-3

Dedico este libro a mis hijos maravillosos,
que son la razón que me motiva todos días
a seguir adelante y ser un mejor ser humano.
Los amo con mi vida, y son la inspiración más real y
perfecta con que la vida me ha premiado.

Índice

Ya se les estaba haciendo costumbre a Maidel y Alexis citarse a la salida de clases detrás de los patios de la escuela pública que asistían. Los miércoles y viernes sin falta los adolescentes nuevos en las cosas del amor se veían a escondidas para besarse sin escrúpulos y abrazarse sin miedos, aunque todavía con vergüenzas de novatos.

Aquella tarde Maidel había llegado primero al punto de encuentro y mientras esperaba a Alexis con algo de nervios, se arreglaba un poco su cabello lacio y se secaba el sudor de la frente con una servilleta que había guardado desde el almuerzo. Se sacudió el doblez de la falda y respiró profundo. Su enamorado de un par de meses llegaba con su caminar un poco acelerado y cerciorándose que nadie lo seguía. Apenas cruzaron sus miradas, se lanzaron a abrazarse como si no se hubieran visto en años. Sin hablar mucho pasaron a los besos tan esperados, que esta vez llegaron mucho más apasionados que nunca de parte de Alexis. La tomó entre sus brazos como si fuera un viejo empedernido y experimentado en cosas de la intimidad. La buya de los muchachos que salían despavoridos de la escuela les servía de eco a la respiración profunda y al corazón agitado de Alexis. Maidel se sintió un poco incómoda a cierto punto porque su enamorado nunca la había besado y tocado con tanto desenfreno y pasión. Ella trató de apartarlo delicadamente para sonreírle un poco y tomar algo de aire, a manera de bañar con un poco de calma y normalidad aquella escena de pasión carnal de novelas para adultos.

—Alexis, pero no me dejas ni respirar —le dijo ella con la intención de calmar un poco los desenfrenos de su enamorado que había llegado como un loco y que ella no sabía cómo reaccionar.

Alexis de manera brusca y rápida empujó a Maidel en el pasto seco y amarillento de aquel lote desatendido y alejado de la vista de nadie. —Todas las mujeres son unas perras— le dijo con coraje en el tono de voz mientras se postraba sobre su cuerpo con intención de inmovilizarlo.

Maidel sin entender lo que estaba pasando y mucho menos de donde había salido ese ente que era su enamorado, al que le había confiado su primer amor de adolescente dos meses atrás de la manera más inocente, con esa actitud grosera y arrogante. Él le sostuvo las manos firmemente sobre el suelo para que ella no pueda defenderse mientras la besaba con algo de rabia mezclada con deseo para que ella no hablara. Maidel trató de hacerse a un lado, pero el peso voraz de su enamorado no la dejaba mover. Sintió miedo y su corazón comenzó a acelerarse de terror presintiendo que todo ese barullo terminaría mal en algún momento. Quiso gritar, pero Alexis le tapó la boca mientras le levantaba la falda al mismo tiempo que él se abría ofuscadamente el cierre del pantalón color café lleno de arrugas. Los ojos de Maidel parecían salirse de sus órbitas, segundos de pánico visceral le inundaron su mente sin poder atinar muy bien a reaccionar ni entender lo que estaba sucediendo. Sentía el sudor caliente y salado de Alexis caerle en su rostro mientras seguía peleando sin mucho éxito para salirse de aquella pesadilla. Después de un par de segundos, que le parecieron horas, Maidel sintió el sexo de Alexis penetrarla con fuerza y algo de torpeza, sensación que nunca había sentido antes y que nunca se hubiera imaginado en sus noches de sueños de adolescente enamorada que fuese tan horrible. Sintió un dolor físico que le produjo arcadas y comenzó a llorar descontroladamente mientras Alexis se postraba sobre ella rápidamente con el rostro enrojecido y la respiración rápida hasta que finalmente exhaló por segundos incalculables un aliento caliente y espeso al oído de su víctima. Ella lloraba todavía con la boca tapada sin apenas poder respirar, el muchacho se levantó rápidamente mientras se subía los pantalones, la miró con desprecio apachurrada en el césped y huyó cobardemente de la escena.

Pobre Maidel apenas y podía moverse, trató de tranquilizarse un poco pero el llanto no la dejaba ponerse en pie. Esperó unos minutos largos e incomprensibles cuando intentó sentarse, pero el dolor entre sus piernas era demasiado fuerte y se echó a un lado para buscar soporte debajo del cedro que había presenciado pasivamente lo ocurrido sin importarle mucho. Intentó pararse finalmente y un chorro grueso y oscuro de sangre le bajaba por las piernas. Encontró la misma servilleta con la que había secado su sudor de enamorada nerviosa minutos atrás y se limpió como pudo. Sin entender mucho lo que había ocurrido y mucho menos porqué su enamorado la había tratado de esa manera, con el vientre adolorido y el corazón en blanco, caminó casi media hora para llegar a su casa porque había perdido el bus que normalmente la llevaba de regreso todas las tardes.

PRIMERA PARTE
CUBA

Maidel

$\mathbf{A}$ntes de los años de la revolución, Cuba era un país próspero con una economía moderna y de rápido crecimiento. La industria azucarera llevaba la batuta en la isla, pero no se quedaban atrás la producción arrocera, ganadera y la explotación de minerales. Inclusive el turismo estaba llegando a su apogeo. Se vivía en Cuba una verdadera democracia a pesar de tener como jefe de estado al dictador Fulgencio Batista por un par de períodos repetitivos y tediosos. Realmente el pueblo cubano no tenía la menor idea de lo que el destino, algunas veces traicionero, le tenía guardado.

Carlos y Maritza Valdéz contrajeron matrimonio en la ciudad de La Habana a mediados de los cuarenta y decidieron no traer muchachos al mundo hasta recibir sus respectivos títulos universitarios como dentistas de la honorable República de Cuba. Efectivamente en 1950 abrieron orgullosamente sus consultorios para atender pacientes con problemas dentales, que aparentemente los había por centenares en la isla caribeña. La inversión fue alta, pero habían ahorrado hasta el décimo por algunos años para realizar el sueño de ser sus propios jefes, ayudar a personas con su salud dental y convertirse en dentistas destacados, por lo menos dentro de La Habana.

Trabajaron con afán los primeros años de abierto el negocio. Abrían sus consultorios temprano en la mañana y atendían pacientes afligidos hasta que el sol cayera al final del día. Esa era la historia de sus vidas de lunes a sábado. Los domingos lo dejaban para dedicarle una hora a alabar al Señor, que estaba siendo tan generoso con ellos y también para tomarse un descanso y retomar fuerzas para comenzar con la misma faena semana tras semana. Los consultorios de los doctores Valdéz estaban ubicados en pleno centro de la ciudad y las filas de pacientes esperando su turno era, gracias a Dios, la letanía de cada día. El carisma que los caracterizaba y la docena de condecoraciones universitarias que adornaban las paredes de la sala de estar, le daba confianza a la gente para que este par de esposos ultrajaran sus bocas sin discriminación alguna y con toda confianza.

Casi al año de abierto el negocio decidieron aplicar a uno de esos créditos para la vivienda que estaba ofreciendo el estado con opciones ventajosas y trámites cortos. En menos de seis meses los esposos se mudaron a su casa nueva, recién construida completamente a su gusto y en un barrio decente donde la clase media alta adornaban las calles con coloridos jardines y fuentes de aguas bailarinas en la parte delantera de sus viviendas.

La mayoría de las esposas en esa época y en aquel barrio que puede llamarse hasta un poco burgués, no trabajaban ni tampoco se hacían cargo de las cosas de la casa ni de los muchachos. Tenían empleadas que vivían con ellos a excepción de los fines de semana que se les daba libre, pero que durante la semana se hacían cargo de todos los quehaceres del hogar. Las esposas aprovechaban para ir al mediodía a tomar un café con sus amigas a uno de los tantos locales que se multiplicaban en La Habana a medida que pasaban los años. Otras preferían salir terminado el día a cenar con sus amigas, jugar cartas y hablar de todo un poco de sus cosas de mujeres con un par de copas de vino y quesos finos que nunca caían mal. Los hijos pequeños tenían niñeras y los mayores llenaban sus tardes con diferentes actividades extracurriculares. La clase favorita de los niños era el béisbol y la de las niñas las danzas españolas.

Maritza era una de las contadas profesionales que salía todas las mañanas con su marido a sacar muelas y taponar caries. Su profesión la llenaba por completo y, al igual que su marido, disfrutaban lo que hacían para mantener el cuerpo y la mente alerta y ocupada. Maritza pensaba que eso de no hacer mucha atrofia el cerebro de las mujeres entre tanto maquillaje y trajes elegantes que ella prefería dejar solamente para ciertos sábados por las noches, cuando salían con Carlos al cine y a cenar solos o con amigos colegas, con quienes compartían afinidades en temas del mundo.

El tiempo se les pasaba dejando inconscientemente olvidado el tema de procrear niños que les alboroten las rutinas un poco. La vida que llevaban de profesionales ocupados de su próspero negocio les estaba dejando muy poco tiempo para adquirir nuevas responsabilidades, hasta aquella noche cuando Maritza se notó en el espejo después de bañarse, un mechón de canas que le caían atrevidas al lado derecho de su frente, y el tic tac del reloj maternal le timbró las sienes de manera estruendosa y exagerada. Salió corriendo de su habitación y besó a su marido con la misma manera pasional de los primeros años de casados y entre caricias presurosas le explicó a Carlos que su misión de ese día en adelante era quedar embarazados a como dé lugar. El marido no tuvo ninguna objeción a la petición interesante de su mujer y accedió a hacerle el amor todos los días del mes que la naturaleza les permitía.

El 26 de Julio de 1953 un grupo de jóvenes deciden comenzar una revolución para destituir a Batista del gobierno a manera de terminar con las tiranías del dictador, exactamente ese mismo día a Maritza le agarraron los dolores de parto mientras cerraba su oficina al medio día porque habían altercados y revueltas por todas partes y el país decidió resguardarse en sus casas hasta segunda orden. Maritza le comunicó un poco angustiada a su marido que se iba al hospital porque pensaba que la criatura había decidido venir a este mundo en medio del caos y Maritza prefería estar instalada en el hospital antes de tiempo, a pasar apuros a altas horas de la noche entre balas perdidas y apagones de luz.

Así fue como a las once y cuarenta y cinco de la noche después de horas interminables de contracciones fuertes pero muy bien sincronizadas, los esposos Valdéz vieron a su primogénita que tanto habían esperado con emoción y también algo de temor. La pequeña criatura había nacido completa y a pesar de la turbulencia que acontecía en las afueras del hospital, estaba recibiendo a sus padres con una sonrisa suave en aquellos labios rosados y carnudos.

Carlos y Maritza habían pasado meses escogiendo el nombre del hijo que esperaban, si era niño lo iban a llamar Álvaro, que significaba "hombre precavido y protector". Y de nacer mujercita, la llamarían Maidel, que significaba "doncella con cualidades de líder y visionaria". Así que después de cuatro días, la familia Valdéz salió del hospital con su hija inscrita bajo el nombre de Maidel Valdéz. Los esposos conducían de regreso a casa con sigilo por las calles de La Habana sin saber a ciencia cierta si estaban seguros de cruzar la ciudad entre tanto alboroto de aquellos días.

Finalmente llegaron a su casa donde se hicieron cargo de la pequeña Maidel. Carlos metido de cabeza con los noticieros de radio y televisión que daban información de los últimos hechos, corroboraron que el cuartel Moncada en Santiago de Cuba había sido tomado por un grupo de jóvenes que se oponían a la dictadura batistiana y luego habían avanzado hasta Bayamo con los mismos fines. El gobierno del dictador reaccionó inmediatamente y se tomaron medidas drásticas y represivas para el pueblo cubano, como el estado de sitio a Santiago de Cuba y la suspensión de las garantías constitucionales en toda la isla. Se censuró a la prensa y a la radio, los encarcelamientos y ejecuciones comenzaron a llenar el descontento y terror de los cubanos. Entre los cabecillas del ataque armado se encontraba un joven abogado, Fidel Castro, a quien con otro grupo de rebeldes los detuvieron, enjuiciaron y condenaron a algunos años de prisión, situación que nunca se concretó y los jóvenes revolucionarios estuvieron meses después libres y con sus ideas de derrocar al presidente más arraigadas que nunca.

Por lo menos La Habana estaba un poco alejada de todos los acontecimientos armados que se produjeron esos días y con el pasar del tiempo los ciudadanos fueron tratando de reiniciarse con sus rutinas diarias, aunque muy en el fondo sabían que las épocas de estabilidad y paz estaban contadas en esa isla del Caribe.

Carlos se reintegró a sus labores la semana siguiente al nacimiento de su hija, mientras Maritza se hacía cargo de la pequeña con Gloria, la empleada que venía trabajando con ellos por casi dos años y era de suma confianza para los doctores. Gloria trabajaba con ellos de lunes a viernes y los fines de semana se iba a pasar con su familia a las afueras de La Habana en un pueblito humilde y lleno de trabajadores agrícolas como era el caso de su esposo. Ya cuarentona, Gloria tenía una estatura que producía respeto, sus caderas cuadradas y muy bien formadas habían sido la envidia de sus amigas en la juventud. Llevaba el pelo corto porque el calor la entontecía y con sus manos fuertes llena de cayos cocinaba la mejor ropa vieja y congrí en toda la isla.

Los cubanos estaban preocupados por la situación de los últimos meses y sin saber realmente en qué acabaría todo aquel desorden político. Todos intentaban continuar con sus vidas de la mejor manera. Aparentemente los dolores de muelas no se dejaban ahuyentar por nada porque los pacientes seguían llenando el consultorio dental de los Valdéz, así que Carlos se las tenía que arreglar sin su mujer. Pero lo hacía sin ningún problema, le gustaba tener la mente ocupada y los bolsillos llenos, especialmente en estos momentos donde la incertidumbre era la historia de cada día.

Carlos era seguidor de Batista, porque desde que abrió su negocio años atrás había hecho amistad con empresarios importantes que estaban todos apoyados por el gobierno. Y eso le daba a Carlos Valdéz una tranquilidad prestada por el momento. Pensaba que sacar a Batista del gobierno sería una faena imposible, él mismo se había encargado de tomar el poder nombrándose dictador y organizando todo a su favor para asegurarse años como jefe totalitario del estado cubano. Pero algo le decía a Carlos muy dentro de sí que momentos difíciles se les venía a los cubanos y que tenía que estar preparado porque ahora no solo era su esposa, sino su hija por las que él tenía que velar y proteger a como dé lugar. Siempre habían gozado de una buena posición social y de un negocio próspero y no pensaba que un par de mequetrefes vestidos de guerrilleros le estropeen sus planes.

Los años siguientes pasaban en la isla con sus altos y bajos, los jóvenes rebeldes no se habían dado por vencidos de su idea de terminar con la dictadura de Batista y seguían alborotando al país de manera esporádica como para que el pueblo no se olvide de ellos. El gobierno por su parte había tomado represalias y se habían cerrado diarios y estaciones de radio y la gente igualmente de cuando en cuando salía a las calles a quejarse y armar escándalo a manera de protesta, pero la mayoría terminaban en la cárcel y si salían les faltaba un par de dedos o por lo menos la cara repleta de moretones.

La economía tambaleaba al igual que el gobierno en general que gastaba sus días en defenderse y buscar culpables para encerrarlos para siempre y que no molesten más la paz social, que realmente en esos tiempos comenzaba a desaparecer. Los ciudadanos cubanos vivían un viacrucis, los productos de primera necesidad escaseaban y los consumos energéticos subieron de precio. La gente pobre pasaba más hambre que de costumbre y se veía en general una desatención en el ámbito social por toda la isla.

Maidel crecía feliz en su pequeño mundo y cuando entró a la edad escolar su madre había regresado a trabajar medio tiempo para ayudar a su esposo, ya que tuvieron que despedir al personal de asistencia en el consultorio dental, porque los ingresos se achicaron y en muchas ocasiones Maritza llevaba a su hija al trabajo, pues temía dejarla en casa con Gloria. No se vaya a levantar otra revolución y le den por desquitárselas con la gente de dinero. Todavía el barrio de los Valdéz se mantenía impecable como si los problemas políticos les pasara por encima. Pero en el fondo todas las familias estaban esperando lo peor y dormían con el Jesús en la boca.

Maidel iba en las mañanas por un par de horas a una escuelita cerca del barrio donde jugaba con otros niños de su edad, pintarrajeándose las caras y jalándose los cabellos sin vergüenza de ninguna clase. De cierta manera las familias de aquel pequeño barrio burgués parecían no importarle mucho lo que pasaba en el país, probablemente se imaginaban que por sus cuentas bancarias y casas ostentosas la politiquería no les iba a tambalear la vida. Y que de alguna manera surrealista pensaban que nunca bajarían a Batista y eso les hacía sentirse intocables por la tan trillada revolución. Tema que había estado en las casas de todos los ciudadanos por los últimos años, pero no se lograba cuajar nada por ninguna de las partes involucradas.

Gloria se encargaba de tener siempre muy bien vestida a la pequeña Maidel, que sabía que era lo más preciado en esa casa. Por las mañanas le ponía su uniforme de pantalones jeans muy bien planchados con su camisetita de rayas blancas y celestes con el logotipo del plantel para niños ricos al que la niña acudía. Le servía su desayuno de huevo frito, una rebanada de queso blanco y jamón con una tostada de pan embadurnada de mantequilla. Lo que la pequeña Maidel devoraba con gusto y delicadeza, para finalmente atragantarse la leche fría que le gustase o no, tenía que acabarla. Mientras su madre le preparaba su lonchera con un par de frutas y vegetales frescos, Gloria se esmeraba en estirar el pelo a la pobre criatura lo más fuerte posible en una cola de caballo y algunas veces dos, que le garantizaría que la niña regresaría después de clases y juegos en patios arenosos tal y cual como había salido en la mañana, sin un solo cabello fuera de su sitio. Luego en las tardes Maidel regresaba de la escuela, se daba un baño de casi una hora que salía con los deditos arrugados como pasas y Gloria la alistaba para llevarla a dos casas de distancia a sus clases de ballet. Meses antes la escuela de danza tuvo que cerrar sus puertas en el local comercial donde originalmente se encontraba porque los dueños, que eran vecinos de los Valdéz, no podían cubrir los gastos después de que la mayoría de las chiquillas habían sido retiradas del programa de baile por parte de sus padres, quienes se vieron afectados por la situación que el país estaba pasando.

Así fue como los años se les pasaban a los cubanos, viviendo en la incertidumbre del mañana y sin poder hacer planes a futuro, únicamente vivir el día a día de la mejor manera posible dadas las circunstancias. Los Valdéz siguieron recibiendo a sus pacientes como de costumbre, y aunque el negocio declinó un poco, no fue lo suficiente para hacerlos tambalear económicamente. A los dolores de muelas les importaba un carajo que un grupo de revoltosos vestidos de militares estaban jodiendo al país. Lo único que por el momento se había pospuesto debido a la bendita revolución era la idea de traer más muchachos al mundo. Carlos y Maritza siempre quisieron tener por lo menos tres hijos, y pensaban que a Maidel le hacía falta un hermanito, porque la niña tenía toda la atención del mundo en esa casa y entre familiares y amigos probablemente se convertiría en una adolescente presuntuosa y con aires de pertenecer a la nobleza. Cosa que dados los acontecimientos en la isla resultaban ser completamente irreales y utópicos, y la niña podría sufrir en el futuro.

La Revolución

Eran finales de 1958 cuando Carlos Valdez había decidido encargarse del consultorio dental solo, porque las cosas se pusieron candentes con el transcurso de los años en la isla entera y temía por la seguridad de su esposa e hija, así que era mejor que ellas se queden en la casa bajo los cuidados de Gloria, quien ahora trabajaba medio tiempo. Realmente la empleada iba a trabajar donde los Valdéz cuando la buena voluntad de Dios se lo permitía, porque en esos tiempos revoltosos de revolución había que dar gracias al Señor que se amanecía vivo y un par de rosarios más si es que se podía salir de las casas sin la certeza de que se regresaría completo.

Inclusive la concurrencia de pacientes con dolores de dientes dañados sucumbió a los años de desorden en el país, pero Carlos no dejaba de abrir su local de lunes a jueves en caso algún afligido necesitase de sus servicios. Había vendido la mitad de sus equipos en el mercado negro sin realmente tener alguna remota idea quien pudiera necesitarlos. Despidió a los últimos empleados que había mantenido aquel año y rentaba solamente la mitad de la oficina que originalmente abrió con sueños de éxitos descomunales años atrás con su esposa. Veía de uno a dos pacientes diarios, quienes entraban asustados al consultorio con un miedo empobrecido de lo que acontecía en el país que hasta el dolor de muelas les parecía irrelevante. Algunos de ellos se sentaban en aquella silla fría y gris, callados y pálidos mientras el doctor Valdéz se encargaba de sanar sus penas físicas. Otros con las bocas abiertas y la saliva rodándoles por el mentón hasta el cuello, no dejaban de hacer comentarios sobre los acontecimientos que acechaban a Cuba y que parecían no tener fin. Carlos como buen profesional que era, prefería no hacer comentarios al respecto con sus pacientes, porque después de todo nadie estaba seguro en esos días y no se podía confiar ni en la propia sombra.

Y realmente la situación parecía extenderse sin pena para los cubanos, que ya tenían tiempo sintiendo las consecuencias de la inestabilidad en el país. La pobreza se agudizó, cerraron muchos negocios familiares, porque no pudieron sucumbir al pánico nacional y la gente tenía miedo hasta de encerrarse en sus propias casas y con sus propios familiares.

El barrio donde los Valdéz vivían se había opacado por completo, las plantas que decoraban tan coquetamente los jardines de las casas y áreas comunes estaban secos y sin color, los árboles pelados con las ramas caídas en media calle sólo daban una impresión de inercia que básicamente no era más que el reflejo de las vidas de sus moradores. Las reuniones sociales habían disminuido entras las damas, aunque de vez en cuando se reunían para acabar un par de botellas de vino tinto sin piedad tratando de olvidarse de las desgracias por lo menos un par de horas.

Maritza por su parte se dedicaba a educar a su hija, habían decidido dejar de mandar a la niña al colegio y su primer grado de educación primaria lo hacía en su casa y bajo la tutela de su madre y el arroz con pollo de Gloria que, a pesar de la situación económica, no podía faltar. A Maidel le cambió la vida tan repentinamente y a tan corta edad que la pobre niña sufría sin saber exactamente por qué. Los dientes se le cayeron y sus padres le contaron la historia del hada madrina que vendría por la noche a dejarle un regalo a cambio del diente perdido. Esa noche Maidel no quiso pegar los ojos porque quería saludar a su hada madrina y pedirle que las cosas en su casa regresen a la normalidad. Ella regresaría a la escuela con sus compañeros a hacer desastres y pillerías y por las tardes a sus clases de baile que tanto extrañaba. También probablemente le pueda pedir a las hadas madrinas que sus tíos y amigos vengan a visitarla más seguido porque estaba preocupada que ya no se aparecían por la casa como antes a llenarla de regalos entre continuos besos y abrazos. A su padre lo veía poco, porque a pesar de que el negocio había bajado significativamente, Carlos salía temprano por la mañana y regresaba ya puesto el sol, agotado física y emocionalmente porque los problemas del país lo tenían de mal humor, flaco y lleno de canas.

La verdad era que Carlos después de atender a sus esporádicos pacientes, se reunía por horas con un grupo de colegas y amigos a hablar de la situación del país, manteniendo las voces bajas y sin que nadie se enterase, para no dar que hablar y les descubran que querían reunir gente e información para buscarle una salida a la locura que estaba atravesando el país. Les parecía imposible que ese grupo de jóvenes revoltosos les estén haciendo pasar malos ratos y arruinándolos en nombre de la bendita revolución. Los caballeros, todos con sus negocios prósperos antes de los contratiempos que comenzaron en el 53, se veían sumamente afectados por toda esta incongruencia de eventos que venían azotando al país por años y querían proteger de alguna manera sus derechos, sus negocios y sus familias a la vez que querían hallar la forma que a Batista nadie lo saque del gobierno, por lo menos no un grupo de guerrilleros con ideas comunistas llenos de sueños imposibles y ridículos. Así pasaban casi en penumbras por largas horas tratando de encontrar una idea para salvar a su Cuba tan querida y que extrañaban con nostalgia, porque ya no era la misma de antes.

Esta revolución en Cuba fue la primera en la historia del continente americano y culminó el 31 de diciembre de ese mismo año con el derrocamiento de Fulgencio Batista por parte de los rebeldes. Años de bombardeos, tomas de ciudades y destacamentos militares, encarcelamientos y muertes indiscriminadas fueron las características principales de estos movimientos. Ese año los cubanos no tuvieron fiestas navideñas ni mucho menos las clásicas celebraciones de fin de año. Se levantaron en 1959 con nuevo presidente y con un partido socialista que regía el país. Sin saber a ciencia cierta que iba a ser de ellos como nación, ni como ciudadanos de ese pedazo de tierra que tanto amaban y que sentían había sido ultrajada vorazmente. Los resultados serían inciertos, tendrían que esperar a ver si el tiempo les daba la razón y si todos aquellos hechos de violencia y sangre serían justificados.

El pueblo estaba asustado, no podían creer que finalmente se bajaron a Batista. Algunos pensaron que probablemente era lo mejor que el dictador no se encuentre más en el poder, pero a otros todo este asunto les dejaba un mal sabor en la boca. Pero no les quedaba más que esperar y ver qué pasaba en el país que, buenamente y bajo la protección de la Virgen de la Caridad de Cobre quien siempre los había protegido, pueda ver sus problemas solucionados.

Por su parte Gloria, la empleada de los Valdéz, vivía en una comunidad de agricultores con su marido que trabajaba por décadas en compañías azucareras que hasta entonces habían pertenecido a gente con dinero. Los rebeldes les habían metido en la cabeza la idea de que apenas el nuevo partido socialista comience a organizarse e implementar nuevas leyes, las tierras que tanto habían sudado trabajando de sol a sol, serían de ellos, de los agricultores y obreros y ahora tendrían que trabajar su propia tierra y probablemente se harían millonarios al igual que lo eran hasta ese entonces sus jefes. Los campesinos del pueblo de Gloria y Eugenio tenían las esperanzas puestas en el nuevo gobierno, que de seguro les iba a traer grandes bendiciones y una nueva forma de vida, menos esclavizante y explotadora a la que estaban acostumbrados desde que nacieron. Aquel grupo de hombres jóvenes sucios y vestidos de verde con boinas, botas pesadas de combate y armados hasta los dientes, que los habían visitado algunas veces durante los años de la revolución, se veían humildes como ellos y llenos de nuevas ideas que de hecho beneficiaba mucho más a la clase pobre del país. Por fin alguien pensó en los campesinos, ahora tenían a alguien que velara por ellos y por sus derechos. Sin duda alguna, la vida les iba a cambiar de una manera positiva, no les cabía la menor duda, o así por lo menos se lo indicaban sus esperanzas machucadas.

Gloria no era la excepción, estaba convencida que cambios positivos se les venían encima, y ahora era la oportunidad de salir adelante no solo a la gente de dinero y con apellidos largos y respetables, sino también a los pobres que después de todo era la fuerza de trabajo del país. Pero nunca dejó de ir a la casa de sus patrones los días que podía porque después de tantos años con ellos, les había tomado cariño y no podía quejarse de que habían sido siempre muy buenos y justos con ella. Le pagaban más que al resto, tenía una habitación con baño y closet que, aunque pequeño, ya era mejor que las de cualquier casa donde ella había trabajado antes, comía en el comedor de diario con sus patrones y le daban ratos libres donde podía ver la novela de la tarde y echarse a llorar por las escenas de desamor sin que nadie se burle de ella. Su niña Maidel se había acostumbrado mucho a sus cariños y cuidados, porque básicamente esos cuatro seres humanos habían vivido casi una década completa encerrados en esa casa más que en ningún otro lugar.

Entre las consecuencias que trajo consigo la revolución estaba el colapso de la dictadura de Batista, inmediatamente después se establece el estado socialista en Cuba y con eso como era de esperarse los Estados Unidos pusieron el embargo a la isla, despojándola de productos de primera necesidad y en general, al cortar todo tipo de relación con el país vecino se les cerraron las oportunidades a muchas empresas. Todo esto sin contar los casi 5000 cubanos aproximadamente que perdieron sus vidas aquellos años tratando de defender a su pueblo del caos. El gobierno socialista comenzó a violar los derechos como la libertad de expresión y de circulación, y muchos periódicos y estaciones de radio y televisión fueron clausuradas. Aquella bofetada de realidad que recibieron los cubanos, como si lo anterior fuera poco, fue cuando comenzaron a encarcelar y ejecutar gente sin piedad alguna, ni opción a hacer uso de la justicia que esos días brillaba por su ausencia. Por último, una de las decisiones que puso la gota que derramó el vaso, fue la clausura total de la religión en la isla. Los cubanos siempre tan religiosos tanto por tradición como por convicción se encontraron con la disyuntiva que los llevaba a pensar que realmente ese asunto de la revolución estaba siendo la debacle del país y el final de las libertades y derechos de sus ciudadanos.

En 1961 el gobierno expulsa a 131 monjas y sacerdotes católicos de la isla y ante las protestas de universitarios sobre el nuevo régimen que estaba pisoteando los derechos de muchos en la isla, el gobierno cerró temporalmente algunas universidades porque acusó a sus catedráticos de estar implementando doctrinas en contra de la revolución y del socialismo a sus estudiantes y eso tenía que acabar de inmediato. Como resultado de estos acontecimientos el Papa Juan XXIII excomulgó a Castro en 1962. Poco le importaba a Fidel lo que ninguna iglesia hiciese con él, él y Dios no tenían ningún tipo de relación porque a más de no creer en él, ningún amanerado con capas llamativas y turbantes en la cabeza iba a decirle que hacer o no hacer.

Una mañana de verano, cuando el sol incandescente le clavaba la pisada a Gloria mientras se dirigía a la casa de los Valdéz para trabajar como de costumbre, los zapatos de caucho gastados y sin color parecían derretirse en el pavimento de la calle principal, en aquella parada de bus que por años había sido casi un familiar para ella. Sabía de memoria todos los baches y todas las alcantarillas dañadas que tenía que esquivar, de una manera casi inverosímil. Podía tener su cabeza en veinte mil pensamientos diferentes, que sin pensarlo llegaba a casa de sus patrones sin saber bien a ciencia cierta cómo se encontraba otro día más abriendo el portón de la entrada principal, que ya estaba desteñido y oxidado por los años de desatención. Esta vez le llamó la atención que el portón no tenía el candado puesto. Avanzó con un poco de discreción, porque su intuición le decía que algo andaba mal. La puerta principal de la casa, que era robusta y exagerada, estaba entreabierta y malas noticias emanaban a raudales desde el interior de la vivienda. Gloria trató de no hacer ruido porque sabía que el peligro la acechaba, y entró desconfiada y con el corazón en la boca. Todo estaba patas arriba en la casa de los Valdéz, como si uno de aquellos tornados inclementes les había arrebatado el día. Comenzó a llamarlos con una voz baja y quebrada de miedo, pero no hubo respuesta. Su voz hacía un eco seco y pegajoso que retumbaba en las paredes de la casa. Avanzó a la habitación de Carlos y Maritza y los encontró sin vida baleados sin pena ni remordimiento en su cama empapada de sangre todavía fresca y caliente. Sus patrones con los ojos abiertos y sin respiración yacían inertes, agujereados por incontables balas que habían terminado con sus vidas tan trágica e inexplicablemente esa mañana soleada y con poca brisa. Entonces Gloria se prendió del crucifijo que llevaba en el pecho desde pequeña y se paralizó por minutos sin poder reaccionar. Las lágrimas asustadas salieron de sus ojos despacio y con cautela como para no ser percibidas. Se tapó la boca para evitar dar alaridos como loca, porque se imaginó que no sería conveniente. Retrocedió de la escena de terror completamente pálida y sin sensación en sus piernas que apenas la dejaban estar en pie. Enseguida pensó en su niña Maidel, donde podría estar o si también la encontraría sin vida en su cuarto y temió abrir la puerta y, sin saber exactamente qué hacer, se desplomó en el suelo para llorar la pena de tan fatídico día mientras se persignaba veinte mil veces en cámara lenta sin parar como en un ataque de desenfreno y ansiedad. Pasados unos minutos, que le habían parecido horas a Gloria, decide ponerse en pie, secarse las penas y sustos y buscar a Maidel. La llamó con la ronca y entrecortada voz que dejó salir de su garganta, apabullada por el terror. Abrió puertas de dormitorios, closets, estantes y hasta cajones de gabinetes y no había rastros de Maidel por ningún lado, al mismo tiempo pensó que no podría quedarse mucho tiempo en esa casa porque su vida seguramente también corría peligro y no quería terminar como sus patrones. Después de casi 20 minutos de búsqueda, Gloria escucha unos golpes lentos y tímidos que venían del ático de la casa, que su patrón Carlos había construido a principios de los problemas revolucionarios a manera de búnker para poder esconderse si es que la desgracia les tocaba la puerta. Probablemente esa mañana la desgracia los agarró in fraganti y sin avisar, como normalmente sucede. La entrada camuflada estaba en el tumbado de la cocina, en la esquina, sobre los gabinetes que bordeaban la refrigeradora. La entrada al búnker era casi invisible, porque la habían construido de tal manera que parecía una parte más de la loza que separaba los dos pisos. En aquel búnker arriba de la casa de los Valdéz, había espacio hasta para Gloria, sus jefes la habían incluido en caso de necesitar un escondite rápido y seguro, que los salve de la revolución a todos.

—¿Mi niña, eres tú? —gritó Gloria emocionada y sin miedos porque a ese punto de lo ocurrido la piel se le estaba poniendo gruesa y el alma blindada.

Sin recibir respuesta alguna, Gloria decidió arriesgarse y montarse en la mesa que tenían en la cocina, donde tantas veces había desayunado junto a sus patrones café negro con plátano aplastado y huevos lleno de fritura. Golpeó la rendija donde Carlos les había indicado tantas veces. Y abrió la pequeña puerta del ático. Todo estaba oscuro y un calor abrasador le abofeteó la frente. Llamó a su niña varias veces, desde el fondo sintió un bulto pesado y tembloroso arrastrarse entre las trozas de madera, era Maidel, o lo que quedaba de ella.

—Mi niña! —exclamó Gloria con un aliento de alegría y

esperanza, como si hubiera muerto también y estaba entrando al paraíso.

Maidel estaba pálida como un fantasma, con las piernas entumecidas y las lágrimas cubriéndole la cara, porque se había tragado horas de llanto y terror en aquel cuarto completamente a oscuras y sin ventilación, donde su madre la obligó a entrar temprano aquella mañana de verano funesto.

El barrio Peñas

En el barrio Peñas donde Gloria vivía junto a su marido y sus hijos por décadas, las cosas no habían cambiado mucho desde la época de ofrecimientos alaracosos de parte de los jóvenes vestidos de guerrilleros que llegaron con promesas y sueños para los moradores, humildes campesinos que se ganaban la vida como la mayoría de la gente de bajos recursos en Cuba, produciendo la tierra. Les habían llenado las cabezas de tonterías mientras les enriquecían el corazón con mentiras que obviamente nunca se concretaron. Los campesinos y los no campesinos, jóvenes, viejos, hombres, mujeres, profesores y mucamas tenían que trabajar en los cañaverales les guste o no. De la noche a la mañana la mayor parte del pueblo cubano estuvo obligado a trabajar en la producción azucarera. Se escuchaban rumores que existían campos de concentración donde explotaban a todo ser humano que llegaba ahí sin importar mucho su apellido, condición social, color ni afinidad sexual. Si tenías manos y pies la ley era de trabajar la tierra como animales y quedarse callado porque peor era la suerte que corrían aquellos que osaban quejarse.

Muchos murieron de hambre, otros de deshidratación, cuerpos iban cayendo en los campos agrícolas como cucarachas, la cantidad de gente que nunca había trabajado con sus manos eran las más afectadas. Los que se sublevaban terminaban en alguna fosa común que quemaban cada vez que se rebosaba de cuerpos putrefactos y había otros que preferían pegarse un tiro antes de servir de esclavo al partido comunista que regía el país de forma dictatorial y cruel.

El país en general estaba más empobrecido que nunca, la gente tenía que hacer horas de filas para alcanzar a llevar una hogaza de pan y un litro de leche a sus hogares, que carecían muchas veces de servicios básicos. Los hospitales estaban llenos de gente enferma de dengue, influenza y otras condiciones más que fueron saliendo como para hacerle juego a los años de locura y desorden que se vivía en la isla y sin ninguna remota esperanza de cambiar la situación.

A manera de contrarrestar los desequilibrios sociales el gobierno de Castro implementó un programa de alfabetización, la intención era no solamente que todos los ciudadanos de la isla sepan leer y escribir, pero sobre todo que estudien sobre las doctrinas marxistas y leninistas para que apoyen al comunismo y evitar de esa manera más revoltosos que les jodan la vida a los gobernantes. El lavado de cerebro incluía alfabetización para todos y que viva el comunismo. No había nada que alegrara o les diera algo de esperanzas a los cubanos en esos días. La mayoría de ellos ya estaban resignados a lo peor, sobre todo por el temor de terminar pudriéndose en alguna cárcel local o asesinados de manera limpia y silenciosa como le ocurrió a muchísima gente, entre ellos los Valdéz.

Gloria había rescatado a Maidel aquella mañana mortal del ático de sus padres. Había tomado entre sus brazos aquel cuerpecito tembloroso y confundido, saliendo de aquella casa que olía a muerte para que la niña no sea la siguiente víctima de sabe quién y por qué. Gloria nunca entendió cuáles fueron las razones para que asesinaran de esa manera tan bárbara a sus patrones y lo único que le quedaba para sanar su espíritu era llevarse a la niña consigo hasta tratar de comunicarse con sus parientes o que alguien buenamente la reclame en algún momento. Reclamo que nunca se dio ni Gloria hizo ningún esfuerzo en buscar a nadie, porque temía por la vida de la niña y ahora por la de ellos por haber secuestrado a la hija de los Valdéz aquel verano que nunca olvidará en su vida. Verano que Maidel tampoco olvidaría porque ese fue el último día que la pequeña vio a sus padres.

El tiempo pasaba lento y melancólicamente en la vida de todos por esos lares donde aprendieron, con el pasar de los días atrevidos, que no les quedaba más que vivir el día a día sin expectativas mayores para el futuro. Gloria se encargaba de mantener a su familia segura porque ahora se había multiplicado, no solo con la llegada de Maidel, sino un par de sobrinas que se habían mudado con ellos ya que sus cuñados vivían labrando la tierra y sirviendo al nuevo gobierno y no tenían tiempo ni dinero para mantenerse decentemente a ellos ni mucho menos a sus hijas. Los días de Gloria eran siempre un ajetreo lleno de incertidumbre y poca comida. Eugenio trabajada 6 días a la semana y traía lo mínimo que le pagaban para comprar unas libras de pollos flacos y huesudos que debía alcanzarles para la semana. Gloria se las ingeniaba para realizar unos trueques mágicos con otras vecinas y conocidas amas de casa para poner de vez en cuando algo más decente en la mesa a la hora de la cena y que los muchachos no se queden enanos o mucho peor, ignorantes. El pueblo caminaba flaco y con cara de enfermos, porque la canasta familiar era un escupitajo a la honra de cualquiera.

Los muchachos salían temprano para sus escuelas, que ahora todas eran públicas y controladas por el partido comunista. A los estudiantes los recibían profesores relativamente bien vestidos, pero con los rostros lánguidos, éstos se esmeraban en implementar disciplina y un currículo amplio de educación general para sus alumnos, porque así se olvidaban por la mitad del día de lo que pasaba afuera de esas cuatro paredes grises y mal pintadas. A los muchachos les daban un almuerzo racionado pero suficiente para que no se desmayen el resto del día y para que aprendan a valorar al gobierno comunista por todo lo que les daba de forma gratis. Sin duda alguna la educación para todos se difundió rápidamente sobre la isla con nuevos programas de alfabetización y tanto jóvenes como adultos tenían que asistir a la escuela y aprender a leer libros sobre revolución rusa e ideales marxistas y escribir con una caligrafía impecable, mensajes de agradecimiento a sus gobernantes por tan magnífica tarea que estaban haciendo con el pueblo cubano.

Los hijos de Gloria estaban en edad de comenzar la educación secundaria, todos varones y con los pelos rapados como militares, eran corpulentos y se habían pegado un estirón esos últimos meses que parecían mayores de edad. En el fondo todos eran buenos muchachos, estudiosos y respetuosos de sus padres. Llegaban de la escuela, hacían sus tareas y salían a ayudar en las plantaciones hasta que se pusiera el sol. Uno de ellos, Alfredo, vivía resentido con la vida por lo que les había tocado pasar y se quejaba abiertamente de todos los errores que él creía eran injustos y atropellaban los derechos de sus compatriotas cubanos. Gloria vivía con el corazón en la boca con Alfredo, porque tenía miedo de que un día después de salir del colegio, le desaparecieran a su hijo y no lo volviera a ver más. Siempre le aconsejaba que baje la voz y que deje de quejarse tanto, porque después de todo ya ni las opiniones valían la pena y tratar de buscar soluciones era una sentencia de muerte segura. Alfredo se tragaba comentarios delante de su madre, pero su mirada llena de coraje lo seguía todo el día y por las noches no lo dejaba dormir.

Maidel, desde que llegó aquella mañana en brazos de Gloria a esa casa pobre que se caía en pedazos y llena de gente amontonada unos encima de otros, pasaba callada todo el tiempo. Por meses apenas comía un par de bocados al día. Había perdido casi 10 libras y se la veía demacrada y con los ojos apagados. Gloria pensaba que a la niña Maidel se le había fundido el cerebro después de presenciar la trágica muerte de sus padres y aquellas horas en el ático oscuro y caluroso. Por las noches Maidel se daba un baño a exigencias de Gloria y se acurrucaba en una esquina con las otras niñas en el cuarto de los esposos, porque a estos no le parecía bien que las niñas compartan la habitación con los hijos varones. Había que evitar las tentaciones, porque la carne es débil y el demonio atrevido.

Como si no hubiera sido poco para la pobre niña, el choque de vivir en una casa con todos los lujos y con seres que solo se preocupaban por ella y se esmeraban en hacerla sentir como una princesa, y de la noche a la mañana tener que compartir esta vivienda pequeña y con más gente de la requerida donde nadie le prestaba mucha atención, fue atroz. Tuvo que aprender a acoplarse a una escuela que olía a cemento fresco y los pupitres les astillaban las piernas, junto a cientos de muchachos gritones y sin clase. Las niñas tenían la mayoría el cabello corto que era difícil identificarlas cuando jugaban pelota con los niños de su edad. Y la mayoría de los chicos eran mucho más oscuros de piel de lo que Maidel conocía en su pequeño mundo alrededor de los Valdéz. Durante los recreos la muchachada se llenaba de lodo y jugaban a las escondidas mientras robaban grosellas y mangos de los árboles en la parte posterior del plantel. Algunos chicos hacían trueques entre frutas y galletas, otros más astutos vendían los artículos robados por un beso inocente de niños curiosos.

El tiempo fue el único agente sanador para Maidel, a quien no le quedó más que hacer tripas corazón y comenzar a aceptar su nueva realidad. Apenas tenía 10 años cuando llegó a la casa de Gloria y su cabeza no podía computar un sin número de realidades a las que su niñez se estaba enfrentando tan desfachatadamente. Por casi dos años Maidel nunca preguntó por sus padres, y se consolaba con las memorias esquivas que le llegaban en las tardes de recreo solitario o en las noches cuando el silencio sepulcral no la dejaba dormir. Meses después de su llegada la niña comenzó a pasar más alimentos y antes de finalizar su primer año en su nueva vida en el barrio Peñas ya había logrado recuperar unas libras y los ojos iban recobrando algo de brillo, ya no parecía un zombi.

Hablaba muy poco y, aunque las sobrinas de Gloria y sus hijos menores eran más parlanchines que una cacatúa, ella prefería ignorarlos. Maidel solamente los miraba y algunas veces les sonreía, los chicos llegaron a pensar que la niña huérfana que ahora vivía con ellos probablemente era muda.

Las cosas mejoraron enormemente cuando pasaron a Maidel a dormir en la sala con las otras niñas. Gloria les había habilitado un espacio entre la sala y el comedor para que las tres niñas duerman en un tapete doble que había conseguido de una vecina cercana que era grande y relativamente cómodo. La adornaba un par de cobijas gruesas para que las niñas no pasen frío aquellos meses de invierno cuando la brisa marina se les colaba por las rendijas de puertas y ventanas. Las niñas iban siempre juntas de arriba para abajo, a la escuela por las mañanas y por las tardes se sentaban hacer sus tareas escolares mientras compartían entre ellas una manzana y una banana que les haga sentir el estómago lleno y satisfecho hasta la hora de la cena que por ser tantos, les tocaba porciones esqueléticas y a veces frías.

Los primeros años de Maidel en casa de Gloria fueron duros y confusos, ella no tenía idea a ciencia cierta porque había terminado en casa de su empleada y nunca más volvió a ver a su familia ni amigos cercanos. Sus primeros intentos de mantener una conversación corta y pausada fueron con Gloria, se pegó mucho a ella porque después de todo era la única que no era una desconocida y sentía un aire extraño de familiaridad que no podía entender pero que aceptaba con gusto.

Cuando Maidel cumplió los 12 años las primas, como ahora las llamaba, le dieron una cátedra de temas de menstruación y reproducción humana. Maidel estaba aterrada solamente con la remota idea de que esas cosas le pasarían a ella en algún momento. La última vez que había visto sangre y a borbotones era la de sus padres sin vidas y la sola idea de tener que pensar con algo que la relacione con aquellas visiones le daba dolor de cabeza y se le dormían las piernas. Prefirió, en una tarde lluviosa y aburrida, preguntarle a Gloria que era una mujer hecha y derecha y que, seguramente, ya había pasado por esas experiencias y podría darle una información más fidedigna al respecto del tema en cuestión. Gloria se sentó con las tres adolescentes en la mesita donde desayunaban por turnos todas las mañanas, porque solo cabían 4 a la vez, y decidió hablarles a las futuras mujeres de los cambios que sus cuerpos iban a tener. La conversación duró un par de horas incómodas porque las dos sobrinas de Gloria tenían veinte mil preguntas y querían las respuestas rápidas y concretas sin dejar ni un solo detalle sin mencionar. Maidel se dedicaba básicamente a escuchar, porque a cierto momento de la explicación de Gloria, sintió que la media manzana que se había comido momentos antes, se le regresaba sin piedad.

Seis meses después de la charla informativa, Maidel tuvo su primera menstruación y corrió a los brazos de Gloria a llorar sin pausa porque le daba terror dejar de ser niña y comenzar a ser mujer, como Gloria les había explicado aquella tarde de lluvia. Gloria le sonrió y por primera vez en más de dos años sintió que tuvo a su niña Maidel libre de penas y dudas, algunas recientes por los cambios repentinos típicos de las hormonas insolentes y otras que había tenido guardadas por largo tiempo en su corazón. Y lloraron juntas abrazadas fuertemente por largo rato.

Alexis

A pesar de sus 13 años, Maidel seguía luciendo como una niña flaca y desengañada. El hacerse señorita hace más de un año no le había beneficiado en absoluto el asunto de volverse atractiva y femenina. Era de la misma altura promedio de las sobrinas de Gloria, pero la mitad en carnes. Los cabellos los usaba largos y lacios siempre en un par de trenzas simétricamente fijas e inmóviles que le caían en sus hombros para hacerle compañía. Con el desarrollo los pies le habían crecido más de lo normal por lo que prefería andar siempre con zapatos cerrados porque pensaba que así se le notaba menos. Maidel tenía los ojos profundos y enigmáticos de su madre, aquellos ojos color miel oscuro que enamoraron a Carlos desde la primera vez que se cruzaron con los de Maritza casi dos décadas atrás, y sus labios carnosos enmarcaban aquellos dientes perfectamente alineados y blancos como la nieve.

Maidel todavía se mantenía discreta ante conversaciones

sin sentido de adolescentes y comentarios en contra del gobierno, muy de moda y tapiñados por parte de los adultos. Ella prefería escuchar y guardar la mayor cantidad de información necesaria, no sabía para qué exactamente, pero sabía que en algún momento todo ese aprendizaje de escuchar y mantenerse callada le podría servir para algo.

La relación entre los primos varones y las muchachas en la casa de Gloria era de lo más llevadera. Todos habían logrado hacer una amistad decente y se respetaban entre sí. Gloria no hubiera permitido ningún otro tipo de relación entre sus hijos propios y las prestadas por la vida, porque ya tenía suficiente con los problemas del país como para añadir dolores de cabezas bajo su propio techo. Ella estaba orgullosa de ver a sus hijos varones hechos unos hombres, estudiando y trabajando de sol a sol como su padre. El corazón todavía se le hacía un nudo cuando escuchaba a Alfredo gritar a los cuatro vientos sin pena ni miedo, que el gobierno era una pendejada y que estaba harto de los abusos a su pueblo. Este muchacho le había salido corajudo y sin pelos en la lengua. Alfredo era también el que ponía orden entre los muchachos de la casa y defendía a sus hermanos de sangre y hermanas postizas como si fueran sus hijos, a capa y espada.

Gloria se convirtió en una segunda madre para Maidel, no había nadie en quien la niña confiase más que en ella. Era el único eslabón que la ataba al pasado con sus padres en la casa del barrio aquel lleno de jardines coloridos y exquisitamente cuidados. Era el único apego con su infancia y con aquellos años de tranquilidad que Maidel recordaba vagamente, porque el tiempo le iba borrando de manera egoísta los buenos recuerdos de aquellas épocas.

La vida en Cuba en ese tiempo no daba para celebraciones de cumpleaños ni mucho menos, apenas y alcanzaba a medio respirar en paz como la gente en el resto del mundo. Pero Gloria siempre tenía algún detalle especial el día que recordaban el nacimiento de su esposo y de sus ahora seis hijos con los que la vida le había bendecido entre tanto alboroto. El día del cumpleaños 13 de Maidel, Gloria se las había ingeniado para adquirir una taza de helado de chocolate para la cumpleañera, que una de las esposas de los jornaleros compañeros de Eugenio preparaba de vez en cuando a escondidas con ingredientes robados de quién sabe dónde, para intercambiar a medida de trueque por botellas confiscadas de ron. Ese era el helado preferido de Maidel desde que era pequeña y sabía cómo se le hacía agua la boca solo de acordarse de las cantidades monumentales que sus padres le servían los viernes por las tardes cuando salían a pasear al parque. Esa tarde, casi terminado el día, se reunieron después de sus respectivos trabajos alrededor de la mesa para cuatro, le cantaron "feliz cumpleaños" a Maidel y le dieron la sorpresa del helado con una vela de candelero para que sople y pida un deseo. Entre conversaciones y un par de limonadas frescas la familia celebró a su manera a Maidel, ella compartió la tasa de helado con sus primas, los muchachos prefirieron las rodajas extras de queso blanco con plátanos asados que su padre había traído por el festejo. Otra de aquellas típicas celebraciones en la casa de Gloria y Eugenio, inclusive algunos vecinos cercanos se unieron al agasajo y se pusieron a hacer pedazos al gobierno, como era lo acostumbrado entre adultos.

Aquella noche cuando la calma llegó pasada la algarabía de la tarde olvidándose por unas horas de los malos ratos que se pasaba en el país, Maidel se acercó a Gloria mientras ésta lavaba los platos.

—Gracias Gloria por el helado de chocolate. ¿Dónde lo conseguiste? —le preguntó Maidel con su voz baja como siempre.

—No importa dónde Maidel, lo que importa es que es tu cumpleaños y recibiste un regalo especial y que sabemos que tanto te gusta. —le contestó Gloria mientras se secaba las manos con un trapo viejo de cuadros y frutas con colorinches. —Tienes cara de que algo te está dando vueltas en esa cabecita loca —le dijo Gloria mirándola tiernamente a los ojos.

—Gloria, ¿quién mató a mis padres y por qué? ¿Tú sabes qué fue lo que pasó? Y como así terminé aquí con ustedes, ¿mis familiares nunca preguntaron por mí Gloria? —con mirada firme le cuestionaba Maidel a Gloria, de la noche a la mañana ahora le dio por saber verdades clandestinas.

A Gloria se le fue la sangre al piso, se puso pálida y tartamudeó por un momento sin poder emitir ninguna frase coherente. Tuvo que sentarse, movió una de las cuatro sillas del comedor de diario para tomar asiento mientras le indicaba a Maidel que hiciese lo mismo con otra silla. Gloria le contó todos los detalles que su mente cansada podía recordar de aquel fatídico día. Su voz se entrecortaba en medio de la historia mientras le secaba las pocas lágrimas pesadas y gruesas que bajaban en cámara lenta por la mejilla de Maidel. La historia realmente no contestó ninguna de las preguntas de la adolescente y probablemente Maidel sabía mucho más de lo que Gloria se acordaba porque no lo había presenciado todo.

—¿Gloria, tú crees que fueron los comunistas que mataron a mis padres?

—No te podría decir mi niña, nunca supe que tus padres estuvieran metidos en nada peligroso, por eso me pareció todo tan raro aquel día. Lo único que tenía en mi cabeza era sacarte de ahí antes de que ocurra otra desgracia.

Maidel se conformó con la historia de Gloria, que probablemente ella misma se la había repetido tantas veces en pesadillas continuas de aquellos primeros meses después de lo ocurrido, pero sintió de alguna manera una inmensa paz dentro de su corazón. No por corroborar la historia tan trillada en su cabeza, ni tampoco por no tener respuestas concretas a sus dudas, sino por el simple hecho de haber finalmente hablado con alguien del tema de la muerte misteriosa y sorpresiva de sus padres. Maidel era muy joven para entender algunas cosas, pero la intriga y curiosidad de cómo fueron los hechos la perseguiría como fantasma por largo rato en su vida.

Maidel y sus primas ya estaban en el segundo curso de secundaria, usaban los pantalones con cinturones bien apretados para que se les vea el trasero más pronunciado y llamar la atención entre los muchachos en la escuela, especialmente a Maidel, a quien todavía la vida no la favorecía con un cuerpo de mujer, por el contrario, el asunto de los pantalones apretados en las primas les exageraba las curvas pronunciadas que la naturaleza les había obsequiado sin pedir permiso.

Las primas de Maidel comenzaron a pintarrajearse la cara con unas cajitas de colores que algunas señoritas de la escuela les robaban a sus tías. Apenas llegaban a la escuela se ponían los cachetes rojos y se rizaban las pestañas con una cuchara de metal pequeña dando la impresión de andar paseando un par de arañas en sus ojos, pero ellas felices con el coqueteo normal que las hormonas de la edad le acolitaban. A la salida de la escuela, antes de llegar a la casa, se lavaban la cara en un baño público que estaba a la entrada del barrio Peñas, para que Gloria no se diera cuenta y les propiciara un jalón de orejas con sermón incluido y bien merecidos.

A Maidel no le llamaban la atención los muchachos varones para nada, prefería pasar las horas del recreo avanzando las tareas o leyendo alguno de los libros que prestaba en la biblioteca del colegio. Con su cuerpo todo flacuchento y sin ninguna forma en especial, a Maidel le parecía una pérdida de tiempo embellecerse para que los chicos de la escuela les griten piropos y envíen besos volados desde las esquinas del salón de clases. Le causaba gracia cuando sus primas se cubrían el rostro de colores y le giñaban el ojo a cuanto espécimen del sexo opuesto se les cruce en el camino. Quizá en el fondo Maidel sentía un poco de envidia de no haber sacado un cuerpo lleno de curvas como las primas o tal vez muy en el fondo de ella, sus hormonas también le estaban tocando la puerta de la tentación, pero la escasa autoestima no le dejaba llenar de ideas ridículas su cabeza.

A mediados de aquel segundo año de secundaria las primas andaban estrenando enamorado, les habían dado el "si" a un par de chicos que eran un año mayor, aunque estaban en el mismo curso y que se sentaban en la mesa frente a la de ellas en los recreos. Después de semanas de enviarse papelitos con notas románticas con besos plasmados en rojo, los jóvenes llenos de valor se sentaron en la mesa de sus víctimas, e ignorando a Maidel completamente, iniciaron un coqueteo torpe con las primas, típico de aquellos primeros intentos de halagar al sexo opuesto cuando no se tiene ninguna experiencia en el asunto. Ese mismo día las dos parejas salieron de clases agarrados de las manos y se besaron inocentemente por un largo rato en las afueras del colegio. Maidel esperaba fastidiada debajo de un árbol de mango a que sus primas cierren el convenio de enamoramiento con los sujetos en cuestión y caminar de vuelta a casa, donde lo más seguro era que escucharía todos los pormenores de lo ocurrido aquel día a las primas en las cosas del primer amor.

La curiosidad y la avidez de compartir las veinte mil experiencias vividas ese día para las primas se volvió en una conversación sin fin por días enteros y noches en vela, historias que Maidel escuchaba con sorpresa y una necesidad inmensa de querer saber hasta el último detalle de los avances en la vida amorosa de las primas. Aquellas sensaciones extrañas que les revolvía la panza a las novatas en el asunto de besar hombres, era algo que Maidel no podía entender muy bien, pero sin duda pensaba que tenía una ventaja ahora al llenarse de información básica y necesaria antes de que le toque a ella su turno en esas intimidades.

Entrada la madrugada cuando el sueño finalmente las vencía a las tres adolescentes después de horas de constante cuchicheo y risas reprimidas para no despertar a nadie, Maidel se quedaba soñando con aquel muchacho guapo y más bonachón que un Jesús, que venga a rescatarla en su caballo blanco y con pelaje largo, como tanto había leído en sus libros, y la bese por horas sin descanso para sentir aquel cosquilleo relajante al que se referían las primas.

Las primas, como era de esperarse, andaban flotando en el mundo del primer enamoramiento, se sentían livianas y se arreglaban el cabello más que de costumbre. Dormían poco, comían menos y no prestaban la más mínima atención durante las clases en el colegio. Las notas del semestre decayeron notablemente lo que saltó a la vista inmediatamente para Gloria que comenzaba a intuir que algo estaba pasando con sus hijas postizas. Una mañana que las olió perfumadas para ir al colegio, su experiencia de mujer vivida le recordó aquel día cuando a ella le dio por perfumarse y echarse colorete en los labios décadas atrás para coquetear con su Eugenio, el corazón le latió fuerte y pensó "estas mocosas seguro que andan haciendo tonterías con muchachos" y les llamó la atención ya cuando estaban pisando la calle.

—¿Y ustedes a donde van todas perfumadas? —preguntó la madre con voz firme y apuntándolas con el dedo índice, mientras les hacía señas que se detuvieran.

Las tres chicas viraron para darse cuenta de que Gloria venía con paso impetuoso y sin duda alguna era para reclamarles algo, probablemente el asunto de que sus notas escolares daban pena.

—¿Qué dices Gloria? —contestaron sin parar de caminar.

—Bien que me escucharon mocosas. ¿Por qué salen todas perfumadas de la casa? No me vengan con tonterías de muchachos porque ustedes son muy niñas para eso.

—Nada de muchachos Gloria. —contestaron mientras apresuraron el paso para dejar a Gloria con la palabra en la boca metros atrás.

Ya en la escuela las primas se reían de sus pillerías y aprovechaban cada minuto que podían para verse con sus enamorados. Maidel por su parte se dedicó a leer más libros que de costumbre porque ella estorbaba en medio del besuqueo continuo de las parejas, notó que comenzó a extrañar a sus primas. Después de todo habían sido su única compañía en el colegio porque eso de socializar no era una de sus cualidades. Siempre retraída metida en sus pensamientos y en sus recuerdos que de vez en cuando todavía la acechaban con un sin número de preguntas sin respuestas. El terror que sentía los primeros meses después del día aquel que la vida la dejó huérfana, iban desapareciendo con el tiempo. Pero aun sentía pena por su suerte y pensaba que los traumas vividos eventualmente buscarían cerrarse de alguna manera que a ese punto no sabía cómo, pero que le daría eventualmente un poco más de paz. Ya vendrán momentos de entablar relaciones con muchachos y de sentir cosas raras en el cuerpo. No había apuro para eso, la vida le había enseñado a su corta edad que mejor era no hacer planes para el futuro, porque al futuro podría virársele las intenciones y joderle los sueños.

La época de exámenes finales se acercaba y los estudiantes sabían que les quedaban un par de semanas nada más para salir a sus vacaciones. Cualquiera que sea el significado que los cubanos le querían dar a esas seis semanas donde en lugar de asistir al colegio de lunes a viernes, tenía la mayoría de los jóvenes que presentarse a trabajar en los cañaverales. Maidel no tenía ningún tipo de duda que pasaría ese curso nuevamente con excelentes calificaciones porque ese año se había dedicado más que lo normal a los estudios, ya que las primas no le gastaban el tiempo como antes. A las primas por su parte les tocó afanarse en los libros porque con el asunto de los pretendientes a escondidas, que ya mantenían por algunos meses, el cerebro se estaba tomando un descanso y habían dejado a un lado sus responsabilidades estudiantiles. Pero Gloria no les iba a dejar que repitan el segundo curso de secundaria, porque lo único que tenía en mente era que todos los jóvenes de su casa eventualmente vayan a la universidad y sigan una carrera que los salve de la pobreza en que el país se encontraba, ya que a los pobres como ellos las posibilidades se les achicaba sin piedad. Así que por una semana completa lo único que se veía en la humilde vivienda de Gloria y Eugenio, era muchachos comiendo libros de manera voraz.

Interminables horas de dedicación se pagaron con creces un viernes en la tarde, los hijos y arrimados de Gloria recibieron la noticia de que todos habían terminado ese año escolar con las calificaciones suficientes para no preocuparse por un par de semanas. Inclusive las primas estaban con gozo en el espíritu de no cargar con aquel peso de jalarse otra vez un año escolar, en lugar aprovechar la libertad repujada de disfrutar un tiempo a sus amores de juventud.

El día siguiente los muchachos del barrio decidieron tener una pequeña celebración en casa de uno de los vecinos de Gloria para descargar los bultos de aquel eterno año de estudios que había culminado. Por supuesto las reuniones eran supervisadas por adultos, para estar seguro de que no haya consumo indebido de ron y mucho menos que a los adolescentes les dé por fumar cosas raras, que a pesar del estado de restricciones que regía el país, ciertas personas se las arreglaban para conseguir marihuana clandestina y botellas de alcohol robadas. Gloria había dejado ir a toda la muchachada a la reunión porque conocía a los dueños de casa y tenía a Alfredo que ejercía la supervisión estricta de sus hermanos y sobre todo de las señoritas de la casa. Con su porte de bravucón y de pocas pulgas a nadie se le ocurriría tenerlo de enemigo, Alfredo emanaba respeto por donde se lo viera. Aquella tarde las primas y Maidel se arreglaron más de lo normal, porque obviamente aparte de que los novios de las chicas estaban invitados, la reunión prometía la asistencia de todos los chicos del barrio, que eran un número interesante y que según las adolescentes todos lucían atractivos y muy varoniles. Y las primas tenían como meta inmediata conseguirle novio a Maidel ese verano, porque ya era tiempo de que la chica se despabile un poco y experimente también los detalles de las hormonas descontroladas de adolescentes en plena pubertad.

Con los rostros maquillados y los pelos sueltos, Maidel hizo su entrada con cara de pocas esperanzas. En el fondo se sentía incómoda de que las primas la estén poniendo como carnada de cuanto muchacho estuviese interesado en por lo menos conversar con ella un poco más cerca de lo permitido. Los enamorados de las primas trajeron a un amigo de ellos que, por alguna razón extraña, aunque vivía en el barrio y también asistía a la misma escuela de ellos, nunca lo habían visto. Probablemente porque estaba en el último año de secundaria, era compañero de Alfredo y eso ya era motivo suficiente para cualquier joven de mantenerse alejado de las hermanas del susodicho.

Los jóvenes se presentaron entre sí y Maidel bajó la mirada ante la presencia imponente de este espécimen masculino que era alto, de hombros anchos y piernas musculosas tanto así que los pantalones parecían que le iban a reventar. Al mismo tiempo tenía una mirada cautivadora y una sonrisa de artista de cine, se presentó como Alexis con un beso en la mejilla a todas las involucradas. Las primas que ya estaban acostumbradas a los tratos que invaden la privacidad de cualquier individuo devolvieron el beso con otro más sonoro y con sonrisas contagiosas. Para Maidel ese momento había sido incómodo y sintió que su rostro se le prendía como un caldero y le comenzaron a sudar las manos, sin realmente atinarle a ninguna reacción que parezca normal. Alexis no le quitaba la mirada de encima y decidió conocer un poco más a la chica de barrio que vivía a una cuadra de su casa pero que nunca había visto.

—¿Maidel me dijiste? Tienes tiempo viviendo aquí en Peñas, me dijeron tus primas, pero es la primera vez que te veo.

—Hace 3 años llegué aquí, también vamos al mismo colegio. —le contestó Maidel todavía con las axilas sudando a borbotones. En el fondo se sentía un poco decepcionada que este muchacho que se estaba fijando en ella en esa reunión, nunca la hubiera notado en las calles o escuela. Ella lo había visto casi todos los días cuando caminaba a clases y en los patios del colegio acechando a diferentes niñas con su mirada de don Juan.

—Quieres bailar? —le preguntó Alexis con una sonrisa coqueta como asegurando una respuesta positiva.

—Lo siento, pero yo no sé bailar. —mintió Maidel de manera descarada y a manera de escape de aquella situación que se estaba volviendo cada vez más extraña para ella porque, así como quería que la tierra se abriera a sus pies y desaparecer súbitamente, también tenía la idea irracional de bailar muy apretadito con el muchacho musculoso que ahora hasta tenía nombre.

Pero las primas le cayeron encima interrumpiendo muy convenientemente el momento «Maidel tomó clases de baile desde muy pequeña, le encanta bailar». Maidel las miró con cara de pocas amigas, pero se negó nuevamente a bailar con Alexis. Él la tomó del brazo y salieron al patio de enfrente de la casa que había menos bulla y menos primas.

Allí finalmente pudieron sentarse y relajarse un poco,

mientras se daban la oportunidad de conversar más y conocerse antes de aceptar un baile entre desconocidos. Maidel dejó de sudar y la brisa fresca y rápida de la noche la ayudaba, se sintió mucho mejor sin la presión de tanta gente. Compartieron agua de coco helada y unas galletitas de mantequilla que alguien había traído a la reunión, después de un par de horas de intensa conversación ambos jóvenes se sentían de lo más cómodos entre ellos y disfrutaron la noche sin bailes ni presiones de ningún tipo.

En el camino de regreso a casa Alfredo se dedicó a sermonear a las primas porque se había enterado de que hace algunos meses andaban en tonterías con los enamorados del colegio, pero él ya les había hablado de hombre a mequetrefes en la reunión a ambos muchachos por lo que estaba seguro de que los enamoradizos en cuestión se portarían bien con las señoritas. Las primas le hacían caras a Maidel durante toda la cuadra que caminaron despacio y pausado, porque querían llegar a la casa y saberlo todo. Cuántos besos se habían dado con Alexis, que había sentido en el primer abrazo, si ella le había agarrado la espalda gruesa de hombre, en fin. Llegaron a la casa, se cambiaron de ropa, se lavaron las caras y se acostaron a chismosear con voz baja y risas controladas.

—Cuéntanos todo Maidel, debe besar muy bien el Alexis.

—No hubo besos, ni abrazos, ni nada de eso. Solo conversamos.

Las primas estaban completamente decepcionadas de las

noticias aburridas de Maidel, tanto tiempo conversando en el patio y nada había pasado entre ellos. Les parecía que Maidel lo más probable es que les estaba mintiendo o que no quería hacer escándalo para no recibir el sermón correspondiente de parte de Alfredo, o aún peor la reprimenda bien merecida de Gloria.

Maidel no pudo conciliar el sueño aquella noche, desde su cama podía ver las estrellas a través de la ventana del comedor que tenía una cortina de tela traslúcida y gastada que nunca cerraban completamente. La noche era perfecta, la luna iluminaba su rostro de una manera casi celestial. Su mente no paraba de repetir las conversaciones que compartió con Alexis esa velada, sus gestos y sus ojos de hombre. Tantas veces lo había estudiado de pies a cabeza y se había preguntado cómo sería su voz, que temas de conversación le gustaba compartir, si le gustaría leer tanto como a ella. Realmente a este punto a Maidel le importaba un pepino si Alexis sabía sumar uno más uno o no, solo pensaba en cómo besaría y que tibios serían los brazos fuertes de él alrededor de su cintura. Ideas que las primas le habían sembrado en su cabeza con tanta conversación de intimidades entre adolescentes.

La semana siguiente de la reunión en el barrio con las noches estrelladas, Alexis comenzó a visitar a Maidel en su casa los miércoles y viernes porque Gloria se había enterado de todos los pormenores ocurridos en aquella fiesta y ahora tenía fiscalizadas las visitas de todo varón extraño a sus hijas prestadas por la vida. No iba a dejar que nadie les dañara el corazón y mucho menos a tan temprana edad. Y prefería, ahora que sabía la verdad de porque las niñas se perfumaban tanto, tener a todos los tortolitos adolescentes bajo vista de ella en su propia casa, no vaya a ser que algún rato a solas se les vire el alma y les desgracien a las niñas, como a veces solía ocurrir. Las primas estaban encantadas porque ya no cargaban el peso de ocultar la verdad y eso las tenía más livianas que de costumbre y la idea de tener a todas las parejas en la casa hablando de mil cosas sin sentido les alegraba la vida. Las ahora tres parejas se tomaban turnos para mantener a Gloria distraída y que no se dé cuenta que cada cierto tiempo las primas con sus respectivos novios se desaparecían quién sabe por dónde a toquetearse para no perder la costumbre. Los que no estaban todavía con esos adelantos en las cosas de la intimidad eran Maidel y Alexis, que apenas y entrelazaban sus manos mientras cruzaban miradas a media asta como entontecidos.

Pero como todo tiene que llegar, no fue la excepción para Maidel. Una de las tardes en que Gloria se quedó seca dormida en el sillón de la salita de estar con el delantal amarrado a la cintura y la espátula de madera que se balanceaba en su mano derecha, fue el momento indicado. Las primas salieron en cuclillas agarradas de las manos entre risas pícaras para hacer de las suyas con los novios afuera de la casa. Menos mal que Alfredo no estaba en casa y los otros hermanos se iban por las tardes a jugar pelota en el parque y les importaba muy poco la honra de sus primas. Alexis abrazó tiernamente a Maidel, la miró a los ojos y su cuerpo se acercó tibio y decidido a besar a su enamorada por primera vez en los labios. Maidel sintió aquel huracán en la barriga que las primas habían mencionado tantas veces, sabía que el beso tan soñado venía y que era un hecho, su enamorado Alexis la iba a besar. El cerró sus ojos y le agarró la cara suavemente a Maidel hasta que sus labios tocaron los de ella. Maidel tenía los ojos abiertos como queriéndoseles salir de sus órbitas, apenas tuvo tiempo de inhalar algo de aire para no morir ahogada en caso de que el beso durara más de la cuenta. Pasaron unos segundos y las caricias constantes de Alexis en su rostro y cuello la obligaron inconscientemente a cerrar los ojos y dejarse llevar por el experimentado en este asunto y besarse como es debido. El beso duró largos segundos, aunque para Maidel le había parecido muy poco y quería más. Escucharon un ronquido profundo de Gloria y la espátula cayendo al piso, ésta se acomodó en el sillón y siguió durmiendo plácidamente mientras todas sus niñas disfrutaban de las experiencias del amor inocente de juventud.

Aquella noche las primas y Maidel se fueron a dormir más temprano que lo habitual porque tenían pillerías que contarse y ahora sin dejar fuera a nadie y poder comparar los besos aprendidos en medio del sofá café en casa de Gloria. Y así las chiquitinas pasaron sus semanas de vacaciones entrenándose en las cosas del amor y disfrutando del mejor verano que sus cortas vidas le estaba ofreciendo en medio de los desastres que seguían ocurriendo en la isla que las vio nacer.

Las adolescentes regresaron al plantel educativo para comenzar el tercer año de escuela secundaria sin mucha motivación de conocimiento educativo, pero con las hormonas mucho más aceleradas que meses atrás y con una actitud completamente diferente. Se sentían más seguras de sí mismas y eso las hacía más llamativas también. Sobre todo, a Maidel que por todos los años en aquella escuela pública había pasado completamente desapercibida. La desventaja de Maidel era que Alexis ya se había graduado de la secundaria y las vacaciones no pararon para él, pero no dejaba de ir a ver a su enamorada todas las tardes al terminar las clases a la salida del plantel. Algunas veces le llevaba frutas frescas de regalo y otras veces se aparecía con un par de rosas rojas arrancadas de los jardines de afuera del colegio.

La relación entre ellos parecía crecer con los días, las visitas en casa de Gloria, los besos a escondidas detrás del colegio y las cartas en papeles cuadriculados que se mandaban con mensajeros como las primas y los amigos de ellas. Maidel logró por esos meses olvidarse de aquella mañana trágica cuando su madre la encerró en el ático de su casa para después escuchar quinientos disparos que acabaron con la única vida que ella había conocido a su corta edad. Ahora tenía esperanzas y sueños, y el corazón le latía de una manera estúpida cada vez que se acercaba la hora de ver a Alexis. Él se portaba como todo un caballero con Maidel, la tomaba de la mano todo el tiempo que estaban juntos, le acariciaba el cabello y le besaba la cara con cariño mientras ella le conversaba de sus clases y alguna historia del libro que estaba leyendo en ese momento. Luego cuando la gente se distraía buscaban un lugar oscuro y cómodo para besarse como si el mundo se fuera acabar al día siguiente. A Maidel ya no le sudaban sus partes, sino al contrario sentía una calentura en todo el cuerpo que le subía desde los pies hasta la cabeza y luego la hacía levitar por minutos hasta que eventualmente volvía a la realidad. Nunca se hubiera imaginado que el amor podría ser tan fuerte y sentir tantas emociones, por eso sería por lo que la gente se casa y se juran amor hasta que la muerte los separe, pensaba ella dentro de su inocencia. Inclusive Gloria y Eugenio aceptaban a los tres muchachos que se encargaban de besar ansiosamente a sus hijas prestadas, detrás del buró, cuando ellos pretendían no estar prestando atención. Los chicos eran educados, saludaban, se despedían con atenciones, daban las gracias cuando se les ofrecía algo y trataban a sus niñas con suavidad y sin malicia.

Pero aquella tarde infortuna después de clases, cuando Alexis citaba a Maidel como siempre detrás de los cedros, llegaba acelerado y con la respiración agitada. Las venas del cuello parecían que iban a reventar, andaba sudado y con fachas de haber pasado un mal rato peleándose con atrevidos en la calle. Y sin mucho tapujo agarró a su enamorada por la cintura de una manera fuerte y brusca que nunca había ocurrido. La besó con coraje, que le dejó a la pobre los labios rojos y latiendo fuerte. Luego la apretó contra su cuerpo mientras le apretaba las nalgas pasando de manera rápida y un poco torpe a los senos poco formados de Maidel, ella se asustó y trató de apartarlo de su lado. Alexis era un muchacho grande y fuerte que manejó la situación completamente a su antojo, manoseando a su novia de una manera poco común ni romántica, parecía que se le había metido el diablo. Finalmente la tiró al pasto gris y seco tapándole la boca abusó de ella como si estuviera poseído. El asunto duró poco, pero a Maidel le pareció un siglo macabro y doloroso. Alexis dejó a su enamorada sangrando debajo de aquel árbol y abandonó la escena como un fantasma. Maidel lloraba sin entender qué había pasado.

Varadero

Los varones en la casa de Gloria salían a trabajar la tierra temprano por la mañana a excepción de Alfredo, que recién se había graduado de la secundaria y salía todos los días a tratar de buscar trabajo en el centro de la ciudad, sin regresar al final del día con muchas novedades. Las intenciones del hijo mayor de Gloria eran entrar a la universidad y estudiar una carrera de leyes o economía, pero las clases en las instituciones superiores del país estaban controladas por el gobierno y el acceso era complicado, aun así Alfredo no bajaba la guardia. Después de meses de deambular por las calles de su ciudad aprendiendo de todo un poco e impregnándose de la miseria en que su pueblo se encontraba y de las injusticias cometidas sin vergüenza ni compasión, finalmente logró entrar a una nueva Universidad en Camagüey a más de seis horas de distancia de su hogar. Era la única universidad que a ese momento le ofrecía una carrera gratuita y, aunque no era la de su vocación, la intención principal de Alfredo era involucrarse completamente y de lleno en los ideales de los revolucionarios, encontrar su tendón de Aquiles y así buscar la mejor manera de sacarlos del gobierno y que su Cuba vuelva a ser la misma de antes de la revolución. Alfredo entró a la facultad de enseñanza pedagógica y se instaló a vivir en Camagüey para seguir sus planes de liberación del régimen cruel de los hombres vestidos de guerrilleros. Un fin de semana hizo sus maletas, una grande con todos los tereques que su madre le enviaba embadurnados con lágrimas de despedida y otro bolso de mano pequeño donde llevaba sus ropas, libros y un par de artículos necesarios para sobrevivir al otro lado de la isla. Las primas y Maidel se le prendieron al cuello por minutos interminables en aquella despedida que se hacía cada vez más dramática y tediosa. Seis horas más tarde Alfredo llegaba a la casa de los primos de su mejor amigo en la ciudad donde comenzaría una nueva etapa en su vida. Gloria temía por el destino de su hijo mayor, porque sabía que el muchacho le había salido corajudo y terco como una mula y esos pensamientos tontos que tenía de pretender terminar con la revolución no lo llevarían a nada positivo.

Aquel verano las primas y Maidel desarrollaron más de lo esperado y se convirtieron finalmente en unas señoritas esbeltas y atractivas. Las primas parecían unas mujeres hechas y derechas, Maidel comenzaba a enseñar curvas tímidas por todos lados y hasta las facciones del rostro le cambiaron un poco que parecía que sus ojos y labios habían crecido más de lo normal. Gloria decidió sacar a los jabalíes que tenía por hijos a dormir en la colchoneta que las niñas habían usado desde que llegaron a su casa, para darles a las señoritas independencia y que puedan guardar su pudor en una habitación decente. De seguro tendrían diarios, maquillajes y accesorios que comenzar a amontonar sin compasión y más una docena de sueños por cuales suspirar en las noches de luna llena. Los muchachos fascinados de poder dormir cerca de la cocina y así tener que moverse menos para cualquier actividad, ya que estaban en toda la edad de la vagancia y desobediencia y el hecho de estirar los brazos sin tener que mover las piernas era una victoria para ellos. Las rutinas del resto de la familia en casa de Gloria y Eugenio no cambiaron mucho con la partida de Alfredo, se acomodaban como era posible, todos cumplían con sus responsabilidades sin quejarse, la vida seguía con escasez y la incertidumbre del mañana.

Maidel todavía recordaba con lágrimas entumecidas de desgracia aquella tarde a la salida de la escuela cuando algún demonio aburrido había poseído a su Alexis y él había abusado de ella de la manera más horrenda que su mente de adolescente enamorada hubiera podido comprender. El día del ultraje, Maidel regresó a su casa después de secarse las lágrimas y sacudirse el uniforme del colegio de terror y vergüenza.

Fue directamente a su habitación, tomó uno de sus vestidos viejos de casa, su ropa interior y se metió al baño por un rato indeterminado. Se duchó más de lo normal, restregándose con indignidad su cuerpo maltratado y su alma violada con otro hecho que se le sumaría al resto de traumas ganados gratuitamente por la vida a tan temprana edad. Nunca mencionó lo ocurrido a nadie, no tenía valor para enfrentar preguntas y reprimendas en ese momento.

Como la vieron llorar por días seguidos, Maidel les dijo a Gloria y a sus primas que la relación entre ella y Alexis había terminado y que el susodicho no aparecería más por la casa. Las mujeres curiosas quisieron saber más del tema, pero por la reacción de Maidel supusieron que lo más probable era que al mal nacido de Alexis lo pescaron con las manos en la masa, besuqueando alguna otra muchacha. Desde el principio, las primas estaban convencidas que el asunto entre Maidel y Alexis no iba a durar mucho, porque él era mucho para la chica. No solamente que era un joven mayor que ella, y con eso se le sumaba los años de adelanto en las cosas del amor, sino también que un hombre como Alexis se aburriría enseguida de una chica como Maidel, que lo único que hacía en sus horas de ocio, era comer libros y escuchar canciones corta venas. Las primas botaron a la pobre Maidel a los brazos del don Juan, haciéndole un favor a ella, pensaron. Estaban cansadas de verla tan sola y con pajaritos en la cabeza, pero en el fondo nunca se les ocurrió que la niña se iba a enamorar del hombre equivocado que solamente lo habían puesto en su camino para que la inaugure en las cosas del corazón.

Gloria sentía penas ajenas por su Maidel, porque la veía retraída y con los ojos gachos caminando como zombi por la casa con su libro en las manos pretendiendo que leía, pero no había pasado páginas en días. Caminaba como si estuviera hipnotizada, no hablaba con nadie y comía muy poco como en los primeros tiempos cuando la trajo a vivir a su humilde vivienda. Pensó que lo mejor era dejarla sola mientras se desahogaba con su pena del corazón roto por el primer amor. Normalmente en esos casos se sufre mucho, pero así mismo esas heridas tontas de adolescentes suelen cerrarse pronto y sin producir mucha abolladura. Lo mejor era no molestar a Maidel con preguntas que ella no tenía ánimos para contestar, eventualmente se olvidará, vendrá otro amor y la historia de Alexis, cualquiera que esta sea pasará a segundo plano.

Pero las primas comenzaron a preocuparse por Maidel porque el tiempo pasaba y seguía actuando de manera extraña, en el colegio apenas atendía las cátedras, los profesores le llamaban la atención casi a diario, situación que nunca había pasado porque Maidel siempre fue una alumna modelo. Sollozaba en los recreos y evitaba conversaciones o tumultos de la muchachada. Las primas trataban de consolarla y Maidel se echaba en la cama a llorar un poco más que el día anterior. Los meses pasaban y la situación no cambiaba, decidieron ir a buscar al implicado en aquel rompimiento sentimental que estaba dejando a Maidel en hueso y pellejo, pero no encontraron rastro de Alexis por ningún lado y nadie les daba razón del joven. Sus padres ya no vivían en La Habana aparentemente, el culpable de la pena de Maidel se había esfumado sin dejar rastro alguno, como tantos en esas épocas en Cuba que hasta temieron que el muchacho haya estado involucrado con algo en contra del gobierno y lo hayan desaparecido. Las primas le contaron a Maidel que no habían sabido nada de Alexis, que parecía como si se lo hubiera tragado la tierra.

—Maidel nadie sabe nada de tu exnovio. Hemos preguntado por el barrio y ya no viven por aquí ni él ni su familia. —le comentaron una tarde las primas, preocupadas por los llantos sin descanso.

—Y qué les dio a ustedes por irlo a buscar. Yo no quiero saber nada de él. —les dijo Maidel con seriedad en los ojos.

—Nada importante, curiosidad Maidel. Pero al pobre Alexis se lo comió la tierra, al igual que a sus padres. Quién sabe si andaba metido en cosas malas y lo desaparecieron, tú sabes cómo pasan esas cosas aquí.

Por algún motivo morboso, ese comentario de la prima le dio alivio y paz a Maidel. Ella sabía mejor que nadie que el gobierno no se andaba con miramientos de ninguna clase con gente que se les ocurría llevarles la contra, y aunque nunca supo nada específico de Alexis ni su familia, el hecho de que se lo hayan desaparecido le daba calma a la adolescente.

Sentía que probablemente el destino que es tan sabio y justo se encargó de cobrárselas a su novio por el crimen cometido hacia ella meses atrás y que tanto le había estropeado la vida.

Los hijos propios y prestados de Gloria y Eugenio terminaron otro año escolar sin mayores problemas. Era tiempo de que los varones regresen a trabajar todo el día a los cañaverales para que disfruten de sus vacaciones como de costumbre a punta de sol incandescente y manos astilladas. Las niñas iban con Gloria a pueblos cercanos a intercambiar azúcar por quesos y zapatillas viejas por ropa interior. Al mismo tiempo que visitaban amistades y familiares que vivían en otras esquinas perdidas de la isla. Los paseos de veranos a provincias con Gloria no eran para nada la mejor opción para las señoritas, hubieran preferido quedarse en casa haciendo nada o hablando tonterías con sus novios. Pero Gloria no le gustaba dejar a sus niñas solas en ninguna circunstancia. Maidel las acompañaba sin reclamar, y aunque ya no lloraba como antes, aún se mantenía callada como simple observadora del mundo que pasaba rápido a su alrededor.

En una de esas paradas en las maravillosas playas de Varadero donde se quedaron un par de días para disfrutar de la brisa marina con las majestuosas puestas de sol y visitar a la hermana de Gloria, las chicas conocieron a un par de parientes de su misma edad. Los muchachos fueron de lo más lanzados y coqueteaban abiertamente con las señoritas que habían invadido su casa por esos días. Sabían que no eran parientes de sangre porque no eran hijas naturales de Gloria así que el permiso para entablar relaciones pecaminosas con las invitadas estaba abierto completamente.

Las primas se daban gusto hablando con sus ojitos brillantes con las nuevas amistades y guiñándoles el ojo de vez en cuando, especialmente cuando se acercaban más de la cuenta. Ellas dejaron bien claro que ambas tenían enamorados en La Habana y no estaban buscando cambiarlos a estas alturas del partido. Les quedó claro también que coquetear si les era permitido mientras no hubiese besos ni caricias inapropiadas. Pero los chicos estaban locos con Maidel, les llamó la atención a todos apenas se la presentaron y a pesar de la cara larga de la muchacha, les pareció hermosa al mismo tiempo que misteriosa. Las primas se sintieron un poco decepcionadas de que por esta vez Maidel sea el punto de atención con los jóvenes.

—Viste Maidel como se desviven por atenderte. Se les caen las babas por ti —le decían las primas a Maidel en silencio al oído en caso ella no se haya dado cuenta— anda y pídeles algo y verás que se mueven como hormiguitas. —se reían pícaramente.

Maidel se sintió especial y le gustó la sensación de tener las miradas de esos chicos clavadas en ella a todo momento. Al principio se sintió incómoda, pero la vergüenza se le fue yendo poco a poco y para el día siguiente cuando ya regresaban, se despidió de los nuevos amigos con besos en los cachetes rojos y un abrazo un poco más largo de lo permitido. Los muchachos saltaban en una pata de la emoción de haber recibido de aquella joven que lucía tan fina un acercamiento que les pareció sensual y espectacular. Durante el viaje de regreso a La Habana, Maidel se sentó junto a Gloria en la ventana del bus que parecía caerse en pedazos de tanta humareda que botaba entre sonidos de latas gastadas y tornillos sueltos. Miraba con una sonrisa tenue el paisaje de su Cuba que descubría por primera vez y le encantaba. Al igual que descubrió que el dolor de lo ocurrido con Alexis la había hecho madurar y ahora se sentía un poco más mujer con cicatrices ya secas. El halago de los muchachos en Varadero la había hecho sentirse bien después de tantas penas. Ganó confianza en sí misma y se dio cuenta que no era tan fea ni tonta como ella creía como para caer otra vez en las trampas de ningún hombre. La vida le había enseñado que de las malas experiencias hay tanto aprendizaje y que sería un pecado no tomarlas en serio y mucho más aún no sacar provecho de ellas.

El primer día de clases del quinto año de secundaria llegó y las primas y Maidel eran las más emocionadas de agarrar sus cuatro libros y enfrentar otro año estudiantil. Las primas estaban felices porque en la escuela tenían más oportunidades de pasar con sus enamorados ya que Gloria, aunque les tenía afecto a los novios de las niñas era muy estricta con visitas y horarios. En el colegio nadie les estaría fiscalizando la relación y podían andar abrazadas en los recreos y besarse en los cambios de hora. Maidel que seguía estirándose, estaba más alta que las primas y todo le había crecido lo suficiente para verse como una mujer, los pechos grandes le adornaban la blusa del uniforme que ella a propósito se la apretujaba debajo de la pretina de la falda, acentuando su minúscula cintura. Las piernas se le habían engordado un poco y las faldas del uniforme se le pegaban para dejar ver sus formas perfectamente acabadas que provocaba envidia en las muchachas y piropos en los jóvenes.

Maidel se sentía segura en su propio cuerpo, y se daba cuenta que ahora podría levantarse a cualquier hombre que quisiera. Ya no era la muchacha inexperta e inocentona que cayó en las manos insolentes de la maldad. Se dio cuenta que su caminar con ritmo movía montañas y que se había vuelto el punto de atención en el colegio. Y le gustaba, le daba una sensación de seguridad y de que podía tragarse al mundo entero de un bocado con un caminar sensual y una sonrisa seductora. Todos en el colegio y en el barrio también comenzaron a notar a Maidel por primera vez, era una mujer bella, alta con curvas armoniosamente perfectas. Los cabellos lacios y largos color azabache le caían coquetamente en sus espaldas finas llenas de pecas. Algo en Maidel había cambiado y aunque estaba todavía en proceso de identificarse a sí misma tenía bien claro que nunca más iba a dejarse basurear por nadie, mucho menos por un hombre. Ya ella había sufrido demasiado en la vida para tolerar una pena más. También pensó que debía buscar la manera de salir del mundo que le rodeaba. Porque, aunque estaba muy agradecida con Gloria y le tenía mucho cariño a ella y a todos en su casa, ya había sido demasiado tiempo de vivir en esas condiciones pobres y humillantes. Todavía tenía recuerdos de su infancia donde todo sobraba y nada le faltaba. Ahora tenía sueños y metas que cumplir. Buscar un futuro mejor para ella y su ahora familia. Basta de pobrezas, de escasez y de maltratos. Estaba segura de que la vida era mucho más que eso, que había mucho más porqué luchar y se había propuesto lograrlo y tomar las riendas de su vida y salir adelante a capa y espada.

El Ñato

Todos en casa notaron el cambio dramático que dio Maidel de un día para otro. Y aunque les pareció muy abrupto pensaron era preferible eso a verla deambulando como alma en pena por la casa sin ganas de hacer más que lloriquear todo el día. Inclusive las primas se sintieron amenazadas ante la repentina belleza y seguridad al caminar de Maidel. Pero también prefirieron esta nueva chica llena de atributos y cerebro que a la muchachita callada y retraída que era antes. Y en cierta forma se atribuían orgullosamente el resultado de la nueva Maidel, prácticamente fueron ellas las que la impulsaron a tan positivo cambio con sus insistencias de que comience a relacionarse con varones.

Todas las mañanas las tres jovencitas se ayudaban entre sí arreglarse el cabello y apretarse el uniforme lo que más podían para llamar la atención en la escuela. A los enamorados de las primas les daba igual que los otros muchachos babeen por sus novias, los hacía sentir más machos porque después de todo con los que se besaban afanosamente era con ellos, y eso les inflaba el pecho. Las primas y Maidel siempre habían tenido afinidad y se llevaban como hermanas, pero ahora se sentían más unidas que nunca, porque en eso de coquetear y caminar movidito las primas eran las campeonas y ahora las tres parecían como salidas del mismo útero.

—Maidel, ahora nos vas a contar que fue lo que pasó con Alexis. ¿Qué fue lo que te hizo? —preguntaba la prima mientras se rizaba las pestañas con la cucharita del café.

—Lo que pasó ya pasó y está enterrado. Yo ya pasé la página y ustedes deberían hacer lo mismo y olvidarse del asunto. —les repitió Maidel por centésima vez. Esperando que esa vez sea la última.

Los cambios de hora en la escuela secundaria se volvieron más divertidos para Maidel, entre cambio de profesor los muchachos se le amontonaban lanzándole piropos y algunos hasta le guiñaban el ojo acercándose un poco más de lo debido. Era como si nunca hubieran sabido de su existencia antes del cambio radical, a pesar de que habían compartido clases por años. Las compañeras de clase se sentían opacadas por Maidel, ellas siempre se habían dado cuenta de la mojigata que era su compañera que se pasaba la vida leyendo y a la que apenas le conocían la voz.

Maidel tenía porte y una elegancia que la mayoría de las

chicas de su edad carecían injustamente. Antes con sus ojazos negros todos gachos que apenas si se levantaban, ahora se había dado cuenta que no solamente le sirven para leer y no tropezarse con la mesa de comedor por las noches. Maidel aprendió a hablar con la mirada, y decir las cosas que todavía por la poca edad y falta de experiencia no se atrevía a decirle a nadie. Definitivamente las primas fueron como un diccionario abierto para Maidel en las cosas de la feminidad y cómo relacionarse sobre todo con los del sexo opuesto. Las primas habían nacido coquetonas y sin vergüenzas, les gustaba dar besos volados a quien más pudieran y no se enrojecían al hablar de temas candentes. Eran hábiles con demostraciones de cariño y ya con el tiempo se estaban haciendo expertas en el amor y sus otros sentimientos involucrados. Llevaban casi un par de años con sus novios y hacían el amor con ellos a donde les agarraba el desenfreno, aunque para su familia postiza ellas seguían siendo castas y puras. Sin duda las primas fueron un soporte emocional y catedrático para Maidel, y ellas lo sabían y se sentían orgullosas, ya que la alumna aprendía rápido y tenía aptitudes. Así que cuando le toque a Maidel experimentar con los temas de sexo, la muchacha estaría más que informada y preparada.

Por su parte Gloria y Eugenio comenzaron a preocuparse por sus hijas prestadas, de una manera completamente diferente que como los años anteriores. Ahora las preocupaciones eran otras, y más complicadas. Las dos hermanas llevaban un tiempo largo con sus enamorados y podían estárseles dañando la mente y estar haciendo tonterías, inocentes padres no sabían que las chicas se revolcaban como mujeres vividas con sus parejas hace ya bastante tiempo, pero insistían en fiscalizarles las visitas como militares. Y ahora como si no tuvieran suficiente la niña Maidel, que antes del cambio no les aturdía mucho la cabeza, se les convirtió en una señorita atractiva y aunque no tenía enamorado, tenían el presentimiento que en cualquier momento se iban a aparecer más muchachos con caras de tontos por la casa. Por su parte los dos hijos de la pareja seguían durmiendo y comiendo más de la cuenta, porque a pesar de la pubertad esas parecían ser sus prioridades más importantes en la vida, ignoraban a las hermanas que la vida les dio sin preguntar y al resto de las niñas de la escuela no parecían prestarles la menor atención.

Maidel comenzó a socializar con la docena de jóvenes babosos que se le pegaban como moscas cada rato que podían. Ella les hablaba despacito, mientras les echaba unas miradas sugestivas que los hacía enrojecer. Hasta el más acelerado y popular de la escuela se achicaba con la mirada de Maidel, pero lograban mantener conversaciones más largas. Con el tiempo Maidel comenzó a regalarles besos a los muchachos que ella escogía, porque la fina chica era exquisita y no iba a donar sus besos a cualquiera. Normalmente les decía a los chicos que querían agarrarla un poco más de la cuenta, que le traigan frutas de los árboles que adornaban la escuela y algunas veces venía un chico más inteligente que los demás y le pasaba unos pesos para que ella misma tenga la libertad de irse a comprar cualquier ridiculez en las calles inertes de la ciudad, así ellos se ahorraban la sudada tratando de bajarse los frutos de los árboles y pensaban que era más conveniente para Maidel.

—Maidel coñó chica que estás arrasando! —las primas le aplaudían los adelantos de su hermana postiza en las artes de manejar a los muchachos llenos de hormonas calentonas.

—Nunca pensé que los hombres serían tan tontos y fáciles de convencer. Si hubiera sabido esto cuando salía con Alexis, las cosas hubieran terminado de otra manera. —pensó Maidel en voz alta.

—Pero así es como se aprende Maidel, ahora ya sabes y aprendiste tu lección. De nada hermana. —una de las primas le respondía mientras le daba un apretón en señal de agradecimiento.

El Ñato era uno de esos muchachos en el colegio que era conocido por todo el mundo, alumnos, profesores, empleados de limpieza y hasta los que atendían el bar. Era alto y de piel morena, con facciones de vikingo y una voz de cantante de mambo única. Lo apodaban "El Ñato" porque le encantaba darse de puñetazos desde muy pequeño con quien se le pusiera enfrente y después de años en el oficio lo que le quedaba de nariz era un pedazo de hueso minúsculo suficiente para poder respirar. Pero eso no era obstáculo para ser el punto de atención de las chicas de su edad tanto como mujeres adultas. Porque El Ñato parecía de 33 años y arrancaba miradas por donde pasara con su caminar rítmico y completamente seguro de sí mismo, que excusas para coquetear nunca le faltaban. Como si eso fuera poco, este modelo tan peculiar y atractivo de hombre tenía una personalidad arrolladora, le encantaba conversar de todo un poco, siempre encontraba temas para lucirse con una labia típica de político populista. Las matemáticas era la única materia que pasaba sin necesidad de esforzarse, tenía una mente cien por ciento analítica. Por el contrario, el resto de las materias donde tenía que dedicarse a comer libros por horas lo aburrían de una manera desmedida. El asunto de saber sobre ríos, montañas y ciudades de otros países lejanos a su isla, le parecía completamente innecesario. Además, en el fondo pensaba que la única manera que saldría de Cuba sería una vez muerto, donde su espíritu finalmente pueda alcanzar la libertad, así que saber dónde quedaba el desierto del Sahara, era completamente irrelevante para él.

Este era el último año de escuela de El Ñato, era un año mayor que las primas y Maidel y por lo general no perdía el tiempo con las niñas menores que él. El joven era selectivo. Pero al escuchar de los rumores que se ventilaban ese año lectivo en el plantel educativo sobre esta muchacha de quinto curso que era hermosa y les hacía traer malos pensamientos hasta a los más mojigatos, El Ñato decidió ir en busca del chisme caliente que estaba acabando con aquella escuela que se caracterizaba más bien por ser aburrida y demasiado estricta.

Era la hora del recreo y Maidel estaba acompañada por las primas y sus novios en una de las bancas cerca del bar. Ya les habían repartido sus flacos almuerzos y trataban de cubrirse del sol del mediodía que calentaba más de la cuenta en esa época del año en la isla. Dos jóvenes ya se habían apresurado y con los cachetes enrojecidos le habían traído a Maidel una manzana y unas ciruelas para que ella les pague con un guiño de ojos atrevido. Era lo único que se merecían porque ella estaba muy fuera de su nivel y sería una falta de sensatez pensar lo contrario. Con las faldas más arriba de lo que el código del plantel admitía, Maidel se arreglaba el cabello largo y suelto que ahora llevaba como característica primordial de su nueva personalidad. El Ñato se acerca con paso sexy y una sonrisa a medias donde Maidel, con actitud de cazador listo para atrapar a su presa. Alguien le había indicado donde se sentaba la señorita durante las horas de recreo. Y con su voz fuerte y varonil se presentó sin pena —buenas tardes, señoritas y caballeros. Disculpen la interrupción, pero tenía la curiosidad de conocerla Maidel, he escuchado tanto de usted últimamente. Me llaman El Ñato —y le extiende la mano.

—Y qué es lo que ha escuchado? —le responde Maidel mordiendo la manzana que le trajo a regalar uno de sus admiradores minutos atrás mientras le dejaba al ñato la mano extendida.

—La gente habla mucho de su belleza señorita Maidel.

—Y tú qué opinas? —lo tutea Maidel como para provocarlo. Las primas miraban la escena boquiabierta y sin pestañear.

—Los rumores son rumores, normalmente son exagerados y no tienen relación con la verdad. —se acercó más a ella y tomándole la mano para besársela suavemente devolviéndole la provocación, continúa diciéndole —Usted es mucho más hermosa de lo que la gente habla.

Las primas tanto como los novios de éstas parecían intoxicados con una de esas películas no permitidas para jóvenes de su edad, que hasta el almuerzo se les enfriaba sin pena. Maidel y el Ñato no se quitaban las miradas de encima hasta que la campana de regreso a sus respectivas aulas les interrumpió el momento a todos. El Ñato le preguntó soltándole la mano a Maidel, si la vería a la salida del colegio. Ella se secó los labios del jugo de la manzana aquella con su pañuelo blanco, sonrió y siguió su camino como si no hubiera escuchado la pregunta insinuante. Las primas la miraban y le insistían a Maidel que le conteste al joven, como si en realidad hubiera ensordecido.

A la salida del colegio Maidel siguió su rutina de siempre, ya en la esquina ve al Ñato arrimado a un poste de luz con la pierna doblada y una rosa roja en la mano derecha. Maidel pensó "parece que este tipo está decidido". Maidel le sonrió y aceptó la rosa roja mientras lo miraba directamente a los ojos. El Ñato le dijo —una flor para una flor.

A Maidel le causó risa la cursilería de este muchacho al que le gustaba ensangrentarse las manos a puñetazo limpio con otros de su clase. Él se ofreció para acompañarla a su casa, pero Maidel le dijo que ella siempre tenía con quien ir, le agradeció por la rosa mientras le dio la espalda alejándose con las primas y siguiendo su camino de siempre. El Ñato siguió con la mirada a esas tres mujeres que caminaban con un meneo acompasado y sensual.

Por supuesto el tema de conversación entre las chiquillas fue el mismo por días enteros, evitando ser escuchadas por Gloria para que no se entere, que el muchacho con facha de hombre más popular de la escuela estaba que babeaba por Maidel.

Los días pasaban y la insistencia por parte del Ñato se estaba volviendo insostenible, pero Maidel y las primas se lo gozaban, inclusive los novios de estas estaban aprendiendo sobre esas cosas que las mujeres saben hacer para idiotizar a los hombres y les convenía prestar atención.

Los rosas iban y venían entre clase y clase, mensajes en papelitos con pétalos secos estaban a la orden del día y las miradas indiscretas acompañados de besos volados no se hacían esperar. El cortejo entre el Ñato y Maidel parecía de películas de los cuarenta, cursi, lenta y hasta en blanco y negro. Maidel respondía a todos los halagos de su más afanoso admirador con sonrisas presumidas y miradas sensuales. El Ñato que creía que se las sabía todas, estaba ofuscado con las curvas y miradas de esta muchacha que le estaban quitando el sueño. El resto de las fanáticas de el Ñato estaban corajudas ante la desatención repentina del muchacho en cuestión y la pobre Maidel se ganaba enemigas por minuto. La verdad es que poco le importaba a Maidel la reacción de las compañeras celosas. Suficiente tenía ella con los regalos que recibía a diario de parte de jóvenes babosos de la institución educativa y con el último chisme que esperaba ansiosa toda la escuela, "que cuando Maidel le daría el sí al Ñato", quien obviamente estaba envilecido por la muchacha. Así este par de adolescentes se volvieron el punto de atención de la escuela secundaria aquel año, mientras el país se empobrecía cada vez más y a las familias se les complicaba mantenerse robustos y sanos. Las cárceles se llenaban en toda Cuba y las ejecuciones seguían a la orden del día sin discriminación alguna. Unos días la gente estaba y al día siguiente se esfumaban de la nada.

Pasado ya el tiempo pertinente, uno de esos viernes a la salida del colegio cuando todos los muchachos trataban de quedarse por los alrededores de la zona para socializar y reírse un poco de la vida, el Ñato caminaba detrás de Maidel, quien como nunca caminaba sola con su pelo lacio bailándole rítmicamente al son de sus caderas. Ella sintió de repente unas manos que le agarraron la cintura. Se volteó sorprendida, porque a pesar de sus coqueteos con los muchachos, ella era muy respetuosa de su privacidad y nadie se atrevía a acercársele mucho. El Ñato le sonrió y la invitó a caminar un poco alrededor del parque del colegio donde toda la juventud se reunía por un par de horas al finalizar la semana de clases cuando no había toque de queda ni revueltas. Maidel lo miró y saludó discretamente con un beso en la mejilla, mientras se apoyaba en un árbol para darse sombra del sol canicular de ese día.

—Hola Ñato. ¿Qué cuentas de nuevo? —le preguntaba Maidel rozándole la mejilla con su dedo índice.

—Bueno tú lo sabes Maidel, que me tienes loco. —contesta el joven con seguridad y decidido a robarle un beso a como dé lugar a esta muchacha que había estado cortejando religiosamente por meses.

Ambos detuvieron sus miradas y juntaron sus cuerpos en medio del calor abrazador que les acolitaba las intenciones. El Ñato le arregló una mecha de pelo a Maidel que le caía en su frente casi faltándole el respeto. Ella lo dejó con curiosidad en el pecho acelerado de querer saber cómo serían los besos de este tan codiciado espécimen de la raza masculina que venía conquistándola por largo rato. Maidel no lo alejó y más bien le correspondió la atención rozando su cuello con unas caricias típicas de mujer. El silencio los invadió por un par de segundos, aunque a ambos les parecía que llevaban petrificados por horas. El Ñato besó a Maidel con la ternura correspondiente de un caballero enamorado, con un roce suave y constante de sus labios. Ella recordó por un instante cuando años atrás, aún niña, Alexis la besaba por primera vez en su vida. Y trató de pausar el beso de su nuevo amante, pero el Ñato besaba mejor de lo que ella se había imaginado algunas veces, y diez mil veces mejor que los besos de Alexis. Así que se dejó llevar, se abrazaron las espaldas mientras se juntaban más de lo permitido. El furor del primer beso pasó y los jóvenes se miraron con ojos de amor flechado sin misericordia alguna. El no aflojaba su cintura, ella le seguía acariciando el cuello hasta que sonrieron para tomar aire y que les vuelva la respiración a los pulmones.

—Maidel, quieres ser mi enamorada? Bueno ya me besaste así que no te puedes negar. —le dice el Ñato tan entontecido como equivocado.

—Enamorada? Eso suena como un contrato legal, lleno de estipulaciones que en estos momentos la cabeza no nos dejaría coordinar. —le sonríe ella pícaramente.

Los meses pasaron y el Ñato se jactaba delante de toda la escuela, familiares y amigos de andar acompañado de una de las chicas más hermosas de la isla. Andaban juntos de arriba para abajo. El Ñato pasaba revista todas las tardes en casa de Gloria y entre risas y juegos tontos vivían las tardes en familia, mientras en la escuela se pegaban como si tuvieran imanes en los cuerpos y les costara despegarse. Maidel le había dejado bien claro desde el principio a su amigo de besos de adultos que no había ningún tipo de ataduras prescritas ni mucho menos. Ellos eran dos adolescentes disfrutando de su amistad acompañada de besos intensos y caricias típicas de la edad. El Ñato, aunque en el fondo la situación no le causaba mucha gracia, la aceptó porque después de todo eran amigos íntimos con algunos derechos y ninguna restricción, pero estaba seguro de que eventualmente Maidel sería suya y tendrían una de esas relaciones a las que él no estaba acostumbrado, pero que por alguna razón chovinista y algo de inseguridad se le había metido en la cabeza que quería tener con Maidel.

Las primas con sus parejas y Maidel se volvían inseparables y disfrutaban de su compañía auténticamente sin celos ni envidias. Las primas le preguntaban religiosamente todas las noches a Maidel si ya le había dado el sí al Ñato, ella seguía contestando que no le pertenecía a nadie y que solamente eran amigos. En la soledad de su cama Maidel suspiraba cuando se acordaba de las manos del Ñato rozando sus caderas y de sus labios firmes besándola con amor. Pero no quería enamorarse, eso ella se lo había jurado años atrás después de la mala experiencia con Alexis, y que nunca dejaría que ningún hombre se vuelva a aprovechar de ella, y le parecía que la idea de quedar solamente como amigos en las relaciones entre hombres y mujeres era mucho más saludable que el de estarse poniendo títulos que les daba alguna idea remota de posesión y autoridad sobre el otro. Ya el país los tenía sumidos en una esclavitud cruel, ella no dejaría que nadie le quite la libertad que ejercía tan celosamente con su persona, su cuerpo y su mente.

Maidel seguía coleccionando regalos del resto de muchachos comunes y corrientes que aspiraban solamente una mirada de ella, porque sabían que, aunque era conocido por todos en la escuela que ella y el Ñato no eran enamorados, no se arriesgaban a que los dejen ñatos a ellos por andarse metiendo con lo que no les pertenecía. Esto al Ñato no le gustaba en lo absoluto, pero con el pasar del tiempo se fue acostumbrando a la idea de que su amada era famosa y él se fue sintiendo orgulloso. La pareja disfrutó a más no poder del tiempo en la escuela, después de todo sabían que el Ñato se graduaría ese año y serían más complicados los encuentros una vez terminado ese año escolar.

Ya el par de jóvenes atractivos que formaban una pareja envidiable llevaban casi un año de relaciones de amigos íntimos con beneficios extracurriculares. Se besaban como viejos en el asunto y ya se habían tocado sus partes íntimas respectivamente de todas las maneras imaginables por la mente humana. Pero Maidel no estaba lista para entregarse como las mujeres se entregan a los hombres después de cierto tiempo de juegos pecaminosos. Los recuerdos de aquella tarde donde su ex enamorado Alexis, había llegado con el demonio metido arrebatándole su inocencia de la manera más vil y cobarde todavía le taladraba las sienes esporádicamente y aunque no podía dar las explicaciones del caso, siempre cortaba al Ñato de raíz cuando las pasiones se les aceleraban y las ganas se hacían cada vez más irresistibles para ambos, dejándolo con las formalidades alteradas y los pelos revueltos. Ella ni siquiera se disculpaba, porque no le parecía necesario, después de todo solo eran "amigos".

Las celebraciones pobres de fin de año fueron como de costumbre, con poca gente y temprano para evitar los toques de queda en la ciudad y que los borrachos les joroben los deseos para el próximo año. Esa noche las primas con sus novios no se soltaron ni un minuto, porque ya era sabido por todos que esas parejitas iban a estar juntas hasta el final de sus días y que cuando las primas terminen la secundaria se iban a casar y formar sus respectivas familias. Así que Gloria les dejaba hacer de todo, era como si ya estuviesen unidos y con la bendición divina, porque llevaban tantos años juntos que no daban que hablar. Maidel se había puesto un vestido que su vecina le había confeccionado especialmente para ella para la ocasión y se había puesto hermosa esperando por el Ñato. Pero las horas pasaron, los familiares y amigos se desearon otro año de buenos augurios, aunque realmente eso era un chiste y el Ñato nunca apareció. Las primas trataron de consolarla, aunque Maidel no lucía triste, sino más bien molesta. Pero le tocó dejar colgado el vestido en el baño y lavarse la cara con la vergüenza de haber sido plantada por su acompañante fiel de los últimos meses.

Al día siguiente unas vecinas entrometidas vinieron a darle el chisme a Maidel que la razón por la que el Ñato no se había aparecido la noche anterior era porque se había ido con un par de mujeres de la vida, que se llamaban amigas del susodicho, a festejar a Guanabo una playa cercana a La Habana y que habían amanecido desnudos con un par de botellas de ron tiradas en medio de la arena blanca que les acolitaba la buena noche que habían pasado.

Maidel no se molestó en pestañear siquiera, tampoco quiso investigar si las acusaciones de las vecinas eran verdaderas o si eran inventos para separarlos. Maidel desde ese momento decidió terminar la relación con su amigo íntimo porque dicen que cuando el río suena es porque piedras trae y el hecho de haberla dejado engalanada con maquillaje la noche anterior delante de su familia y amigos era razón más que suficiente para no aguantarle insolencias ni humillaciones. Además, las cosas se iban poniendo calientes entre sus cuerpos después de tantos meses de continua provocación, que la solución más práctica era terminar esa amistad por lo sano.

El primer trabajo

Maidel terminó su último año de estudios secundarios con honores y condecoraciones. Las primas se conformaron con un apretón de manos de parte del general que había sido el director de la escuela esos años, que ese día se había mandado a lavar el uniforme de camuflaje para la ocasión e inclusive las botas negras se veían brillar desde las graderías. La ceremonia fue corta y sin mucha alaraca, porque hasta las celebraciones eran fiscalizadas y racionadas en la isla. No había razones para celebrar nada, era responsabilidad de los estudiantes graduarse y luego servir al partido comunista, obedeciendo todos sus ideales.

El sexto curso Maidel se lo pasó entre libros durante las horas de estudios, y en las de ocio intercambiando besos por chocolates, frutas, galletas de mantequilla, rosas y otras chucherías que usaban las adolescentes de su edad. En ocasiones recolectaba tanta cosa que le alcanzaba para compartir con las primas y hasta darle sorpresas a Gloria. Pero no cualquiera era merecedor del intercambio clandestino que Maidel llevaba ofreciendo por largo tiempo, ella escogía a los candidatos minuciosamente. En la lista de requerimientos estaba bien claro que los aspirantes debían ser relativamente bien parecidos, tener algo de personalidad y lo más importante que sean aseados y no tengan mal aliento, ni mucho menos que lleguen sudados al momento del trueque. Parecía que los recuerdos de aquellos tiempos con el Ñato ya no le engañaban el espíritu a Maidel, sumando a esa pena cuando le mataron a sus padres y cuando el infeliz de Alexis le arrebató la inocencia, ya ella había sufrido más de la cuenta. La vida es corta, y esa estrechez se sentía más en la isla, no había tiempo ni necesidad de apenarse por las lecciones del destino. Lo que pasó, pasó. ¡Pasar la página, aprender de lo vivido y a seguir adelante! Con los comunistas manejando el país la verdad es que a los cubanos las penas y angustias se les estaban haciendo parte del día a día y los escándalos de muertes y desaparecidos les dejaba de llamar la atención. Como todas las cosas, se iban acostumbrando a los golpes insolentes de la vida.

Como lo habían anunciado por años, las primas se casaron dos meses después de graduadas con sus novios de toda la vida en el registro civil de La Habana en un cuarto angosto que olía a moho y con un par de militares de testigos. Los nuevos esposos seguían viviendo en casa de Gloria porque los hijos de esta vivían en las plantaciones de azúcar donde trabajaban seis días a la semana, después de todo era lo único que ese par de mocosos sabían hacer y no tenían ninguna intención de superarse asistiendo a la universidad como su hermano Alfredo, o aún peor acudir a la forzada instrucción militar.

Gloria y Eugenio dormían en el comedor de su casa, donde habían acomodado un espacio para descansar por las noches y dejar que la juventud goce de su privacidad en las habitaciones pequeñas, pero que tenían pestillos en las puertas. Los esposos de las primas pasaban la mayor parte del tiempo estudiando para ser profesores y las primas trabajaban atendiendo una farmacia pública en el centro de la ciudad, cargo que su hermano Alfredo les había conseguido, ya que después de un par de años en la universidad se había logrado relacionar con algunos comunistas que manejaban ciertos negocios en el país y esa era la mejor manera de ayudar a sus hermanas postizas. Desgraciadamente solo había dos posiciones abiertas así que tuvo que decirle a Maidel que espere su turno, que pronto saldría algo para ella también.

En la parte posterior de la pequeña vivienda de Gloria, su esposo junto a unos amigos había construido una pequeña habitación con una claraboya minúscula y sin closet ni baño propio, pero con suficiente espacio para instalar una cama de media plaza para que Maidel no tenga que escuchar los rechinados de las camas de las parejas jóvenes por las noches. Por su parte Gloria y Eugenio ya estaban viejos y cansados de las cosas de la intimidad, se conformaban con tener un colchón limpio donde descansar sus cuerpos agotados por los días interminables de trabajo. Por las mañanas los integrantes de la nueva multiplicada familia de Gloria tenían que hacer fila para usar el único baño de la vivienda y poder llegar a tiempo a sus respectivas actividades. De igual manera tenían que sacar turnos para poder desayunar sentados en la mesita para cuatro que todavía tenían en la cocina modesta de la casa que habían heredado en el barrio Peñas décadas atrás.

Maidel había tratado de conseguir trabajo una vez terminada la escuela, básicamente para no estar encerrada en la casa sin hacer nada, a la vez que podría contribuir a traer una libra más de arroz y plátanos para la familia. La verdad era que a Maidel le fastidiaba de sobremanera la pobreza en que su familia vivía, le echaba la culpa a la revolución que la arrancó de sus padres y de un nivel de vida del que ya se estaba olvidando. Pero sabía que las cosas podrían ser mejor cuando se trabaja y se hace dinero, porque el dinero lo puede comprar todo. Claro que ese no era el caso en Cuba, aunque había un par de restaurantes en el centro de la ciudad donde la gente afiliada al gobierno comía bien y hasta se servían una copa de vino o un vaso de ron, mientras desahogaban la ansiedad con un cigarro que a veces compartían provocando una humareda sutil que dejaban escapar por las ventanas.

Maidel pensaba que la universidad sería una pérdida de tiempo, porque lo que le podían enseñar ahí tomaría demasiados años para que ella sacara de la pobreza a los suyos. Tenía que existir alguna otra manera de elevar el nivel de vida de una manera más eficaz. Todavía no sabía cómo, pero de seguro en cualquier momento se le ocurriría algo. Por el momento unas amistades de Gloria le dijeron a Maidel, que en uno de los restaurantes en el centro de La Habana estaban contratando asistentes de cocina y no requerían experiencias, era suficiente que las muchachas sean guapas y con cuerpos atrevidos. Maidel lo pensó veinte veces hasta que se animó a ir, porque estaba segura de que ella podría hacer cualquier trabajo que le dieran, era joven e inteligente y sabía que ya Gloria y Eugenio se les estaban poniendo viejos y que no les durarían para siempre. Alfredo probablemente haga su vida al otro extremo de la isla y apenas los esposos de las primas terminen sus estudios superiores se irían con sus esposas a quien sabe a dónde. Maidel sintió una tremenda responsabilidad sobre sus hombros, de hacerse responsable por el futuro de la pareja que le había dado sin pedirlo, otra oportunidad en la vida.

Esa tarde se arregló un poco más formal de lo que acostumbraba, inclusive se amarró el cabello y le pidió prestado a Gloria uno de esos suéteres largos que, aunque no era época de abrigarse, le daba a Maidel una apariencia más apropiada para ir a pedir trabajo.

El bus la dejó a una cuadra de la dirección que tenía anotada en un pedazo de papel amarillento, enseguida ubicó el lugar de comidas que parecía casi escondido en medio de paredes viejas de ladrillos gastados. El letrero con el nombre del local apenas se podía leer, las letras eran de un verde opaco con unas copas de vino dibujadas a ambos lados. Maidel entró empujando aquel portón pesado de hierro soldado y preguntó por Lázaro, quien era el encargado del personal y amigo de la vecina. El hombre se acercó bien vestido y rasurado, la miró a Maidel de pies a cabeza sin perder ni un detalle de esta joven que preguntaba por él.

—Buenas tardes señorita. ¿En qué le puedo servir pues?

—Buenas tardes don Lázaro, vengo recomendada de la señora Flor, es mi vecina. Me comentó que están necesitando ayuda aquí en el local. Por eso vengo.

—Ah si pues verdad es que necesitamos ayuda en la cocina. La Flor es una buena amiga. Si pues. —la seguía estudiando mientras se la imaginaba haciendo cosas prohibidas.

Maidel se sintió incómoda, tanto como aquella vez que Alexis comenzó a forzarla años atrás. Y no le gustó la idea de estar en aquel edificio con este hombre a solas. Decidió inmediatamente para evitar pasar un mal rato dar la vuelta y dirigiéndose de regreso a la puerta del local, Lázaro la interrumpió —señorita, pero a dónde va pues, pensé que venía a buscar trabajo pues. Por qué se va tan rápido pues.

—No me gustó su mirada don Lázaro. Así que mejor me voy. Ni me hace falta el trabajo. —Maidel siguió caminando con la mirada en alto y el corazón a mil.

Lázaro se disculpó con la muchacha y le indicó que podía

regresar el martes siguiente para recoger su uniforme y comenzar a trabajar, porque ese día era lunes y estaban cerrados. Maidel se le acercó y mirándolo a los ojos le dijo bien claro, que ya que iban a trabajar juntos esperaba que esa sea la última vez que ella tenía que llamarle la atención por su comportamiento inapropiado. El hombre se quedó de una pieza, tragó grueso y se despidió de aquella joven que tenía una personalidad de hombre berraco.

Las primeras semanas de trabajo en el restaurante fueron un dolor de cabeza para Maidel, nunca en su vida había recibido órdenes ni mucho menos ajustarse un delantal a la cintura para cortar verduras durante horas interminables. Luego para que la muchacha no se muera del aburrimiento la hacían lavar los trastos por las tardes. El calor que impregnaba la cocina la mantenía transpirando profusamente mientras que el maquillaje de los ojos le chorreaba sarcásticamente por su cara, como riéndose de su suerte. Maidel llegaba a su casa al final del día de mal humor y sin querer hablar con nadie, se pegaba un duchazo y se metía en su pequeña habitación a devorar sus libros a manera de borrar las experiencias del día.

El fin de mes llegó de la manera más lenta para Maidel, después de sus dos primeras semanas de entrenamiento con Lázaro contaba los segundos para que sea fin de mes y recibir su primer pago. Aquel día se quitó el delantal sucio y lo dejó colgado en el cuarto de los empleados, ansiosa de abrir su primer sobre con la compensación salarial respectiva por sus labores con esa empresa. Lázaro le extendió el sobre y se despidió de ella como hizo con los demás empleados. Maidel no pudo contener la emoción y abrió su sobre de pago inmediatamente. Contó los pocos billetes de baja nominación y un par de monedas sueltas y siguió rebuscando en cada esquina del paquete, como esperando encontrar lo que faltaba.

—Don Lázaro, debe haber un error, yo he marcado 50 horas por semana, por las últimas 4 semanas de labores y esto es todo lo que recibí. —preguntó confundida y decepcionada la pobre Maidel mostrando su sobre desnutrido.

—Exactamente mi Maidel pues, ese es tu salario completo por tu mes de trabajo y deberías estar agradecida que te hemos dejado llevar comida para tu casa los días que sobra pues. Buenas noches pues. —contestó Lázaro mientras le hacía seña que pase al siguiente empleado en línea.

Sin duda alguna los doce años de escuela prepara a los muchachos para saber leer y escribir, poder multiplicar las horas de trabajo por el sueldo ofrecido. Lo que no servía realmente para un carajo porque a fin de cuentas el país estaba desgastado y la economía pisoteada en esos últimos años que la dura realidad de la pobreza en que se encontraba Cuba les abofeteaba la cara a los jóvenes recién graduados con esperanzas de superarse en la vida. Maidel descubrió un mundo completamente diferente al que se había creado en su cabeza adolescente, y le echaba la culpa a Gloria, porque les hablaba todo el tiempo sobre mundos fantasiosos que no existían. También les hablaba como si lo tenían todo en la vida por el simple hecho de tener un techo medio destartalado, pero techo sobre sus cabezas y un petate algunas veces agujereado donde dormir. También le echaba la culpa a Gloria por repetirles tantas veces que tenían que ser agradecidos porque Eugenio y sus hijos tenían trabajo y no los había desaparecido todavía. La verdad pensaba Maidel, era otra completamente diferente. La verdad era que su familia adoptada por las cosas del destino, vivían en extrema pobreza, como la mayoría de las personas en la isla. Maidel no veía ninguna razón en esos momentos de ser agradecida con nada, porque lo que tenían era menos que poco y no le parecía justo cuando tenían el derecho de llevar una vida más holgada y económicamente estable. Pensaba que después de darse cuenta de la realidad de las vidas de los cubanos, hasta hubiera sido mejor que Gloria nunca la hubiera rescatado del ático de sus padres, porque lo más decente hubiera sido pudrirse en aquel lugar y terminar con tantas miserias.

Maidel le recordó a Alfredo en un par de cartas desesperadas que la ayude a conseguir trabajo en algún otro lugar donde por lo menos pueda traer algo decente para ayudar a Gloria y Eugenio a quienes parecía que la vida se les estaba acabando. Las primas, aunque también recibían un sueldo ridículo en la farmacia, por lo menos no tenía que lavar platos y preparar comida para gente insolente y sin clase que trataban a Maidel como si fuera una basura.

Ya pasados los tres primeros meses de prueba, Lázaro le dio la buena noticia a Maidel que estaba pasando a formar parte oficial de la lista de empleados de planta del restaurante y que, por su buena actitud, cooperación y belleza, como si estuviera en la cárcel, el dueño quería que se entrene como salonera y ayuda a servir mesas. La paga era la misma, pero los buenos clientes que normalmente vestían de militares y tenían las panzas grandes y los bigotes y barbas desordenados dejaban buenas propinas, sobre todo a las cubanas con las carnes bien repartidas como era el caso de Maidel. Así que desde ese día en adelante Maidel pasó al grupo élite de las meseras con vestidos ceñidos al cuerpo y zapatos de taco y el maquillaje dramático era obligatorio. El mismo que no se le chorrearía con el calor porque ahora pasaba más tiempo en el salón principal que estaba abarrotado de ventiladores gigantescos para que los clientes no se acaloren.

Ese mismo martes al medio día la pusieron a cargo de Yanet, una cubana chaparrita, pero con curvas llamativas y una personalidad rebosante de energía. Ya entrada en años pero que se sabía el teje y maneje del restaurante porque había servido en éste desde tiempos antes de la revolución, durante los tiempos de oro de Cuba, sin duda alguna la cubana sabía cómo adaptarse. Desde el primer día que vio a la pobre Maidel bañada en sudor mientras sufría lavando platos en la cocina, le puso el ojo a la muchacha, porque como le comentaba a Lázaro, era un desperdicio tenerla en la cocina, cuando con esa cara y cuerpo de seguro llenaría las noches del bar con hombres con o sin medallas en las solapas que probablemente vendrían solo para ver a la joven.

Maidel terminó su capacitación antes de lo requerido, porque sus ansias de hacer algo con su vida mejor que lavar platos, la llenaba de energías. Ella y Yanet se llegaron a entender de la mejor manera. Maidel en cierta forma admiraba a esta mujer madura entrada en años, pero que lucía esplendorosa y feliz, como si los problemas políticos no le afectaban. Coquetona llegaba siempre arreglada a trabajar y caminaba con un bamboleo de caderas en esos tacones que era digna de admiración.

—Muchas gracias Yanet por traerme a trabajar con usted a servir mesas, esté usted segura que no la defraudaré. Haré mi mejor trabajo. —le decía Maidel a su ahora jefa con todos los ánimos del mundo.

—Yo sé que lo harás Maidel, cuando comiences a ver el dinero en tus bolsillos verás que fácil es hacerse unos pesitos extra. Tu eres hermosa y además inteligente muchacha. Si te lo propones podrás llegar a tomar mi puesto con el tiempo. —Yanet le guiña el ojo a su nueva mesera como aprobación de la excelente decisión tomada.

En dos semanas Maidel ya era una experta en atender mesas y sonreírles coquetamente a los clientes varones, mientras halagaba a las pocas damas que asistían de vez en cuando al restaurante. Llamó la atención desde el primer momento que la vieron, sus cabellos negros y lacios que le bordeaban la cintura eran la admiración de los caballeros y la envidia de las señoras. Cualquiera que la veía a Maidel trabajando hubieran pensado que llevaba años en el oficio.

Ahora sus horarios eran desde el mediodía hasta que el local cierre sus puertas, que entre semana era antes de las 9 y los fines de semana hasta altas horas de la noche, donde el restaurante se convertía en un bar solamente para cierto grupo de clientela. A Gloria la situación le preocupaba porque su hija prestada tenía que caminar tarde por las calles descoloridas y abandonadas de su barrio, pero siempre había un vecino con buena voluntad que se ofrecía esperar a Maidel para llevarla sana y salva a su casa.

Los caballeros que daban buena propina eran los alcohólicos empedernidos que se sentaban en el bar terminada la tarde y se deleitaban con el caminar de Yanet y por supuesto de la nueva adquisición, Maidel. Los viejos le tiraban piropos a Maidel desde mesas lejanas, otros más descarados no les importaba que sus esposas o compañeras de noche estén a su lado, igual la llenaban de halagos a la nueva mesera que parecía sumamente preparada para la posición a más de tener una hermosura diferente y cautivadora.

Maidel llegaba cada fin de semana con una bolsa llena de monedas sueltas e inclusive billetes todos apachurrados que había forzado en sus bolsillos durante las horas de trabajo. Traía restos de la comida del restaurante, siempre y cuando estén en buen estado y no hayan sido tocados por nadie. Ya en la cocina la conocían y querían mucho a Maidel y le preparaban unas viandas meticulosamente ordenadas para que ella lleve a su familia. Todos en casa estaban gozando sin duda del nuevo trabajo de la chica, inclusive Alfredo llamó a ofrecerle un puesto a Maidel en el hospital público de La Habana pero ella lo rechazó agradeciéndole por el esfuerzo. El trabajo en el restaurante llenaba a Maidel de gratificaciones, todos los empleados la querían como si fuera una pariente cercana y aún más le encantaba ser el centro de atención de sus clientes. Y la remuneración sumada a los beneficios de traer comida decente a su hogar no lo cambiaba por nada, por lo menos en esos momentos.

Aquel invierno la naturaleza se empecinó con los cubanos, tuvieron una temporada de huracanes tediosa que los mantenía con las aguas elevadas en las calles, las casas llenas de mosquitos y por ende la gente caía enferma de dengue, influenza y otros virus descarados. En las plantaciones el servicio de ayuda médica para los empleados era ignorada, el que se enfermaba estaba a la buena de Dios porque para el gobierno era más práctico enterrar al viejo empleado y reemplazarlo con gente joven y fuerte. Eugenio no fue la excepción, a finales de noviembre cayó en cama con una fiebre altísima que no le bajaba ni con las diez mil velas que le habían encendido a la Virgen de la Caridad del Cobre. Por las noches tiritaba y perdía la conciencia hasta la mañana siguiente cuando los rayos de sol le golpeaban la cara y sentía algo de hambre, Gloria y las primas lo atendían con esmero. Pero Eugenio devolvía la mitad de lo poco que comía y no había poder divino que le baje la fiebre. Alfredo tuvo que venir de Camagüey para hacerse cargo de su padre y como tenía conocidos influyentes finalmente después de semanas de angustias, lograron ingresar a Eugenio al hospital más cercano.

Lo atendieron un par de enfermeras en una camilla bulliciosa arrimada a uno de los cuartos de operaciones en un pasillo frío y oscuro que olía a formol. Media hora después mientras esperaban por el médico de turno, Eugenio murió en medio de convulsiones y vómitos que se tragaba sin darse cuenta. Le dieron la noticia a Alfredo que estaba esperando que su padre se recupere, pero la desgracia le tocó la puerta a esta familia humilde del barrio Peñas. Al día siguiente por la tarde los cinco hijos de Eugenio y su esposa lo lloraban en uno de los cuartos de la funeraria que le habían dado a Alfredo sus amistades, para que pueda enterrar de manera decente a su padre ya que de lo contrario el pobre Eugenio hubiera terminado en alguna fosa común, mientras sus seres queridos lo despedían en medio del lodazal y el olor a muerte típico de esas escenas cuando los pobres se morían en Cuba.

Todos estaban con las caras apagadas en casa de Gloria, las primas iban a trabajar con los ojos hinchados y las narices rojas de tanto llorar al que por la mayoría de sus años de vida había sido la figura paterna. Los hijos de sangre de Eugenio ponían caras de fuertes, pero la pena los carcomía por dentro, habían trabajado tantos años junto a su padre que para ellos era como un amigo. Lloraban su espacio vacío en las plantaciones sin que nadie se diera cuenta, a la vez que ahora les hincaba la idea en sus cabezas que ellos podrían en cualquier momento ser los siguientes. El mañana se volvió más incierto para todos.

A Maidel la pena le hizo recordar años atrás cuando se quedó huérfana en medio de una balacera cruel que terminó con la vida de sus padres. Aquella sensación de soledad, de vacío en el pecho que había enterrado por muchos años mientras trataba de ser feliz, le resucitó inesperadamente. Y ahora con mayor razón se sentía con más responsabilidad de ayudar a Gloria, quien estaba postrada del dolor y envejecía de una manera rápida con ganas de que se le expire la vida y poder estar con su amado Eugenio.

Alfredo y sus hermanos como buenos machos le dijeron a Maidel que no se preocupe de nada porque ellos se iban hacer cargo que a las mujeres de su casa no les falte nada. Ese concepto era realmente una ridiculez, porque a los habitantes de la isla les faltaba más de lo debido y sobre todo les faltaba su libertad y hacer promesas era una utopía. Pero Maidel, aunque confiaba en sus hermanos de la vida, se caracterizaba por ser una mujer independiente, sabía que las primas se mudarían pronto con sus esposos y ella se quedaría con Gloria sola en esa casa, y eso esperando que en cualquier momento el gobierno se las confisque. Por ahora Maidel le cedió a su madre postiza su habitación pequeña y ella se fue al espacio donde los viejos esposos compartieron sus últimas noches juntos. Maidel pensó rápido y las propinas que recibía en el bar por menear el trasero más de la cuenta, aunque eran unos pesitos extras, no sería suficiente para ayudar con los gastos de la casa y mantener a Gloria, sobre todo ahora que la vejez le estaba tocando las puertas. Todos sus hermanos y primas trabajaban, pero los sueldos en la isla eran famélicos y los alimentos y artículos de primera necesidad que el gobierno se llenaban las bocas dándoselos gratis, no alcanzaban para mucho. No quería ni imaginarse a Gloria morir por falta de atención médica o medicinas, Maidel se sentiría tan culpable, como en el fondo por alguna razón estúpida siempre se sintió culpable de la muerte de sus padres, y de culpas ya tenía suficiente.

Los clientes con dinero que acudían al bar y le daban buenas propinas a Maidel, era la mayoría gente de poder e influyentes, ella no tenía idea de donde sacaban el dinero para vivir con holgura durante esos tiempos en Cuba, pero sin duda había alguna manera de hacerlo y ella estaba dispuesta a averiguarlo. Maidel se imaginaba que la razón primordial era ser parte del gobierno, aparentemente los políticos y militares se enriquecían a diario mientras el pueblo se moría en la calle. Era una ecuación que no se computaba en la cabeza adolescente de Maidel, pero aparentemente era lo que funcionaba. O te les unes o te quedas afuera, no había más alternativa.

Un sábado por la noche le habían informado a Maidel que se celebraba el cumpleaños por todo lo alto, aunque a puertas cerradas para evitar dar que hablar, de uno de los altos rangos de los militares que estaban en el gobierno. Les habían dado instrucciones dos semanas antes de todos los detalles de la fiesta privada y como era de esperarse Maidel y Yanet eran las meseras escogidas para servir y entretener a los invitados.

Maidel se puso más buena moza que de costumbre y el traje de mesera era diferente para la ocasión, le dieron además un par de pantalones negros que le entallaban sus atractivos más de la cuenta. La habitación separada para la celebración del militar estaba adornada con globos y guirnaldas de colores verdes y dorados. Los arreglos florales eran ostentosos en los centros de mesa, y el menú era algo que Maidel nunca había visto antes. Le llamó la atención tanto desperdicio, la gente se muere de hambre en las calles de la ciudad, pero aquí entre estas cuatro paredes exquisitamente adornadas la gente parecía que venían de otro mundo.

Los invitados eran alrededor de 60 y las mujeres se asomaron con sus mejores galas y joyas colgantes por todas partes, tanto que Maidel estaba atontada con todo ese brillo y elegancia. No le parecía justo que ella no pueda tener las mismas oportunidades de esas mujeres y vestirse con ropas caras y adornarse con oro y piedras preciosas. Pero se dedicó a proveer el mejor de los servicios aquella noche que auguraba bolsillos con muchos pesos para llevar a su casa.

Una vez terminada la cena, la mayoría de los invitados se quedaron a matar el resto de la noche a punta de ron y habanos. Un músico cantaba solitario en una de las esquinas del local mientras algunas de las damas bailaban con copas en mano al ritmo del alcohol en sus caderas. Maidel saludó a algunos de sus clientes fijos, quienes ya le habían puesto un par de billetes doblados en dos en los bolsillos de su delantal que le cubría poco. Entrada la noche, Maidel iba de mesa en mesa entablando conversación con los invitados, que ya a estas alturas de la fiesta estaban perdiendo la cordura. Yanet llamó a Maidel para presentarle a uno de los generales que estaba en la mesa del homenajeado y que no le había quitado la mirada a Maidel desde que llegó y como conocía a Yanet por los años de amistad abusó de la confianza.

—Maidel querida ven que te quiero presentar a mi amigo que ha estado preguntando por ti. —le indica Yanet moviendo sus cinturas.

—Encantada mi general, mi nombre es Maidel —ella le extendió la mano mientras lo miraba provocativamente. El general no era feo y detrás de esa barba frondosa se divisaban unos labios gruesos que lo hacía inclusive atractivo.

El General

El general que se encaprichó aquella noche de festejo con la hermosa mesera Maidel, era un hombre delgado, pero con los brazos desarrollados más de lo que su oficio le podía ofrecer. Seguramente se dedicaba en sus extensas horas de descanso a levantar rifles y bayonetas a manera de pesas para incrementar el tamaño de sus bíceps e impresionar a la gente. Tenía el pelo largo y negro que le hacía juego a sus ojos repletos de pestañas y cejas exageradas. Parecía que era requerimiento de los militares dejarse la barba larga y descuidada, porque hasta el más lampiño de los vestidos de guerrilleros, la mostraba con orgullo.

De la vida privada del general no se sabía mucho, se presentaba todas las mañanas a trabajar en una oficina modesta que le habían asignado en el Palacio de la Revolución, para estar cerca de los grandes porque era una de las manos derecha de los revolucionarios. El general se caracterizaba por su caminar pausado siempre armado hasta los dientes y se decía de él que era uno de los más berracos en los tiempos de repartir bala y que había matado a miles tanto en los conflictos durante la revolución como en ejecuciones en grupo que se llevaban a cabo a puerta abierta en la isla.

Fácilmente pudieron ser chismes que se alcahueteaban los revoltosos, en realidad no había pruebas de ningún tipo que involucraba al general de tales insinuaciones. Lo que la gente también acotaba es que los rebeldes sabían muy bien cómo hacer las cosas sin incriminarse públicamente.

En cuanto a su estado civil, el general aparecía como solero en el registro civil de la isla. Gozaba de buena salud, quizá por su juventud o el buen nivel de vida que llevaba y le encantaba la lectura. Leía todos los géneros posibles, devoraba un libro en menos de cuatro días y seguía con el siguiente sin mucho retraso. Se sentaba en el balcón de su casa a las afueras de La Habana con un vaso de ron y un cigarro para inmiscuirse en las historias de los protagonistas de sus lecturas. Al final de su día de trabajo normalmente iba a comer al restaurante de siempre y tomarse un par de vasos de vino tinto que tanto le gustaba. El general era fino, no comía cualquier cosa de la calle y se jactaba de catar vinos como un experto en la materia. Normalmente era Yanet, su amiga, que lo atendía en el restaurante, pero desde aquella noche que vio a Maidel, ésta se convirtió en su dama de compañía estable durante sus horas gastadas en aquel lugar.

Maidel lo atendía con gusto y atenciones extremas, porque muy aparte de los consejos de Yanet de cómo tratar al general, Maidel se sentía sumamente atraída por este militar que olía bien y tenía acento de forastero. Y Lázaro la dejaba porque sabía que en ese lugar los que mandaban eran los hombres del gobierno y se hacía lo que ellos querían. Por lo que tuvieron que contratar a otra muchacha menos llamativa que Maidel, básicamente porque no había competencia alguna, para que atienda al resto de clientes. Ya era sabido en el restaurante que Maidel era la muchacha del general y nadie refutaba lo contrario.

Los coqueteos entre el general y Maidel se aceleraban a medida que la relación de ellos maduraba con el pasar de los días. Ella le traía la carta con el menú, simplemente como rutina de trabajo, porque el general ordenaba siempre lo mismo. Maidel de vez en cuando le hacía recomendaciones sobre algún plato diferente que las señoras de la cocina se habían esmerado en prepararle y el general los probaba con gusto. Lo mismo pasaba con el vino, su preferido era el vino tinto de la casa y durante el tiempo que él pasaba en el restaurante se acababa una botella entera. Al general nunca se lo vio tambalear por los efectos del alcohol, parecía que tenía hígado de hierro porque ni la voz se le quebraba y nunca perdía los modales. A él no le gustaba hacer el ridículo y mucho menos en frente de Maidel.

Maidel estaba entontecida por el general, le llamaba mucho

la atención, aunque era un hombre relativamente joven para su cargo, para Maidel era un hombre hecho y derecho. Y el aire de poder que irradiaba le provocaba cosquilleos en los tobillos. Se sonreían y conversaban de cosas irrelevantes al tiempo que intercambiaban miradas pícaras. Cuando Maidel se retiraba de la mesa caminando sensualmente para incitar al general, él no le quitaba la mirada hasta que su figura se desvanecía en el pasillo de la cocina y él se secaba los bigotes con la servilleta de tela blanca que le ponían finamente arreglada en la mesa de siempre.

Yanet los miraba como se ven aquellas películas para adultos que no tenían voz a la vez que la asesoraba a su discípula de los pasos a seguir.

—Maidel tienes loco al general muchacha, manejas la situación como una experta —le decía Yanet orgullosa de ella.

—El general es un hombre muy atento y educado Yanet, y nos llevamos muy bien.

—Te gusta mucho cierto?

—No puedo negar que es un hombre atractivo.

—Yo lo conozco desde hace muchos años, y te puedo decir que a ti es a la que mejor trata, te mira de una manera diferente que a las demás. Tienes suerte, porque el general cuando se empecina con una muchacha es muy generoso. Sabes a lo que me refiero, ¿verdad?

—Ojalá y algún día lleguemos hacer buenos amigos, si es eso a lo que te refieres.

Yanet se rio escandalosamente mientras le decía al oído a Maidel —el general no tiene amigas mi querida, el general tiene amantes.

Maidel regresó pensativa esa noche a su casa después del día no tan arduo de labores, porque ahora ella era básicamente la mesera especial del general, y eso le facilitaba el trabajo. Como de costumbre uno de los vecinos la esperaba en la parada del bus para acompañar a Maidel hasta la puerta de su casa, como Gloria se lo había pedido tiempo atrás. El trabajo se lo repartían entre cuatro muchachones que eran fanáticos de Maidel y se peleaban por ayudar a la señora Gloria con su pedido especial de caminar a la hija.

Como todas las noches Maidel besó en la frente a Gloria que a estas alturas del partido era ya como una madre para ella, se quitó los zapatos de tacones y dejó su bolso en la mesita de la cocina. Las primas las acompañaron y todas conversaron sobre su día mientras Gloria se tomaba un café cubano sin azúcar, para dormir mejor insistía ella, el azúcar le daba insomnio y la cafeína la ayudaba a soñar con su Eugenio. Ya cansadas se retiraron a sus camas estrechas pero limpias. Maidel se daba un baño para refrescarse del día de trabajo y sacarse el olor a fritura que a veces se le impregnaba en la ropa interior. Se acostaba con la idea del general en su cabeza, definitivamente el hombre no le era para nada indiferente, a parte de la atracción física, le caía bien, se podía mantener una conversación amena con el militar. Se acordaba de los tiempos de amor estúpido con Alexis y los primeros besos torpes que fueron borrados por tan terrible acto de violencia contra su inocencia, aunque trataba de olvidarlo aún le calaba los huesos en ciertas ocasiones, pero como le dolía así mismo se le esfumaba. También se acordaba de los besos más avanzados del Ñato, aquel joven tan apuesto y experto en el asunto de besuquearse por largo rato, sin duda aprendió mucho con él. Se acordaba de sus caricias jóvenes y suaves, que le hicieron creer en esa época de colegio e inexperiencia, que eran caricias de amor. Pero inclusive la visión vaga del Ñato se le iba alejando con gracia y menos resentimientos que antes. Sin duda alguna, el tiempo es el mejor aliado para olvidar y suavizar los golpes del corazón.

Ahora el destino ponía a Maidel frente a un militar que aparentemente pensaba que ella era una mujer tan hermosa como encantadora, ella se sentía halagada. A medida que se adentraba la noche por la ventana donde dormía, la mente le jugaba malas pasadas a Maidel, porque se imaginaba al general tomándola entre sus brazos y besándola como lo hacía el Ñato, pero añadiéndole el roce del bigote y barbas tan varoniles que le arrancaban más de una sonrisa pícara en la oscuridad. No cabía duda de que ese general, macho completo y lleno de armas en su cintura podría tratarla como toda una dama que ella era. Sin embargo, el comentario de Yanet aquel día le seguía dando vueltas en la cabeza. A que se habrá referido con ser "la amante" del general. Obviamente Maidel estaría encantada de ser la compañera especial del general, no sabría si exclusiva, porque por lo que había escuchado, los militares no entienden de exclusividades en lo que a mujeres se refiere. Pero a ella no le importaba tanto eso, siendo su dama de compañía probablemente él la llene de regalos y le pueda conseguir un trabajo donde le paguen mucho dinero y pueda ser ella la que celebrara ostentosos cumpleaños en el restaurante donde trabaja. Pero la palabra "amante" le sonaba a mucho más que besos suaves y conversaciones eternas tomados de la mano por el malecón contando las estrellas. Y qué pasaría si el general quisiera acostarse con ella. Cuando el momento llegó durante su relación con el Ñato, ella no estaba preparada. Sintió que las heridas que le dejó Alexis estaban aún frescas. Pero había pasado bastante tiempo desde aquello y quien sabe si era hora de intentar los asuntos de la intimidad otra vez. Quizá sus dudas se han desaparecido, pero no hay otra manera de probarlo que echándose a los brazos del general. Estaba segura de que no podría simplemente intentarlo con cualquiera, tenía que ser alguien a quien ella le tenga algo de confianza y mucha atracción, y el general cumplía los requisitos. Ahora solo quedaba ver si el amigo de Yanet estaba tan interesado en ella como para hacerla su "amante". Maidel se quedó dormida esa noche con una sonrisa leve en su rostro.

Un domingo temprano en la tarde cayó una de esas lluvias torrenciales en la isla, que parecía que el cielo se les venía encima a los cubanos. El restaurante cerró temprano y Maidel tuvo que esperar puertas adentro que la lluvia escampe para poder ir a tomar su respectivo bus. El general que terminaba de repartir propinas a todos en la cocina del restaurante como acostumbraba cada domingo, vio a Maidel y como todo un caballero que había demostrado ser esos meses de amistad de bar le preguntó si la podía llevar a su casa.

—Maidel, la lluvia no va a pasar. Este mal tiempo tiene para rato. Te podría llevar a tu casa con todo gusto —le dijo él mirándola fijamente a los ojos como le gustaba hacer.

—Mi general, eso sería demasiada molestia. No se preocupe yo espero, pero muchas gracias.

—Vamos no seas necia, vas a pasar todo el domingo aquí encerrada con Lázaro jorobándote la vida. —el general la convenció.

Ambos se embarcaron en el jeep blindado del general, él le abrió la puerta mientras la cubría con una de sus chaquetas de camuflaje para que no se mojara demasiado. Una vez en el vehículo del general, sonrieron. —es mejor estar secos y camino a casa, no te parece? —Maidel asintió con la cabeza, mientras se secaba las piernas con la chaqueta del general.

Maidel le indicó que calles tomar para llegar más rápido a la casa de Gloria, pero tenían que ir despacio porque apenas podían ver un metro frente a ellos por los galones de agua que le caían indiscriminadamente en el parabrisas del vehículo. Minutos después se parquearon frente a la humilde vivienda que parecía que el diluvio se la tragaba por partes.

—Bueno ahora creo que si vas a tener que esperar a que la lluvia baje un poco, porque llueve demasiado fuerte mi Maidel. — le dice el general a Maidel casi gritando para que ella lo pueda escuchar entre tanta agua y relámpagos.

—Entonces no era bueno esperar con el Lázaro en el local, pero está bien esperar aquí con usted en su carro. —le dice Maidel al general con mirada sarcástica.

—Pero por supuesto que es mejor que esperes aquí conmigo, tenemos mucho más que conversar que si fuera el Lázaro. ¿O no?

Maidel le seguía sonriendo con un poco de nervios, porque nunca había estado con el general afuera del restaurante donde siempre estaban rodeados de gente, la verdad es que Maidel nunca había estado en un auto a solas con ningún hombre. Y aunque estaban afuera de su casa, una lluvia torrencial y bulliciosa los separaba de manera romántica. El general como hombre vivido notó que Maidel estaba un poco incómoda y decidió tranquilizarla un poco con algo de humor, —si quieres me quedo callado y no hablo más o si prefieres, puedo amarrarme las manos en la espalda para que no creas que te voy a tocar— le decía a manera de tranquilizarla mientras hacía piruetas en el asiento tratando de amarrarse las manos con una soga que tenía perdida en el asiento trasero. Maidel se rió y le dijo que no había necesidad de amarrarse las manos ni de mantenerse callado, ella confiaba en él, pero no sabía cuánto tiempo iba a durar la lluvia y Gloria podría preocuparse, así que sería mejor que, aunque se empape con la lluvia torrencial del momento, que vaya a su casa.

—Perfecto, estoy de acuerdo contigo Maidel, no vamos a dejar que la señora Gloria se nos preocupe. Déjame doy la vuelta para abrirte la puerta y poder cubrirte con un tapete que tengo atrás del jeep.

El general se bajó del vehículo en medio de esa lluvia cruel, abrió la parte trasera del mismo y sacó unas fundas negras de plástico lo suficientemente grandes como para meter dos cuerpos rebanados en pedazos y se lo puso a manera de techo para cubrir a Maidel. Le abrió la puerta y le gritó que se saque los zapatos y agarre todas sus pertenencias porque iban a correr a la puerta de su casa. El bofetón de agua los empapó por completo y apenas se escuchaban sus voces. Para comunicarse mejor, no se despegaron las miradas. El general la protegió y llegaron al portón de la casa que tenía una losa indiferente que les cubría la mitad de sus cuerpos de la lluvia, removió el plástico del cuerpo de Maidel y la miró a los ojos por unos segundos mientras ella trataba de no mojarse tanto.

—Muchas gracias general —se aproximó a él para darle un beso en la mejilla, pero el general empapado hasta el alma, la tomó firmemente por la cintura y la besó como en las películas de romances antiguas.

—De nada Maidel. Cámbiate pronto y acuéstate bien abrigada, no te vayas a resfriar y saluda a la señora Gloria. — el general regresó a su vehículo el mismo que se desvanecía entre tanta lluvia.

Maidel entró a la casa donde Gloria, las primas y sus esposos estaban esperándola sin pronunciar palabra. Ni siquiera atinaban a darle una toalla para que la pobre se secase. Habían visto toda la escena de amor por la ventana de la sala y estaban esperando explicación.

—Alguien me puede dar una toalla por favor?, estoy empapada —dijo Maidel mientras le tiritaban los dientes del frío mezclado con nervios ante la situación. No sabía por dónde empezar, si por el comentario aburrido del mal tiempo de aquel domingo o decirles quien era el militar que la había traído a casa en tremenda tempestad y que la besó sin permiso en la puerta de su casa a vista de toda su familia. Gloria le trajo una toalla grande y la arropó con ella, mientras la secaba por partes, sin quitarle la mirada de encima —si el Alfredo se entera que te vino a dejar un militar, se muere Maidel— fue la preocupación de Gloria.

Maidel se hizo paso entre los familiares que esperaban el cuento completo de lo acontecido a las afueras de su casa aquella tarde de domingo tormentoso, pero ella fue a darse un baño mientras trataba de asimilar lo ocurrido con el general al mismo tiempo que tenía que darles algún tipo de explicación a Gloria y al resto de curiosos. Se demoró más de lo normal bañándose, porque no podía dejar de pensar en el beso del general.

—Maidel, no es bueno bañarse con esta tormenta mi niña, hay relámpagos, sal ya! —Gloria preocupada le tocaba la puerta.

Maidel salió del baño finalmente seca y se sentó en la mesita que era para cuatro personas mientras Gloria le extendía una taza de café bien caliente.

—¿Bueno, y? Estamos esperando Maidel chica. ¿Quién era el militar y qué fue ese asunto del beso? ¡Cuéntanos ya coño! —"delicadamente" una de las primas se sentó junto a Maidel exigiendo explicación.

—Ustedes son de lo último, el general es uno de mis mejores clientes en el restaurante, nos hemos hechos buenos amigos y de muy buena voluntad se ofreció a traerme por la lluvia. Eso es todo.

—Oh es un general, vea eso. ¿Y el beso? —preguntó la prima con ojos abiertos y sin pestañear.

Maidel se levantó diciendo que fue solamente un beso de agradecimiento entre amigos y que la dejen en paz que estaba muy cansada para estar hablando desfachateces. Las primas no se creyeron el cuento corto y sin sentido de Maidel, Gloria se quedó sumamente preocupada porque no le gustaba para nada que Maidel estuviera involucrada con un militar. Estos fueron los que probablemente le desaparecieron a sus padres, además esos hombres no tienen dios y son violentos y temía por la suerte de su Maidel.

Aquella noche Maidel durmió como no había hecho en mucho tiempo, completamente relajada y pensando en el beso húmedo y cálido del general. Los lunes no trabajaban así que tendría que esperar para volver a ver a su cliente exclusivo y realmente sin saber cómo actuar ante él, simplemente le traería el menú como siempre y esperar a ver si hace algún tipo de mención sobre la noche lluviosa.

Otra semana de trabajo comenzó para Maidel, y su rutina no cambió para nada. El general llegó a la hora de siempre, ordenó la cena con su respectiva copa de vino rojo, y una vez terminada la misma, le pidió a Maidel que le hiciera compañía y conversaron como de costumbre. Por el resto del mes el general esperaba a que cierre el restaurante para llevar a Maidel hasta su casa, sin excusa de tormentas. Y se besaban en el camión camuflado del general por ratos largos hasta que los vidrios se les empañaban y les dificultaba respirar. Entonces el general se bajaba del vehículo, le abría la puerta a su dama, como todo un caballero y la dejaba en la puerta de su casa, le agarraba la cintura sutilmente para despedirla con un beso tierno en la mejilla y no dar que hablar a la familia de Maidel, que se las veía pelearse por un espacio en la ventana de la sala.

Era un hecho, Maidel tenía pareja, y era un militar que parecía atractivo desde lejos, pero militar al fin y al cabo y eso no les gustaba para nada a su familia. Gloria le pedía a Maidel que tenga mucho cuidado, porque los militares eran malos y no se podía confiar en ellos. A Maidel ya un mocoso adolescente la había dañado años atrás en plena pubertad y no era un militar, tampoco tenía pruebas de que hayan sido los militares quienes habían matado a sus padres. Maidel estaba enamorada de este espécimen raro del sexo opuesto porque besaba mejor que El Ñato, y desde su punto de vista el militar besaba mejor que todos los muchachos con los que ella intercambiaba chucherías en el colegio. Este era un hombre, con pelos en la cara y armado hasta los dientes. Con paso firme y seguro de sí mismo, no un joven cualquiera. Tenía una personalidad encantadora, y hablaba cantando. La tibieza de sus brazos la hacía flotar y sin duda alguna la trataba a ella como una reina. Y a ella eso le encantaba.

Uno de esos días cuando había poca clientela Yanet decidió interrogar a Maidel, porque sabía que las miradas entre ella y el militar estaban cambiando y ella estaba segura de que ya cosas habían pasado entre el general y su aprendiz.

—Maidel, y cómo van las cosas con el general? Él se ve de lo más atento contigo y pasan mucho tiempo juntos, incluso te va a dejar a tu casa, yo me he fijado. —le sonsacaba Yanet.

—Sí, nos hemos hecho muy amigos últimamente. Él se porta como un caballero conmigo Yanet. —sonrojada contestaba Maidel.

—Qué tal besa? —le preguntó haciéndose la que no sabía del asunto, porque en otros tiempos Yanet había sido la "Maidel"

del general también. ¿Quién no había pasado por las manos tiernas y varoniles del general? Casi todas las mujeres que Yanet conocía, y eso era solo lo que se sabía entre las paredes del restaurante donde trabajaban.

Como Maidel tenía confianza con Yanet en cuanto a las cosas que pasaban en el trabajo, le contó con lujos de detalles la noche lluviosa y el resto de los besos apasionados en el jeep blindado del general. Maidel le contaba a Yanet con emoción de muchacha inexperta y, a pesar de que se las daba que se las sabía todas, reconocía que estaba enamorándose otra vez del hombre equivocado. Porque por más caballero que el general sea con ella, el general no tenía mujer fija y su vida era una caja fuerte, ni él le daba a nadie la clave para abrirla, ni le interesaba tener nada serio con nadie, por más baboso que se ponga con alguna mujer.

—Maidel me parece perfecto que estés atendiendo al general como se debe. Él es un buen hombre y muy generoso. Tienes suerte muchacha. —le decía Yanet dándole consejo de mujer vivida.

—Sí Yanet él me da regalos y por supuesto las propinas siempre exageradas. Me gusta su compañía, es un hombre tierno y siento que me quiere también.

A Yanet le causó risa el comentario de Maidel y se dio cuenta por primera vez después de todo ese tiempo de conocerla, que la muchacha era inocente y sintió la necesidad casi uterina de aconsejarla. —Maidel tú sabes que simplemente eres la nueva compañera del general, no eres la primera ni serás la última tampoco. Discúlpame, pero no quiero que te vaya a arruinar el corazón muchacha. Sí, el general es un hombre bueno, pero los militares no tienen compromisos con nadie, solamente con el partido comunista. Así que no te hagas ideas equivocadas, hay que evitar sufrir por gusto. Ya tenemos suficiente con vivir en este país sin libertad mi Maidel, como para que te esclavicen el corazón.

Maidel miraba a Yanet con algo de dudas, porque pensaba que su corazón no se podía equivocar con este militar que el destino le había puesto en su camino por algún motivo.

—Ya te acostaste con él Maidel? —mirándola a los ojos le pregunta Yanet.

—No, todavía no. —contesta Maidel bajando la mirada, como avergonzada de la respuesta negativa.

Yanet la aconsejó en lo que más pudo, ella era una experta en el asunto y sabía que los hombres solo hacen llorar. Le había pasado tantas veces en su juventud, que ya tenía el alma parchada y la sabiduría de los años le daba una ventaja en sus relaciones con los hombres. Maidel la escuchaba con atención porque no quería sufrir, su corazón estaba llenándose de abolladuras a tan temprana edad, pero algo le decía que el general era diferente.

La temporada de huracanes azotaba otra vez a la isla caribeña, a este punto sus habitantes ni se despeinaban con los vientos altaneros ni con los apagones de luz. Ese día la tormenta había comenzado temprano y al restaurante habían llegado dos clientes a tomarse un par de cervezas bien heladas antes de que la madre naturaleza los encierre por horas indeterminadas en sus hogares. Era temprano y Lázaro envió a todos los empleados a sus casas, indicándoles que se presenten al día siguiente a trabajar sin ningún tipo de excusas.

El general como de costumbre esperó por Maidel para llevarla a su casa, parecía que el asunto del mal tiempo siempre les acolitaba el romanticismo. Una vez en el todoterreno blindado y sucio del general, éste le preguntó mirándola a los ojos y tomándole sus manos tiernamente —Maidel quisieras venir a pasar el resto del día a mi casa, está cerca. Yo te dejo en tu casa al final del día como de costumbre— Maidel evitando que el general se diera cuenta que estaba nerviosa y temblando le dijo «encantada mi general».

Las rodillas le temblaban y se las agarraba para que los huesos no hagan mucha bulla, aunque los vientos fuertes le alcahueteaba el momento tenso a Maidel. Ella sabía que iba a estar un par de horas a solas con el general, finalmente. Había soñado tantas veces con ese momento, con estar en sus brazos. Pero tenía dudas de que el fantasma de Alexis le interrumpiera el buen rato.

El general, como todo un caballero que era, la cargó en sus brazos para que la lluvia no arruinara los cabellos lacios de Maidel. Cerrando la puerta le dio a su invitada una toalla para secarse y le ofreció algo para tomar, ya Maidel era mayor de edad y supuso la ayudaría a despabilar las vergüenzas. Pero Maidel no estaba interesada en tomar vino ni conocer la casa del general, tenía unas ganas locas de que la tomara en ese preciso momento entre sus brazos y le hiciera el amor con cariño como para contrarrestar las malas experiencias del pasado. Se sentaron en un sofá grande y pesado de la sala del general, Maidel trató de tranquilizar los nervios y comenzó a estudiar la casa del que pronto se convertiría en su amante. Era una casa pequeña y rodeada completamente de árboles, por los ventanales de la sala donde estaba podía ver la sombra de un par de hombres con fusiles al hombro, supuso eran los guardias del general. La casa por dentro parecía nueva, recién pintada y la llenaban un par de muebles mal ubicados y las paredes estaban peladas. Al general le gustaban las plantas y las tenía colgando por todos los techos y arrimadas en todas las esquinas.

El general se sirvió una copa de vino rojo y se sentó junto a Maidel, como esperando que pase la tormenta allá afuera que no les estaba afectando las ganas en lo más mínimo. El no paraba de contar historias que ella no escuchaba, así que decidió taparle la boca con sus labios y lo besó un poco más lento que cuando lo hacían en el vehículo blindado. Él dejó su copa en el suelo y la miró fijamente mientras le acariciaba la cara. La tomó en sus brazos nuevamente y la llevó a su habitación que estaba a solo unos pasos de distancia. Cerró la puerta con pestillo, como si hubiese alguien más en la casa y suavemente la acomodó en su cama que era grande y tibia, mucho más de lo que Maidel nunca había visto en su vida. El roce del satín en su piel le provocaba unas cosquillas leves, el corazón parecía salírsele del pecho. El general comenzó a desvestirla sin bajarle la mirada. Ella le sonreía y le acariciaba el cuello con su mano temblorosa. Confiando completamente en él, se dejó amar sin tapujos ni condiciones. Inclusive las memorias de Alexis desaparecieron de la escena como si nunca hubieran ocurrido.

El general era un amante tierno y experimentado. Trataba a Maidel como una dama y con una ternura exagerada en la intimidad. Él se dio cuenta que su amada era novata en el asunto del sexo y la ayudó a conocerlo lentamente y a explorar juntos de la mejor manera los recovecos del amor al desnudo. El diluvio de esa tarde parecía que se llevaba la casa con ráfagas continuas de vientos huracanados. El par de amantes siguieron amándose, ignorando los arrebatos de la naturaleza, entregándose el uno al otro como si no hubiera mañana. La noche les llegó cansados, pero con el corazón acelerado de tanta pasión, habían encajado perfectamente como si la vida los hubiera hecho el uno para el otro. Ya al anochecer los vientos se calmaron como acompañando a los amantes después del amor satisfecho. Se vistieron mientras se comían a besos, el general dejó a Maidel en su casa agarrándole suavemente la cintura mientras se despedía de ella con un beso en la mejilla.

Hospital de La Habana

El siguiente año las primas le dieron la noticia a la familia que estaban embarazadas, lo habían planeado todo desde las épocas del colegio. Gloria iba a ser abuela y sus hijos tíos. Había motivos de sobra para estar felices, la familia se extendía. Se pasaron días tratando de organizar el reparto de espacio en aquella casa diminuta, donde había más gente que metros cuadrados entre aquellas paredes viejas, las mismas que comenzarían a fallarles en cualquier momento. No había mucho que organizar, cada pareja de esposos ocupaba una habitación. Gloria estaba en el cuartito de 4x4 que le habían construido a Maidel años atrás y Maidel seguía durmiendo en aquel espacio entre la cocina y el comedor. Aunque tres veces por semana se iba a dormir a la casa del general, donde gozaba de todas las comodidades de las que carecía en la casa de su madre adoptiva.

Las relaciones entre Maidel y el general seguían su rutina

de siempre. Aunque a Gloria no le causaba ninguna gracia la idea de que su hija ande en amoríos con un militar. Las primas la apoyaban como siempre, porque veían feliz a Maidel. Por su parte Maidel se fue acostumbrando a su general y lo que éste le ofrecía, cuando y como podía. Entre ellos había quedado muy claro que no habría compromisos ni ataduras de ninguna clase. Eran básicamente un par de amigos que se tenían un afecto especial y gozaban de amarse apasionadamente, especialmente los días de lluvia porque les traía buenos recuerdos.

Maidel y el general llevaban un romance típico de novelas. Él era el hombre poderoso, buen mozo y que la amaba sinceramente, aunque por cosas de la vida nunca podría hacerla su esposa ni tratarla con ningún tipo de exclusividad. Por su parte ella era una amante seductora, de una hermosura natural, joven y como si fuera poco, inteligente y encantadora. Maidel aceptó las condiciones del general sin chistar porque ya estaba acostumbrada, como todos sus compatriotas, a que en la isla hay que tomar lo que les llega sin preguntar ni hacer mala cara. El mañana seguía siendo incierto para todos en todos los aspectos, así que para qué perder el tiempo con trámites legales y promesas irreales.

Las primas que trabajaban en la farmacia mientras sus esposos se convertían en profesores, le dieron una cátedra extensa a Maidel sobre anticonceptivos y otros asuntos entre parejas. Ellas ya tenían muchos años de experiencias tanto en la teoría como en la práctica y en la técnica. Maidel les había confirmado que el general siempre llegaba al momento del acto, sin saber ella cómo ni de dónde, super protegido. Pero las primas le insistieron que era mejor que ella comience a tomar sus precauciones también, porque a pesar de amar a sus esposos, las primas sabían que en los hombres no se podía confiar. Las primas le entregaban religiosamente todos los meses a Maidel unas bolsitas plásticas camufladas con pastillas para dolores menstruales y una caja de anticonceptivos. Nadie confiaba en el militar aquel que se había encaprichado con Maidel, y era deber de ellas cerciorarse que Maidel no salga embarazada por nada de este mundo.

Después de una de aquellas noches interminables de pasión en casa del general, Maidel caminaba como Dios la trajo al mundo sirviéndole a su amante una copa de vino, luego se sentaban a conversar de cosas del día o intercambiar opiniones sobre el último libro que habían leído. Aunque los gustos en temas de lecturas eran diferentes, ambos respetaban los libros de una manera casi sagrada.

Alguna vez a Maidel se le escapó preguntarle al general sobre su trabajo. A lo que él le respondió que eso era también parte del contrato entre ellos, de no hablar sobre el gobierno ni básicamente nada personal de él. Ella lo aceptó.

Maidel sabía que a pesar de los secretos obligados que el general le ocultaba, seguramente por protegerla a ella, nada cambiaba la situación de lo que ambos sentían y la relación de ellos era perfecta de la manera que la habían llevado ya por más de un año.

—No te había contado, mis primas están embarazadas. —le contó Maidel mientras él tomaba su vino tinto y ella su respectivo helado de chocolate, que el general siempre tenía en su casa, porque sabía que a ella le encantaba.

—Pero que buena noticia, mira y a lo mejor las dos tienen mellizos y la familia les va a crecer mucho más. —contestó el general a modo de chiste.

—Coño! No había pensado en eso. Y ellos que se están haciendo problemas de como recibir en aquella casa tan pequeña a solamente dos niños. —Maidel se sostenía la cabeza de la impresión.

—Maidel te quería ofrecer algo desde hace tiempo, pero en fin, tú sabes cómo se me olvidan las cosas. Es que me estoy poniendo viejo creo —el general le toma sus manos— qué te parece si te vienes a vivir a uno de mis apartamentos en el centro de la ciudad, es muy cómodo, tiene dos dormitorios y dos baños. Te la traes a Gloria y tanto tus primas como ustedes estarán más cómodas. Maidel saltó a los brazos de su amante y lo abrazó tan fuerte que el hombre se estaba poniendo morado —está hablando en serio mi general— le dice ella con ojos coquetones —eso sería perfecto así ellos tendrían mucho más espacio en la casa para criar a tanto muchacho —Maidel no podía de la felicidad, quería correr a decírselo a sus primas.

El día siguiente Maidel despertó a todos en la casa muy temprano con la noticia de que ella se mudaría con Gloria a un apartamento en el centro de la ciudad, y las primas con sus esposos y futuros hijos vivirían en la casa del barrio Peñas. Las primas y Gloria no supieron que decir, más que un par de lágrimas de emoción de parte de las primas y unas gracias enorme para el amante de Maidel, que nunca tendrían el agrado de conocer en persona. Gloria no estaba segura de aceptar aquella propuesta, porque pensaba que los militares no dan cosas a cambio de nada, y temía la paga que tendría que dar a cambio su pobre Maidel. Por su parte si a Maidel le tocaba pagar con su cuerpo, ella estaría feliz de colaborar con el bienestar de los suyos, porque hacer el amor con su general era su pasatiempo favorito.

Pero el general no le exigía absolutamente nada a cambio a su amante, parecía que el general todo macho y fornido que se lo veía, era un romántico empedernido y estaba probablemente muy enamorado de Maidel, y quería darle todos los gustos y comodidades posibles. Inclusive envió un par de obreros a la casa del barrio Peñas para que la pinten por dentro y por fuera, arreglen el techo que estaba cayéndose a pedazos, chapearon un par de huecos en las paredes y arreglaron el inodoro del único baño que tenían. Ofreciéndoles que terminarían otro baño como anexo para la pequeña habitación de 4x4 en la parte posterior de la casa antes de la llegada de los pequeños.

Maidel se mudó un fin de semana con sus cuatro tereques y las seis maletas llenas de regalos que el general le había obsequiado todo ese tiempo de relaciones amorosas y clandestinas. Gloria llegó con dos cajas de cartón, un bolso grande donde le sobraba espacio entre sus pertenencias, y la cara larga porque todo eso le parecía demasiado por nada. Y después de todo ni siquiera era de ellas, cuando el militar se canse de su Maidel, las dos quedarían en la calle sin ninguna piedad. Además, le daba cargo de conciencia vivir con tanto cuando el pueblo se moría de hambre en las calles.

Casi dos meses pasaron hasta que el apartamento estuvo completamente equipado y las damas instaladas. Maidel estaba feliz y ahora que Gloria estaba más segura en esa casa, pasaba más horas con su general en la casa de éste a las afueras de La Habana.

—Gloria todavía está terca con el asunto del apartamento mi Maidel? —comenzó la conversación el general después de hacerle el amor a su mujer.

—Sí todavía. Pero no te preocupes ya se le pasará —Maidel le decía acurrucándosele en su pecho y entrelazando sus piernas con las de él debajo de las sábanas blancas.

—Maidel, voy a pasar ese apartamento a tu nombre, me parece justo. Yo quiero que tengas algo tuyo. Yo tengo suficiente. Seguro que la señora Gloria se sentirá mucho mejor si es de esa manera.

Maidel no contestó ni una sola palabra, aprovechó que

todavía tenían los cuerpos calientes del amor satisfecho para seducirlo nuevamente, porque ya en las cosas de la intimidad era una maestra y amándolo otra vez le agradeció al general por su noble y generoso corazón.

Alfredo se había graduado de la universidad y con las amistades que había adquirido esos años de estudios en Camagüey, consiguió trabajo en una escuela secundaria como profesor de matemáticas. Años atrás cuando dejó a su familia en La Habana contaba los días para regresar con los suyos, pero las asperezas de la vida le curaron las nostalgias y sin pensarlo mucho había convertido a Camagüey en su nuevo hogar.

Aquella semana de partos en donde las primas parecerían que se hubiesen puesto de acuerdo, como era costumbre de ellas, hasta para dar a luz, Alfredo regresó al barrio Peñas a pasar unos días con su familia y visitar a su madre que tanto extrañaba. La idea de que Maidel y Gloria estén viviendo en un apartamento obsequio del militar amante de su media hermana le revolvía el estómago. Todos esos años de universidad Alfredo se la pasó inmiscuyéndose en la vida de los comunistas pretendiendo ser uno de ellos, para saber de sus ideales y de los planes con su pueblo. Alfredo tenía alma de héroe de revistas de ficción, porque pensaba que eventualmente iba a conseguir suficientes aliados que como él, deseen la libertad para los cubanos y en algún momento no tan lejano armar otra revolución, pero esta vez para entregarle de vuelta la paz a su país.

Cuando Alfredo llegó a la casa de su infancia la encontró cambiada, casi dudó que era la casa donde había crecido. La notó más grande, por alguna razón extraña, con nueva pintura e inclusive ahora tenía un jardín en la parte de enfrente de la vivienda que le daba un aire coquetón y más alegre. Era imposible que su familia tenga suficientes recursos para cubrir por esos gastos, y como de tonto no tiene ni un pelo, supuso que era otra de las obras benéficas del general hacia su familia. Y se incomodó de tener que dormir por unos días en aquel sofá nuevo en la sala de la que había sido su casa años atrás.

Maidel y Gloria acudieron a visitar a Alfredo en casa de las primas apenas supieron de su arribo, la más entusiasmada era Gloria quien había visto a su hijo dos veces al año mientras él estaba realizando sus estudios superiores. Maidel entró a la casa con las manos llenas de bandejas de comida del restaurante, preparada con delicadeza por sus compañeras de trabajo que se habían enterado de la ocasión. Maidel y Alfredo no se habían visto en más de 5 años, cuando ella era todavía una mocosa tímida y él un joven flacuchento pero corajudo, porque ella lo recordaba siempre de mal genio y con el ceño fruncido. Alfredo apenas pudo reconocer a su media hermana, la amante del general. Era una mujer alta, con los cabellos largos, negros y sueltos que bailaban al ritmo de su caminar. Tenía ropa ceñida al cuerpo como era su costumbre, que le revelaban curvas que él nunca se hubiera imaginado en Maidel, y se quedó sin palabras.

—Alfredo, hola cómo estás? ¿Me ayudas por favor con estas bandejas? —le exige Maidel para evitar un desastre y que se les eche a perder la cena.

Alfredo despierta del atontamiento provocado por los pantalones de Maidel y se apresura a ayudarla con la comida dejando las bandejas sobre la mesa. Su madre lo agarró en el camino y se prendió de él como si no lo hubiera visto en una vida entera y lloraba en su hombro repitiéndole cuanto lo quería. Esa tarde todos los integrantes de la familia que Gloria había adquirido por cosas de la vida y otras por decisiones propias pasaron una velada agradable. Llena de buena comida y risas entre conversaciones típicas de familiares que no se ven por tiempos, se acordaban de pillerías de la infancia y sobre todo de momentos especiales con Eugenio. Los dos hermanos menores de Alfredo lucían mayores que él, el trabajo en las plantaciones los tenía flacos y con la piel gastada. Esa noche comieron como si el mundo se les acababa al día siguiente.

Entrada la noche, Maidel comenzó a despedirse de todos porque tenía que trabajar al día siguiente. Gloria se quedaría esos días con su hijo Alfredo en la casa del barrio Peñas y para ayudar a sus niñas en caso que las criaturas decidan aparecer en ese mundo esa semana. A las dos primas mientras se despedían de Maidel en la puerta principal, se les rompió el agua de la fuente y sin más aspavientos Alfredo, quien ya había hablado con su gente en el hospital de la ciudad, llevó a sus primas de inmediato a registrarse para que den a luz, si Dios quiere lo más pronto posible.

Una vez en el hospital, internaron a ambas parturientas mientras Gloria, Alfredo y Maidel esperaban pacientemente en la salita de espera oscura y fría, mientras los hermanos se quedaron en casa porque tenían que levantarse temprano.

La media noche los agarró sin mucha piedad, Gloria se había quedado dormida cansada de tanto esperar a sus nietos. Maidel y Alfredo siguieron poniéndose al día de lo que había sido sus vidas esos últimos años que no se habían visto y el destino los había convertido en hombre y mujer.

—Alfredo te ves muy bien, te gusta vivir allá en Camagüey? —Maidel quería saber todo de su hermano mayor porque de pequeños ella vivía aturdida con las penas de la vida y se comunicaba muy poco con su familia prestada.

—Me acostumbré, tú sabes... como todo. Tú también estás muy cambiada —la miraba de pies a cabeza, pero sin malicia, solo admiración.

—Sabes que encontré un buen trabajo y tengo amistades como tú que me han ayudado incondicionalmente y estoy muy agradecida por eso.

—Maidel los militares no dan cosas por nada, sabes eso verdad? Ten cuidado, no confíes mucho en ese tipo.

—Pero yo pensaba que tus nuevas amistades eran los militares y gente del gobierno.

El doctor de una de las primas los interrumpió y el primer nieto de Gloria estaba dando alaridos histéricos por haber nacido tan tarde y en ese lugar frío y sin mucha luz. Después de dos horas una hembrita asomó sus narices a este nuevo mundo, dándoles muchas alegrías a todos sus familiares que habían esperado en vela toda la noche.

Dos días después las madres con sus respectivos hijos regresaron a su casa. Gloria se quedó con las primas por un mes para ayudarlas con los recién nacidos. Alfredo regresaba esa tarde a Camagüey, se despidió de su familia y prometió un futuro mejor para sus sobrinos. En la puerta Maidel lo acompañaba.

—Me encantó verte después de tanto tiempo Alfredo. Deberías visitar más seguido, sobre todo ahora que la familia se extendió y hay más lugar aquí en la casa. También podrías llegar a mi apartamento si quieres estar más cerca de Gloria. Mi casa está a las órdenes —le sonríe mientras lo acompaña a su auto medio destartalado que había parqueado al pie del nuevo jardín.

—Muchas gracias Maidel, también fue un gusto haberte visto y saber que estás muy bien. Otra vez, solo te pido que tengas mucho cuidado con los militares, sobre todo porque mi madre está viviendo contigo.

Se despidieron con un abrazo de hermanos y un beso en la mejilla, sonriendo a la distancia.

Los hijos de las primas crecían felices y sanos, ignorando que habían nacido en un país conflictivo y violento. Pero sus padres se encargarían de amainar las abolladuras de las situaciones políticas y tratar de darles una vida decente. Las primas regresaron a trabajar en la farmacia y Gloria tenía trabajo de niñera tiempo completo con sus nietos. Eso le trajo una razón nueva para seguir adelante y tener más paciencia en la idea de irse a reunir con su Eugenio. Por el momento se sentía útil y mantenía su mente alejada de las preocupaciones de la vida.

Maidel por la insistencia del general dejó de trabajar en el restaurante después de casi tres años de servicios. El militar le consiguió un trabajo en el hospital de La Habana, le quedaba más cerca de su casa y no tenía que estar sirviendo a clientes borrachosos y necios. Maidel era ahora la encargada de llenar papeles legales a todos los enfermos que llegaban al hospital requiriendo servicios médicos. Trabajaba todos los días de lunes a viernes con horario cómodo, ya que ella era la consentida del general y a estas alturas del partido toda la isla lo sabía, aunque nadie se atrevía a decir una palabra sobre el asunto. El sueldo era el mismo que en el restaurante, aunque sin propinas, pero ella tenía más que suficiente con la ayuda de su amante. Así que Maidel aceptó con gusto el nuevo trabajo, porque era menos labor física, menos horas de trabajo y no tenía que usar uniformes pegados al cuerpo. Su situación financiera estaba asegurada, cada cosa que ella quería, el general se la daba. Y aunque nunca le pusieron título a su relación, sin duda era lo más conveniente para ambos y se habían acostumbrado a las visitas esporádicas y las noches de pasiones locas que a pesar de los años aún disfrutaban como al principio.

El doctor Rivas

En 1976 Fidel Castro fue nombrado presidente de Cuba después de años como primer ministro, donde realmente él y el partido comunista regían la situación en la isla. Las esperanzas para los cubanos se les iban apagando por el cansancio de la vida empobrecida que llevaban, llena de injusticias y una risotada a los derechos humanos se habían convertido en el día a día. Aquellas ideas que tenían los cubanos a principios de los 60s, cuando pensaban que esa pesadilla no podía durar mucho y en cualquier momento la democracia les devolvería sus libertades, se les iba achicando con los acontecimientos políticos nacionales e internacionales que cubrían la isla con una manta oscura y pesada que se les hacía cada vez más difícil sostener.

Las primas seguían compartiendo con sus respectivas familias la casa del barrio Peñas. Mantenían sus trabajos en la farmacia y sus esposos eran profesores en una escuela primaria cercana a La Habana. Gloria los ayudaba incondicionalmente con el cuidado de los nietos, que pensaba ella, habían llegado a su vida en el momento preciso para evitar morirse de sopetón, porque los años le pesaban y extrañaba demasiado a su Eugenio.

Maidel con el pasar del tiempo fue ascendida en el hospital, era la directora general del departamento de admisiones, aunque seguía ganando lo mismo y trabajando más horas. Con el general, a medida que pasaban los años, se veía menos. Con los cambios en el gobierno, el general estaba más ocupado que de costumbre y lo enviaban a diferentes ciudades de la isla a imponer orden, así como también viajaba a Rusia y China un par de veces al año, representando a su país como todo un orgulloso comunista.

El general fue el primer amor adulto de Maidel, el primer amor de verdad. Aquel amor que no se olvida con un par de canciones románticas, ni mucho menos se puede reemplazar tan fácilmente, porque normalmente le crecen raíces en el corazón. Pero ella estaba acostumbrada a la idea de que el general y ella no se pertenecían. El la ayudaba económicamente en lo que ella pidiera y todavía a pesar de la distancia, cuando se veían de vez en cuando, se amaban con locura hasta quedar exhaustos de cansancio. Hablaban muy poco, ya no se contaban sus historias diarias ni les importaba cual había sido el último libro que habían leído. Se habían convertido sin quererlo en una pareja típica de esposos después de demasiadas décadas de matrimonio.

Maidel no había perdido su habilidad de coquetear con los hombres porque la entretenía y en el hospital estaba rodeada de cientos de compañeros que le seguían el juego para hacer los días de trabajos menos tediosos en ese hospital. Después de todo Maidel aún era joven y hermosa y el corazón todavía tenía cabida suficiente para albergar un par de amores más en su vida. Vida que como Gloria le insistía, recién comenzaba.

Esos cuatro años trabajando en el hospital de La Habana, Maidel lo había visto todo. Muchas veces llegaba a su casa por las noches pensando que lo que le pagaban era una miseria para lo que tenía que lidiar en su trabajo. La gente pobre siempre la más afectada, enfermos se morían en los pasillos mal olientes del hospital, porque nadie los atendía. La mayoría de los cuerpos los tiraban en fosas comunes porque ningún familiar se aparecía a reclamarlos. Otros tantos pasaban a ser parte de experimentos para mantener a la cantidad de doctores que estaba produciendo la isla ocupados y darles algo en que entretenerse, mientras el gobierno se jactaba internacionalmente de ser uno de los países más avanzados en medicina y equipo de personal médico.

A veces la presión del trabajo obligaba a Maidel a llegar a su casa, darse un baño de agua fría y llorar hasta que el sueño le arrulle tanto pensamiento negativo en su cabeza. Su consuelo era que después de tantas desgracias en su vida, las cosas no podrían ir peor. De ahí en adelante por naturaleza lógica, las cosas deberían mejorar. No era justo la cantidad de basura que le había tocado vivir desde tan temprana edad. Y como le decía Gloria, todavía tenía toda la vida por delante.

Comenzó a pensar que quizá las ventajas de ser la querida del general se iban apagando, la euforia de los primeros años había quedado atrás, y ella seguía sintiéndose de él sin realmente serlo. Pero no podía quejarse, llevaba una vida mucho mejor que la mayoría de los ciudadanos en la isla, y gracias al general también tenía a su familia viviendo con algo más de decencia que el denominador común en el país. Y aunque no se quejaba y estaba agradecida, porque Gloria se lo repetía todo el tiempo, le hacía falta nuevamente el amor, la compañía, las caricias y las palabras bonitas al oído.

Una vez al mes iba a comer al restaurante para visitar a sus antiguos compañeros de trabajo que siempre la recibían con algo especial para ella y Gloria. Gloria iba con pena, porque la culpa de tener más que el resto le quemaba el alma. Además, ya estaba vieja, las coyunturas le rechinaban y caminaba lento. Había perdido peso por el ajetreo con los nietos, que eran después de todo la única razón que la mantenía viva. Durante sus visitas al restaurante Maidel se sentaba algunas veces en el bar, a ver si alguno de sus antiguos clientes borrachosos se acercaban hacerle compañía. Pero algunos se habían muerto y otros estaban desaparecidos. La gente joven que llegaba a cenar, eran parejas de esposos, algunos del gobierno otros de quien sabe dónde, pero a ella tampoco ya nadie le llamaba la atención. Coqueteaba con un par recatadamente y luego regresaba a su apartamento a revolcarse con su soledad.

Con el "nuevo" gobierno, hubo cambios en el directorio del hospital. Al primero que despacharon fue a su jefe de los últimos años, pusieron a uno más joven y con experiencia en operaciones de corazón abierto. El doctor tendría aproximadamente 38 años calculó Maidel, era soltero y de facciones sumamente varoniles, sin necesidad de ser guapo. Tenía el cabello encrespado y rojizo y las piernas largas que siempre lo llevaban de manera rápida de un lado a otro. Muy seguro de sí mismo, porque sabía que era uno de los mejores cardiólogos en la isla y eso se valoraba como oro, aunque en el fondo sabía que sus libertades eran escasas como la del resto de empleados gubernamentales.

Maidel a pesar de ser una de las manos derecha en el departamento, se veía muy poco con el médico, él siempre estaba operando o en reuniones. Ella lo veía entrar y salir a paso rápido, parecía que siempre andaba de apuro o atrasado, Maidel pensaba que el pobre hombre ni comía.

Aquella tarde los empleados decidieron darle una pequeña sorpresa a Maidel porque era el día de su cumpleaños y ella era muy querida entre sus compañeros de trabajo. Y como era sabido que a la bella empleada del departamento de admisiones le encantaba el helado de chocolate, alguien se había ofrecido a prepararle una torta helada con una sobredosis de chocolate, como para que la cumpleañera quede satisfecha hasta el siguiente cumpleaños.

El doctor Rivas extrañamente ese día estaba disponible para asistir a la invitación en la oficina de reuniones para la celebración del cumpleaños de Maidel. Sus compañeros habían conseguido un par de globos de colores disparejos y alguien con dotes de artista, había dibujado una pancarta lo suficientemente grande para que cubra la pared posterior de la oficina, dándole los mejores deseos en ese día a la festejada. Inclusive había jugo de naranja en la mesa con galletitas de mantequilla para los asistentes, que nadie sabía de donde habían salido, pero le daba al salón un aire festivo. Eran aproximadamente 14 empleados los que casi le provocan un ataque al corazón a Maidel, cuando ella sin saberlo entra a la sala de reuniones y todos al unísono gritaron a todo pulmón "feliz cumpleaños".

En una de las mesas adornadas humildemente para la ocasión se sentaron un par de amigas de Maidel y el doctor Rivas las acompañó a deleitarse de aquella torta donde el chocolate se derretía sin piedad por todos lados. El doctor le deseó un feliz cumpleaños a la homenajeada y a pesar del tiempo que llevaban trabajando juntos, nunca se había percatado de la belleza de su compañera de labores. Y sin despegarle la mirada de encima, el helado se le desparramaba por la cuchara flotando en una nada silenciosa en medio de tanto alboroto.

—Doctor Rivas, el helado... —le hizo señas Maidel con la mano, para que cierre la boca y evite mancharse el mandil blanco.

Desde aquel día, el doctor Rivas llegaba más temprano a la oficina para admirar el cabello lacio y largo de Maidel que le rozaba sus caderas. Después de sus operaciones regresaba a las salas de reuniones, donde sabía que encontraría a Maidel a las 3 de la tarde sin falta, para saludarla y preguntarle si todo iba bien con su día de labores. Maidel notó inmediatamente las atenciones extremas del doctor Rivas y a ella tampoco le resultaba indiferente. Pero el doctor era demasiado serio, pensaba ella a escondidas entre tantos papeles de trabajo.

Y si es que a gustos se refiere, los de Maidel habían sido siempre extremos. Alexis no contaba, porque fue un atropello en su adolescencia que nunca tuvo que pasar. El Ñato era el típico muchacho que se las sabía todas y que las chicas se morían por él porque se daba de puñetazos limpios con quien pudiera, pero Maidel no pudo pasar de besos intensos con su segundo intento de amor porque las dudas que le había dejado Alexis estaban todavía opacándole la inocencia. Luego cuando decidió hacerse una experta en el arte de besar a los hombres, el destino la tropieza con un general de la revolución que le alteró el espíritu borrándole las malas experiencias de su corto pasado amoroso. El general era tierno con ella, la trataba con delicadeza y le hacía el amor como si ella fuera una princesa de cristal. La tocaba con suavidad y le enseñaba los detalles de la intimidad, ella aprendía con dedicación porque estaba enamorada.

Ahora el doctor Rivas siempre serio y ocupado se estaba interesando en ella y ella estaba dispuesta a dejarse conquistar. Por algún motivo que desconocía le atraían los hombres mayores, le parecían más sensuales y expertos. Pensar en la experiencia que traían con sus años, le causaba efervescencia en la sangre a Maidel.

Una tarde de esas, el hospital se había abarrotado de enfermos. Parecía que la peste les había caído a los cubanos ese día, como si no tuvieran suficiente, fue un día de trabajo interminable. A Maidel le dio casi la media noche cerrando reportes y firmando papeles. Agarró sus cosas y salió a esperar paciente que el marido de una de las primas la fuese a buscar para acompañarla a su apartamento, que quedaba a pocas cuadras del hospital. Pero el doctor Rivas se dio cuenta de la coyuntura perfecta del momento y se ofreció a llevar a Maidel a su hogar. Mientras caminaban cansados por aquellas calles espesas que la luna les iluminaba para que no se pierdan, conversaban de aquel día de trabajo que había sido de locos, hasta que llegaron al portón del edificio de apartamentos de Maidel.

—Bueno doctor ya llegamos. Muchas gracias por su compañía, no tenía que molestarse de verdad — le decía Maidel mientras buscaba las llaves en su cartera.

—No podía dejar que camines a estas horas de la noche sola por las calles, es peligroso.

—No estaba sola doctor, iba con mi cuñado.

—Bueno quería hacerte compañía, fue un día largo. Mañana tenemos libre. ¿Quieres ir a almorzar conmigo? —Maidel le sonríe coquetamente, confirmando la invitación.

Maidel aquella noche pensó en el general, pero de una manera diferente, él era su amigo y lo extrañaba. Sabía que el general tenía otras mujeres con las que refrescaba las calenturas de la cama y pensó que no habría ningún problema en aceptar la invitación a almorzar del doctor Rivas. Nunca hubo estipulaciones entre ella y el general, eran una de las pocas libertades de las que Maidel disfrutaba, y el doctor Rivas le estaba despertando otra vez esas mariposas en el estómago que habían desaparecido tras años de relaciones monótonas con su militar.

Por las siguientes seis semanas, el doctor Rivas invitaba a Maidel a almorzar los lunes por las tardes al mismo restaurante de siempre que estaba cerca del hospital, y un par de noches, cuando terminaban sus labores una vez puesto el sol, él la acompañaba a su casa. La dejaba a la entrada del edificio y se despedía de ella besándole suavemente los labios.

Entre almuerzos repetidos, Maidel y el doctor se comenzaban a conocer con sus historias de niñez dramática y sus amores de adolescentes que causaban risas entre ambos.

Maidel se abstuvo de mencionar aquellas experiencias terribles de su vida porque no quería espantar al médico que la estaba pretendiendo, el que parecía haber tenido una de esas vidas casi perfectas, Maidel lo envidiaba sanamente mientras le prestaba atención. El doctor vivía cerca del hospital también con su madre y su hermano menor, había tenido un par de amores largos que había decidido terminar por el miedo a los compromisos serios. La excusa que usaba era su juventud y que tenía una carrera por terminar. Maidel se estaba enamorando.

Los besos suaves una vez por semana se estaban volviendo aburridos, así que aquella tarde el doctor Rivas tomó a Maidel en sus brazos, la miró con firmeza y algo de amor y la besó con algo más de pasión. Desde ese día, aunque por cuestiones de trabajo Maidel tenía que llamarlo "doctor Rivas" delante de la gente, a solas lo llamaba "Sergio", mientras le devolvía la pasión con dedicación extrema.

Maidel y el doctor Rivas decidieron mantener a escondidas su relación, para evitar problemas en el hospital y dar que hablar al resto del personal en el piso de admisiones. Pero la atracción entre ambos era evidente, aunque la gente observaba y callaba. A final de cuentas Maidel era una de las empleadas más respetadas en la casa de salud y el doctor Rivas era el jefe de piso. No había razón inteligente para comenzar ningún tipo de escándalo, especialmente sin motivos concretos.

Gloria fue la primera en enterarse del enlace amoroso porque Maidel se lo contó sin tapujos desde el principio para darle calma a su pobre madre prestada, la que vivía con el Jesús en la boca por los amoríos de Maidel con el general. De esta manera, Gloria podría quedar tranquila y creerle finalmente a Maidel, que ella y el general eran solamente amigos. Las primas también se alegraron con la noticia, porque sabían que en el fondo por más atractivo y poderoso que el general pretendía ser, nunca le daría a Maidel el título de esposa, porque ni siquiera el de amante se osaba a ofrecerle. El general sin duda había tenido buenos sentimientos para Maidel, porque la ayudó de manera incondicional y sin hacer preguntas y tanto ella como su familia estaban agradecidos infinitamente por los favores recibidos. De no ser por el general, quien sabe dónde hubieran terminado las mujeres de la casa del barrio Peñas. Y aunque nunca lo habían visto de cerca para darles las gracias, oraban todas las noches por el general, como si fuera un santo.

La relación se puso seria cuando Sergio invitó a cenar a Maidel y Gloria a su casa, para que conocieran a su madre y hermano. Sin duda el cardiólogo estaba interesado en mantener a Maidel cerca de él y por qué no, por tiempo indefinido. La madre de Sergio se encargó de preparar una cena informal, típica cubana. Incluso Sergio, que gozaba de ciertos beneficios como médico estrella en la isla, tenía un par de botellas de vino tinto en la mesa, la misma que estaba adornada con arreglos de magnolias y velas blancas que le daban a la noche un aire romántico y familiar. Tuvieron que ayudar a Gloria porque ya las piernas casi no la sostenían, pero estaba feliz de ver a su hija enamorada y con un médico elegante, que vivía todavía con su madre quien parecía una señora de buenos modales y excelente ama de casa y para Gloria eso decía mucho de la calidad de persona del nuevo pretendiente de Maidel.

La velada fue amena y todos disfrutaron de sus compañías, se evitó hablar de la situación política por razones obvias, no era el momento. Al final de la noche Sergio fue a dejar a las damas a su apartamento. Como de costumbre, Sergio besó a Maidel enamorado y con el pecho en regocijo por haber encontrado en su paso a la mujer de sus sueños, aquella a la que él se había imaginado tantas veces pariéndole hijos y siendo una madre y esposa abnegada, bella e inteligente. Por esas razones y sin darle más vueltas al asunto, el doctor Rivas le preguntó a Maidel si quería ser su mujer y vivir juntos hasta que la muerte los separe. A lo que Maidel respondió, sin saber exactamente porqué, con un "sí", sellando el pacto con un beso largo y repleto de caricias justificadas para la ocasión.

Al hacerse oficial la relación entre el doctor Rivas y Maidel, tuvieron que cambiar de oficina a la novia, ya que no era permitido que esposos o familiares trabajen en el mismo departamento del hospital. Se convirtieron en la sensación del momento, los novios eran felicitados por todos en el trabajo. Conocidos, desconocidos y hasta pacientes les deseaban un matrimonio eterno, ellos se sentían felices con el noviazgo. Situación completamente nueva para Maidel, que a pesar de haberse besado afanosamente con todos los jóvenes de su escuela y haber tenido un par de enamorados fortachones y con ínfulas de machos, era todavía una muchacha joven, como le decía Gloria, con toda la vida por delante. Claro que en este caso Gloria estaba completamente de acuerdo con las opciones que la vida le estaba ofreciendo en bandeja de plata a Maidel, quien había sufrido tanto en la vida y ya era hora de que siente cabeza y se convierta en una ama de casa, llena de muchachos que criar y finalmente se le engorden las caderas como era lo acostumbrado.

Una tarde en el apartamento de Maidel, mientras Sergio le hacía un chequeo de rutina a Gloria, quien se había estado sintiendo más agotada que de costumbre, toca a la puerta un joven trayendo una carta para Maidel, cuyo remitente es el General, sin dirección en el sobre. Maidel se puso nerviosa porque habían pasado meses desde la última vez que había estado en la casa del general en las afueras de La Habana, y con el alboroto del matrimonio con Sergio hasta se le había olvidado de la existencia de su amigo militar. Se dirigió a su habitación para leer la carta, el general le enviaba felicidades y los mejores deseos en su boda y le recordaba que el apartamento donde estaban viviendo estaba a nombre de ella y en cortas palabras, porque él no era de mucho palabrerío, se despidió de su amiga agradeciéndole los momentos especiales de amistad íntima que compartieron.

Maidel dejó rodar un par de lágrimas indiscretas por sus mejillas mientras presionaba la hoja de papel con tinta negra y clara contra su pecho, sintió pena por la ruptura de aquella relación que la había llenado tanto y que le había enseñado un mundo de sensaciones. No tenía nada de que reprochar a su relación con el general, al contrario, si las cosas hubieran sido de otra manera, quizá ella le hubiera dado el "sí" al general también. Pero siempre supieron ambos que eso era un imposible, un sueño que ni valía la pena soñar. El general había amado a Maidel bien, y quizá todavía la ame a su manera, con restricciones. Ella se merecía algo más en la vida, y este doctor de Matanzas sonaba como el candidato perfecto.

Sergio entró a la habitación para informarle que Gloria necesitaba descansar, pero que estaría bien, cuando vio a su prometida secarse las mejillas.

—Todo bien Maidel?

—Sí Sergio, carta de un amigo de la infancia, que nos desea felicidades. —le ocultó Maidel a su novio mientras fingía una sonrisa tímida, callando la pena del momento.

Era momento de celebrar otro de los cumpleaños de los hijos de las primas y habían decidido hacer una pequeña reunión familiar solo con los más cercanos, ya que la vida tampoco daba para más, a Gloria le seguían cayendo los años sin pena y sería la ocasión perfecta para pasar un momento juntos y ponerse al día de los chismes y problemas políticos. Alfredo llegó esa tarde temprano porque no había clases ese viernes en Camagüey y aprovechó la situación. Se comunicaba seguido con Maidel para estar pendiente de la salud de su madre y sabía que la próxima visita a La Habana probablemente sería para la boda de su hermana con el doctor. Noticia que parecía molestar a Alfredo en cierta manera, pero cuando lo pensó más a fondo, cualquier cosa era mejor a que Maidel siga revolcándose con aquel general que no la respetaba y de quien no se podía confiar, porque sea como sean las cosas, el hombre era un comunista aliado del gobierno y nada bueno podía esperarse de él.

Entre tanto muchacho bullicioso y un merengue suave de música de fondo que habían puesto los esposos de las primas, por si el alma se les despabilaba con la celebración, los integrantes de esta familia formada por las fuerzas del destino se ponían al día de sus acontecimientos. Parecía mentira que ya los nietos de Gloria y Eugenio estaban en edad escolar y los tíos de éstos seguían labrando la tierra como si no hubiese nada más que hacer por esos lares de la vida. Gloria era el centro de atención de esa reunión, sus hijos propios y prestados, sabían que los días se le expiraban a esta mujer que había dado todo por ellos y los unía de una manera tan especial con tantos recuerdos, en medio de pobreza y desesperanzas, siempre estuvo el amor que les impartía a todos de manera gratuita y sin pedir nada a cambio.

—Alfredo qué gusto verte, estás igualito, no cambias por nada —le decía Maidel mientras lo abrazaba afectuosamente —ven, quería presentarte a Sergio. Que alegría que finalmente pueden conocerse. Solo faltabas tú para que me des la aprobación —le decía Maidel a Alfredo como si estuviese hablando en serio.

—Que gusto conocerte Alfredo, he escuchado mucho de ti —el doctor Rivas siempre serio y formal le extiende la mano a su futuro cuñado, que al contrario de todas las cosas maravillosas que había escuchado de él, le pareció un hombre rudo y sin modales.

—Mucho gusto Rivas —le contestó parcamente Alfredo sin despegarle la mirada.

—Maidel, podría hablar contigo a solas un momento por favor —le interrumpe Alfredo en medio del alboroto de la fiesta infantil.

—Sí por supuesto Alfredo, dime. —el doctor se retiró.

—Tu estas segura que este doctor te va a hacer feliz? Tú sabes que el matrimonio no es cosa de juegos Maidel, te casas para toda la vida —Alfredo sermoneaba a Maidel en su posición de hermano mayor.

—Esta vida me ha enseñado a no estar segura de nada Alfredo. No hago muchos planes para el mañana, porque el mañana es incierto y no me gusta decepcionarme. Se aprende con los años Alfredo. Pero Sergio y yo nos queremos mucho y por ahora pienso que es suficiente. Tú te preocupas mucho Alfredo. ¿Cuéntame de ti, como estas? ¿Amores? ¿Trabajo? ¿Todo bien por Camagüey?

—Yo estoy bien Maidel. Me preocupa mi madre. Se la ve muy débil.

—Así es Alfredo. Sergio la está tratando, tiene el corazón flaco y ella quiere estar con Eugenio, tenemos que estar preparados, porque en cualquier momento se nos va la viejita.

—Cambiando de tema Maidel —Alfredo tenía cosas que decirle a Maidel y el tema de perder a su madre era demasiado para él— sé que han pasado muchos años desde la muerte de tus padres, y tú sabes aquí entre tú y yo, que me he estado inmiscuyendo en la vida de los comunistas para saber de ellos, no te puedo entrar en detalle, pero esto no va a durar mucho, estamos trabajando fuerte con un grupo de gente. Solo nos hace falta un poco de tiempo.

—Alfredo no me asustes, cuantas veces Gloria te advirtió que te olvides de ese asunto, aquí estamos jodidos y jodidos nos quedaremos. No te metas en camisas de once varas Alfredo por favor.

—Yo sé lo que hago Maidel. Solo quería decirte que sé lo que pasó con tus padres —Alfredo miró fijamente a Maidel a los ojos, mientras veía en ella que los recuerdos le nublaron la cabeza enseguida, ella con los ojos mojados de recuerdos le apretó sus manos como esperando escuchar lo que tenía Alfredo que decir.

—Tus padres estaban trabajando con un grupo de gente en una revista de información política en contra de la revolución. Ya habían impreso algunos ejemplares y estaban siendo repartidos en algunas ciudades. Era un grupo que se quejaba básicamente de los atropellos de los militares e incitaban a la gente a levantarse para sacarlos del panorama. Pero los guerrilleros se enteraron y mandaron a desaparecerlos a todos. En tres días 8 del grupo de aquel periódico murieron abaleados en sus casas. Entre ellos por supuesto tus padres Maidel, los militares mataron a tus padres sin piedad alguna, y se también que tus familiares lograron escapar para Estados Unidos al enterarse de la noticia, supongo pensaron que te habían matado aquella mañana a ti también. Lo siento Maidel. —la abrazó para tratar de ablandar su dolor y contener su llanto. Aunque no eran sus padres, a Alfredo todo este asunto de ultrajes contra los derechos humanos en su país le dolían como propios, y con más razón tratándose de su hermana del destino.

Maidel se secó las lágrimas, le agradeció a Alfredo por la información y le dijo que tenga cuidado para que no acabe como sus padres. Regresó a festejar a sus sobrinos en compañía de su madre postiza y su prometido, tragándose las penas, pretendiendo que la vida era justa. En el fondo el alma le dolía de una manera terrible, los recuerdos le martillaban en la cabeza mientras trataba de pretender que disfrutaba el momento. Sonreía como siempre al mismo tiempo que el sentimiento de odio e impotencia le crecía en el pecho hacia aquel grupo de hombres que no solamente habían acabado con la vida de sus padres, sino que seguían acabando con la vida de todos los cubanos. Por primera vez en su vida sintió odio, odió a los militares, odió a su general. ¿Y por qué no? Odió a Alexis también.

Sergio

Maidel y Sergio se casaron una tarde de abril en el registro civil de La Habana en presencia de sus madres y hermanos respectivamente, a los que habían dejado entrar con flores y tacones con ayuda de unas amistades del doctor. Las madres de los novios se emocionaron tanto que, a pesar de conocerse poco, se abrazaron en símbolo de alegría de que sus hijos se estén uniendo en matrimonio. No hubo comida especial después de la ceremonia. Había mucho que hacer porque Sergio tenía que mover toda su vida al apartamento de Maidel, como habían decidido antes de casarse. Ambos vivirían con Gloria en el apartamento que el general le regaló descomedidamente años atrás a su joven amiga de la intimidad. En la casa donde Sergio creció no cabía más gente y Gloria necesitaba más atención por su salud y tener al doctor bajo el mismo techo era una bendición.

Maidel Rivas sintió que el matrimonio súbitamente la

estaba cambiando, se sentía más adulta y con ganas de aprender a cocinar y de mantener la casa siempre limpia y muy bien organizada, inclusive le dio por plancharle las camisas de trabajo a su marido para que vaya bien templado al hospital y no de que hablar. Sergio pasaba horas interminables en el centro médico, porque a los cubanos parecía haberles caído la plaga de ataques al corazón y los pacientes no dejaban de aparecer en su quirófano. Poco después del matrimonio le cortaron las horas de trabajo a Maidel y le dieron a cambio un par de cupones extra para que vaya al mercado y adquiera más leche y panes. No se preocuparon en casa porque el doctor tenía un buen puesto y ganaba decentemente y de esa manera Maidel podía dedicarse más a sus quehaceres domésticos. Para ella al principio todo era una novedad y hasta le agradaba la idea de trabajar menos entre tanto papeleo del hospital y pasar tiempo inventando recetas, lavando ropa y sobre todo cuidando a su Gloria, que se le desmejoraba rápidamente.

Entre las verdades que les toca decirse a los recién casados, después de bodas súbitas como la de Maidel y Sergio, llegaron preguntas obvias que durante el tiempo del noviazgo habían quedado en el limbo. Maidel le confesó a su esposo que el apartamento donde vivían había sido un obsequio de un general de la revolución que era muy buen amigo de ella y le tenía mucho cariño a la familia y por esa razón los había ayudado desinteresadamente a todos en su casa. Sergio no era tonto y aunque no se tragó el cuento de la amistad con el militar, prefirió hacerse de la vista gorda para no armar pleito con su esposa con la que gozaba, como típicos recién casados, de noches apasionadas entre caricias nuevas y palabras que alentaban a la lujuria hasta al más mojigato.

El tiempo pasaba y los quehaceres domésticos y esa vida de ama de casa a Maidel la llenó solo por un par de meses, enseguida se aburrió de no hacer mucho y se sentía extraña porque ahora tenía que pedirle dinero a alguien para comprarse un jabón para el cutis, que su amiga de trabajo vendía por debajo de la mesa. Gloria estaba estable de salud, aunque cada vez se le entumecían más las extremidades y se le complicaba moverse de un lado para otro. Por lo que Sergio le trajo del hospital un andador usado pero que estaba en buenas condiciones para que su suegra pueda moverse con más libertad dentro del apartamento, que sin quererlo les comenzaba a quedar pequeño.

Un fin de semana Gloria recibió como de costumbre la llamada de Alfredo, hijo siempre preocupado de su madre, la llamaba para contarle chistes y alegrarle la vida que parecía se le estaba agotando poco a poco. Maidel escuchó los gritos de felicidad de Gloria en el teléfono y al preguntarle si se trataba de otro de los malos chistes de su hermano mayor, Gloria le confirmó que tanta felicidad se debía a que Alfredo le acababa de dar la noticia de que se estaba mudando para La Habana con su novia. Ahora Gloria tendría a todos sus hijos cerca, aunque desperdigados por la ciudad, situación que la llenaba de tranquilidad. La idea de tener a Alfredo lejos con sus ideas descabelladas de unirse a los comunistas para eventualmente liberar a su tierra de aquel sistema dictatorial, no la dejaban dormir. Ella pensaba que ahora que lo tendría en la misma ciudad y con su novia de soporte, le harían cambiar de idea y se olvidaría de una vez por todas de tan ridículos y peligrosos pensamientos.

Maidel recibió la noticia también con alegría, después de todo Alfredo era su hermano mayor, el hombre tenía un corazón de padre y podría ayudarla con los cuidados de su madre, y probablemente le pueda conseguir trabajo en otro lugar que no sea el hospital para que ella pueda valerse por sí misma como lo hacía tan fácilmente cuando estaba soltera.

Ya una vez instalado Alfredo y su novia en un apartamento humilde en el centro de la ciudad, decidió ir a visitar a su madre, le llevaba flores y galletas de diferentes sabores que su enamorada había preparado para comenzar a ganarse a la futura suegra.

—Buenas tarde Alfredo —besó y abrazó Maidel a su hermano en la puerta de su casa— pasa por favor, que alegría verte y mucho más saber que regresaste a La Habana chico.

—Buenas tardes Maidel te presento a mi novia, Lucia. —Alfredo las presentaba mientras trataba de aflojarse de su media hermana, que lo estaba ahogando con su saludo tan efusivo.

Maidel saludó a Lucia sin mucho entusiasmo, pero con la educación del caso, los hizo pasar y le avisó a su madre de la visita. Los cuatro comieron galletas con un vaso de limonada que Maidel tenía preparada en su refrigeradora. A Gloria la felicidad no le cabía en el pecho de que su hijo pródigo ahora la podría visitar seguido y sobre todo que parecía que había finalmente decidió sentar cabeza.

—Que alegría Alfredo que estas en La Habana, ¿cómo así? —le pregunta Maidel con su sonrisa de siempre.

—Había pedido cambio hace mucho tiempo para estar aquí más cerca de mi vieja, hasta que finalmente se me dio, voy a trabajar en una de las escuelas aquí en el centro.

—Qué bueno Alfredo, oye y si puedes conseguirme trabajo en algún lado, lo que sea, por favor me avisas. Me cortaron las horas en el hospital, pero la verdad ya estoy cansada del trabajo allí.

—Pero Maidel, no creo que tu necesites trabajar, quédate mejor aquí en casa.

—No Alfredo, mejor me ayudas a conseguir algo.

Así pasaron una velada juntos conociendo a Lucia. La novia era tímida, hablaba poco y era también profesora de primaria, así es como se habían conocido con Alfredo y llev-aban un par de meses de relaciones, se los veía felices, pensó Gloria. Maidel por su cuenta le parecía que ella era muy poca cosa para su hermano mayor que tenía pinta de duque francés, pero con ropas humildes.

La situación política en la isla no mejoraba y la escasez era parte de la rutina diaria de los cubanos. Inclusive a Alfredo le fue imposible mover sus influencias para conseguirle un trabajo a Maidel. Ella seguía asistiendo al hospital tres veces por semanas y colectando sus cupones de comidas, aunque le causaba un fastidio terrible ir al mercado por un par de panes y frutas. Los planes de esposa abnegada tampoco le sentaban bien y le molestaba peor que ropa prestada. Las pocas horas libres que su esposo tenía salían al restaurante que acostumbraban a ir cuando se gustaban de manera loca al principio de su relación, y en ocasiones iban a la playa a pasar el día. Esos días Alfredo se quedaba con su madre asistiéndola en lo que necesitara.

Después de una de aquellas noches apasionadas entre marido y mujer, Sergio decidió plantearle a su esposa la idea de comenzar a incrementar la familia. El doctor Rivas lo había pensado por largo tiempo y era el momento preciso para llenar la casa de muchachitos. Que seguramente les saldrían bellísimos a la pareja porque ambos eran inteligentes y muy bien parecidos.

—Maidel, amor. No te parece extraño que después de todo este tiempo juntos, no hayas salido embarazada todavía. Mejor será que el doctor Velásquez te revise en el hospital. —le decía el marido acariciándole el cabello lacio y largo a su esposa después de la pasión consumada.

Maidel saltó de la impresión ante el comentario completamente fuera de lugar de su esposo. Como se le iba a ocurrir hablar de embarazarla justamente después de haber hecho el amor, le pareció a Maidel de muy mal gusto.

—Sergio tenemos poco tiempo de casados la verdad es que no se me había pasado por la cabeza el asunto de tener hijos — le decía Maidel con tono de pocos amigos, cuando en realidad ella sabía perfectamente que la causa principal del "problema" era que ella nunca había dejado de tomar las pastillas anticonceptivas que las primas le seguían distribuyendo en paquetitos camuflados una vez al mes.

El tema descabellado de conversación a altas horas de la noche terminó en la primera discusión oficial de la pareja. Maidel le dijo claramente a su esposo que ella no quería traer muchachos al mundo bajo la situación que venían viviendo los cubanos por más de una década. Para qué traer otro ciudadano sin libertades y sin oportunidades a esos lados del planeta. Sergio pacientemente y tratando de hacer entrar en razón a su esposa, le recordó que ellos tenían una vida relativamente cómoda en Cuba, que inclusive ella no necesitaba trabajar y que nadie está preparado nunca para recibir hijos, ni emocional ni económicamente, que se capacitan con la criatura en los brazos y así se construyen las memorias agradables de familias y se aprende para cuando lleguen el resto de la prole. Les agarró el amanecer discutiendo sobre asuntos de bebés y planes a futuro, a los que Maidel realmente estaba completamente en contra por el momento, ella era joven todavía y había tiempo más que suficiente en el futuro para parir hijos. Esperando que la situación cambie en Cuba, les iba a llegar la vejez sin descendientes, pero Maidel tenía la esperanza que las cosas tenían que cambiar de un momento a otro para sus compatriotas, porque como dice el dicho "no hay mal que dure cien años".

Sergio era un marido ejemplar, trabajador, preocupado por su esposa y su familia. Responsable en el trabajo y excelente médico y con una conducta intachable. Las corrupciones y bofetadas a los derechos humanos que presenciaba a su alrededor le causaban asco, pero tenía la seguridad muy dentro de sí y sin razón justificada, que Dios los sacaría en cualquier momento de ese viacrucis y las cosas volverían hacer como hace mucho tiempo en su país. Pero mientras tanto, no quedaba más que arreglárselas de la mejor manera, y para él la única manera era trabajando fuerte, obedecer las reglas y tener fe en Dios.

En ocasiones no entendía porque su esposa era tan harisca, y testaruda. Cuando se le metía algo en la cabeza no había poder divino que la haga cambiar de opinión y ese asunto de no querer embarazarse le provocaba un ardor en la boca del estómago que curaba con unas pastillas de calcio después de sus almuerzos rápidos entre pacientes. Eventualmente se enteró en una de esas noches de polémicas entre esposos, que a Maidel los militares le habían matado a sus padres, y que después de haber nacido en cuna de oro, de la noche a la mañana Gloria decide salvarle la vida y llevarla a vivir al barrio Peñas, donde vivían en precarias condiciones. Pasaron hambre, frío y desolación. Maidel le confesó a su esposo, sin lágrimas ni pucheros, que muchas veces había preferido morir aquella mañana con sus padres y que algunas veces culpaba a Gloria por haberla rescatado del ático de su casa y llevarla a vivir una vida miserable. Pero le explicó también a su marido que con el tiempo se aferró a esa nueva familia que el destino le había dado y terminó queriéndolos como propios, y en su mente lo único que tenía cabida era darle una vida mejor a su familia. Maidel esperaba que Sergio entienda el por qué ella siempre ha trabajado y necesita su independencia y que la idea de tener un hijo le quitaría mucho de eso. Muy aparte de que le parecía un pecado traer al mundo a un ser humano para que sea parte de la vida comunista que regía su país. Maidel tuvo la intención entre aquellas confesiones, de contarle a su esposo la terrible experiencia con su primer enamorado detrás de las graderías de la escuela. Pero pensó que, por aquella noche, las malas noticias de su vida habían sido suficientes. Sergio abrazó fuertemente a su esposa, con todo el amor que le tenía, sintió su pena.

Pero el doctor Rivas seguía con la idea de convencer a su mujer que era tiempo para comenzar a intentar quedar embarazados. Maidel lo ignoró por completo, porque ya ella había dado sus razones y si su esposo quería atropellárselas egoístamente, eran problemas de él. Las primas apoyaban a Maidel, porque ellas ya eran madres y esposas y sabían que la lucha no era fácil y ahora las pobres no solamente sufrían pensando en el futuro de ellas, sino en el de sus hijos en un país donde las injusticias jugaban al pepo y las vidas de sus gentes no valía ni un centavo.

Maidel y Sergio se querían bien, eran buenos amigos y se acoplaban perfectamente, la vida de casados les cayó a ambos de maravilla. El único inconveniente que ahora enfrentaban como pareja, era el asunto de aumentar la familia. A Sergio no se le quitaba de la cabeza la idea de ser padre, y a Maidel la presión constante y contínua de su marido le hacía repudiar más la idea. Después de todo era su cuerpo y por lo menos eso era una de las pocas cosas en las que ella tenía control. Sergio le insistió que se haga chequear de un ginecólogo porque tenían la cantidad de sexo más que requerida para haberla embarazado un par de veces. Y aunque Maidel quería mucho a su esposo, ya a estas alturas del partido nunca le contaría que llevaba años tomando pastillas anticonceptivas, primero para evitar quedar embarazada de un militar de la revolución y ahora porque la idea de embarazarse de su esposo tampoco le llamaba la atención para nada. Acudió a hacerse todos los exámenes que su marido le agendó y, como era de esperarse, no encontraron nada dañado con el sistema reproductivo de la esposa del cardiólogo. Entonces era hora de comenzar a estudiar a Sergio, porque obviamente él era el único motivo de la infertilidad de su esposa, según arrojaban los resultados médicos.

La pareja perdió meses en exámenes y visitas médicas, ambos marido y mujer estaban perfectamente sanos para traer muchachos al mundo, no había explicación alguna del porque el embarazo no se consumaba. Maidel nunca le confesó a su esposo su secreto, después de todo era "su" secreto, secreto de mujer. Sergio no estaba incluido en la ecuación.

Un miércoles después de la cena en casa de Maidel, en la que ella lavaba platos mientras su esposo escuchaba noticias en el radio acompañado de una copa de vino rojo, llaman a la puerta. Era Alfredo y llegó como alma perseguida por el diablo. Estaba pálido y sudaba frío. Sergio lo saludó e invitó a pasar, mientras él corrió donde Maidel estaba.

—Maidel, rápido, tengo que hablar contigo —la miró a su hermana sin pestañear.

—Pero Alfredo chico, que pasa? ¿Estás enfermo? —le dijo Maidel asustada. Sergio se quedó en medio de ellos, esperando escuchar las malas noticias que obviamente Alfredo traía.

—Podrías dejarnos a solas cuñado por favor —le dijo Alfredo a Sergio secándose el sudor de la frente.

—Pero Alfredo me tienes asustada. ¿Qué pasó coño? —Maidel insistía.

—Encontraron muerto al general en su casa a las afueras

de La Habana, se lo bajaron Maidel con una cantidad de balas que no alcanzaron a contarlas, eran muchas Maidel.

A Maidel se le fue la sangre del cuerpo, sintió que las piernas le fallaban y le faltaba la respiración, abrazó a Alfredo fuertemente y sin poder ni siquiera llorar, porque no quería llamar la atención de su marido y madre que estaba a pocos metros de ellos.

—Maidel tienen que salir de esta casa lo más pronto posible. Y tú tienes que irte del país. Estás en peligro.

Maidel miró fijamente a los ojos a su hermano mayor y aunque no entendía la mitad de las cosas que escuchaba, sabía que momentos difíciles se les venían. Esta vida insolente, que no la deja en paz ni por un momento. Horas atrás su problema más grave era el seguirle ocultando a su esposo que se cuidaba a escondidas para no salir embarazada. Ahora sentía que se le venía el mundo encima. Su amante furtivo de años, aquel que ella amó tanto antes de saber que su gente habían sido los responsables de la muerte de sus padres, estaba muerto. Y ahora por alguna razón absurda, que no lograba descifrar, había puesto su vida y la de sus seres queridos en riesgo.

El Mariel

Dos semanas después de la noticia de la súbita muerte del general, el matrimonio Rivas se mudó a la casa que había sido del doctor, donde todavía vivían su madre y hermano menor. Alfredo se llevó a Gloria a vivir con él y su enamorada para poder hacerse cargo de su salud, porque sabían que por lo menos a Maidel había que sacarla del país lo más rápido posible y sin hacer mucha bulla.

La situación no era la mejor en Cuba en esos días y Alfredo estaba tratando de conseguir de alguna manera enviar a Maidel en un bote a los Estados Unidos. Tomaría tiempo, pero por el momento lo mejor era mantener a Maidel encerrada en la casa con su suegra y cuñado al mismo tiempo que advirtieron a las primas y sus familiares que se manejen con discreción. Alfredo desconfiaba completamente de los militares y sabía que no eran buenas personas. Y aunque no se sabía el motivo de porque se lo bajaron al general tan cruelmente de la faz de la tierra, los comunistas podrían estar atrás de todo lo vinculado estrechamente con el fallecido. Maidel era una de esas opciones sin duda alguna, pensó Alfredo y temía por la seguridad de su hermana.

Una vez instalados en casa de Sergio, la tensión se sentía inevitablemente entre las paredes de aquella casa. La suegra y cuñado vieron a Maidel con ojos diferentes «las apariencias engañan» pensaron. La muchacha que más de un año atrás parecía ser la pareja ideal para Sergio, con cualidades extremas de belleza e inteligencia, se iban disipando ante los hechos ocurridos. Alfredo le pidió a todos discreción y que no mencionen sobre la situación a nadie, sobre todo para proteger a Maidel. Pero los chismes corren más rápido que la luz y el resto de los detalles que no llegaron a oídos de la madre de Sergio, ella se los inventó en su cabeza y con mucha precisión. Aunque ella escuchaba también detrás de las puertas cerradas a los esposos discutir a altas horas de la noche, mientras por el día ignoraba la presencia de Maidel en la casa. Pero Maidel se mantuvo digna ante las habladurías y sobre todo con la cabeza bien en alto se cansaba de repetirle a su esposo, a quien quería demasiado para herirlo de esa manera a estas alturas del partido, que ella y el general habían sido solamente buenos amigos. A Sergio le hervía la sangre de pensar que su esposa había perdido la chaveta y la virginidad con un puerco militar. Ese asunto de "lo que no fue en tu año, no te hace daño" parecía no tener ningún fundamento ético ni moral para el doctor Rivas, quien se sentía engañado.

Transcurridas una serie de discusiones entre la pareja, Maidel cambió su posición de esposa dando explicaciones y pensó que ya tenía demasiado con su marido y con sus familiares políticos que le estaban haciendo la vida imposible y acumulando más preocupaciones a su situación sumamente delicada. Esa noche Maidel le dijo bien claro y con tono firme y desafiante a Sergio que era hora de parar con intrigas acusadoras, que ella no iba a aguantar que la sigan basureando y buscándole las cinco patas al gato en este problema, que era mucho más serio e iba más allá de que clase de amistad había tenido ella con el general. Agarró cuatro prendas de vestir mal envueltas en una bolsa plástica y le dijo a su esposo que llamaría a Alfredo para que la vaya a recoger y la lleve a su casa, donde de seguro no la iban apuntar con el dedo, más bien podía recibir la protección y apoyo que tanto necesitaba en esos momentos difíciles. Molesta y mandando a todo el mundo al diablo marcó a casa de su hermano.

Sergio se acercó a su esposa y le cortó la llamada, la tomó entre sus brazos y la abrazó fuerte por largos minutos mientras dejaba escapar lágrimas de pena por todo lo ocurrido.

—Perdóname mi amor, es que todo esto es muy confuso y terrible a la vez —Sergio le decía mientras le acariciaba la cara.

—Sergio yo te amo, y todo esto me asusta mucho. Pero necesito tu apoyo como esposo y tu confianza. No me dejes sola en esto por favor —Maidel miraba fijamente a los ojos a su esposo. Ella nunca confesaría que tuvo amoríos intensos y apasionados con el general, mucho menos a estas alturas del partido y con todo lo que estaba pasando. Ahora había problemas más serios que atender.

La suegra que presenció toda la escena melodramática de los esposos se llenó de rabia, porque no le creía ni un centavo a la resbalosa de su nuera y se avergonzaba que su hijo tan preparado e inteligente se deje comer al cuento de una manera tan ridícula. Pero no había mucho más que hacer, Sergio y Maidel se amaban y los malentendidos los unían de una forma extraña, sobre todo porque se necesitaban más que nunca en esta prueba que la vida les estaba ofreciendo de una manera altanera.

La pareja se reunía a escondidas un par de veces al mes con Alfredo para hablar de las opciones que tenía Maidel para salir del país. Finalmente, la luz al final del túnel iluminó los esfuerzos. Alfredo había logrado contactarse con una gente de confianza para poner a Maidel de manera clandestina en unos vuelos que estaban llevando cubanos a los Estados Unidos a través de un convenio entre estos países para liberar presos políticos, eran llamados los "vuelos de la comunidad". El único problema era incluir a Maidel en uno de estos vuelos, pero sin levantar sospechas porque obviamente la muchacha no estaba presa, sino que se trataría de un asunto de "favor especial".

Los meses pasaban sin piedad y Maidel seguía encerrada en casa sin poder hacer mucho. El hecho de no trabajar le debilitaba la paciencia. Ella que siempre se las había arreglado para estar ocupada y meterse unos pesitos en el bolsillo, ahora se daba contra las paredes entre tanto aburrimiento, espera e incertidumbre sobre el futuro. Decidió ignorar a la suegra y con su cuñado poco se comunicaban porque él estaba en la universidad. Hablaba con Gloria y con las primas todos los días, saludaba por teléfono a sus sobrinos mientras esperaba con calma alguna noticia.

En abril de ese año, un grupo de cubanos atacaron la embajada de Perú y como consecuencia hubo un muerto y varios heridos. El grupo de cubanos hartos de la dictadura de Castro pedían asilo político en dicha embajada. Castro pidió a los peruanos que entreguen a los refugiados, la embajada se negó usando como excusa el amparo al derecho de asilo. Inmediatamente Fidel Castro como represalia ordenó dejar sin seguridad a la embajada. Las noticias mantenían a los cubanos atentos a cada movimiento durante esos días en la isla entera, parecía que tenían un nuevo entretenimiento. Días después un centenar de cubanos abarrotaron la embajada peruana para pedir asilo y huir de aquella pesadilla que llevaba más de una década y no parecía tener fin.

El presidente de Cuba enrabiado al darse cuenta de la traición a gritos de sus ciudadanos, por los que él lo había dado todo, decide darle carta blanca a todo aquel cubano que quiera irse de la isla, que lo hagan lo más pronto posible. Lo que el dictador cubano nunca se imaginó, era que aproximadamente un tercio de la población se aglomeraría con desesperación en el puerto Mariel, para embarcarse en aquellos barcos americanos en busca de la libertad que les habían arrebatado injustamente. A este punto el presidente enardecido de tanta traición de su pueblo decide abrir cárceles y enviar fuera del país a presos y desquiciados mentales.

La noticia conmovió al país y al mundo entero, ahí estaban ciento de miles de cubanos huyendo de su isla que los había visto nacer, de manera desesperada y probablemente con un dolor en el corazón, porque eran algo que tenían que hacer y no que deseaban hacer. Culpaban a Castro y a la revolución por tener que huir de su Cuba querida como si tuvieran la culpa de algo, pero el atropello a los derechos humanos les tenía la vida desgastada y las esperanzas muertas.

La opción de enviar a Maidel en los "vuelos de la comunidad" se volvía cada vez más distante, y ante los acontecimientos recientes en la isla, salir del puerto Mariel sería la oportunidad perfecta para enviar a Maidel a los Estados Unidos, por lo menos hasta que la situación en Cuba cambie, como estaba Alfredo convencido que eso pasaría de un momento a otro.

Una vez con la opción en sus manos Maidel la aceptó sin pestañear. Era lo más práctico en esos momentos y pensó también inocentemente que su estadía en el país del Tío Sam sería temporal, hasta dejar que las aguas se calmen. Sergio y Alfredo se encargaron de arreglar todo lo correspondiente al éxodo de Maidel a tierras americanas. Ambos hombres, importantes pilares en la vida de Maidel se movieron con sus amistades y conexiones para confirmar que Maidel pueda salir en uno de los barcos desde el puerto de Mariel y llegar sin problemas a las costas norteamericanas.

Sergio ya extrañaba a su esposa, todavía soñaba con una familia llena de muchachos corriendo por la casa, pero los quería corriendo libres y gozando de sus derechos y sin temores. Después de todos estos años, él no se podía quejar, tenía una vida relativamente decente en comparación al resto de cubanos, pero sabía que era un títere de los comunistas. Ahora admiraba más que antes a su mujer, por el coraje y la valentía de tomar una decisión tan fuerte, de cierta manera impuesta por las consecuencias de ciertos errores, pero que sabía no era fácil ni para ella ni para los miles de cubanos que hacían filas en el puerto Mariel huyendo de tiranías y opresiones.

Alfredo hizo lo posible para tratar de embarcar a su hermana en uno de aquellos botes antes de que la temporada de huracanes azote las aguas del Atlántico, como cada año. Pero los trámites se demoraron, hasta que eventualmente el día llegó para Maidel. Esta metió cuatro prendas de vestir en una mochila que podría llevar todo el tiempo en sus hombros durante el viaje para no perderla, y en una funda plástica puso sus papeles de identificación, en caso el mal tiempo les vire las esperanzas, ella pueda llegar a tierra extranjera con sus documentos en regla. No le llamaba la atención hacer ese viaje sola, porque sabía que su esposo tenía que seguir trabajando para mantener a su familia y ayudar con la salud de Gloria. Después de todo, era un viaje corto, pensó Maidel.

La noche anterior, sus otros dos hermanos en compañía de las primas y sus respectivas familias fueron a despedirse de Maidel a casa de Alfredo, donde ella y Sergio iban a pasar la noche para salir temprano en la mañana hacia el Mariel. Además, Gloria quería tenerla consigo la mayor cantidad de horas seguidas antes de que su Maidel se fuera del país.

Gloria en una silla de ruedas debilitada por la cantidad de años y por sus ganas de reunirse con su Eugenio, no quería despegarse de Maidel. Gloria no entendía muy bien porque su hija prestada por el destino tenía que irse a otro país, pero aceptaba las explicaciones de sus hijos, sabiendo que era lo mejor para Maidel en ese momento. No había necesidad de entrar en detalles. Gloria dejaba escapar un par de lágrimas porque tenía la corazonada que esa era la última vez que vería a su Maidel, pero si era por la felicidad de ésta, entonces ella se tragaba la pena.

La despedida fue como era de esperarse dramática, los

sobrinos no dejaban a Maidel en paz ni un minuto. Las primas la abrazaron con lágrimas en los ojos al mismo tiempo que le ponían a escondidas una cantidad atrevida de anticonceptivos en el bolsillo de su mochila, sin que nadie se diera cuenta.

Maidel tenía sentimientos encontrados, culpaba a la revolución por la muerte de sus padres, culpaba a la revolución por haberle puesto al general en su camino, culpaba a la revolución por tener que abandonar su patria, la tierra donde había cultivado sus recuerdos. Ahora tendría que alejarse de su familia y sobre todo de su amado esposo y quién sabe por cuanto tiempo. Se sentía que huía como si hubiera cometido un crimen. Y maldijo al amor por su dolor. Fue por el amor que tuvo el infortunio de confiar en Alexis, fue por el bendito amor que se enamoró sin límites de aquel militar, relación que la acuchilló por la espalda de la manera más sarcástica.

No había tiempo para ponerse sentimental, pensaba que probablemente esa sea la última vez que vea a Gloria, pero quería tener las esperanzas altas y pensar que pronto estaría de regreso con los suyos. Pero nada era seguro, no había mañana ni futuro. Le tocaba meterse en ese bote, llegar a un país desconocido, con otro idioma y otra cultura donde no conocía a nadie y comenzar de cero. Su consuelo era que ya eso lo había hecho antes, cuando era una niña y las cosas salieron relativamente bien, así que esta no sería la regla que rompa la norma.

Esa hora de viaje al Mariel en el auto viejo de Alfredo se

les hizo a los tres pasajeros eterno, entre baches y una lluvia leve sus corazones se les iban achicando. Sergio abrazó a su esposa durante todo el camino sin mencionar una palabra, probablemente tendría su mente en blanco, probablemente se preguntaba porque no se iba con ella.

Una vez en el puerto, el gentío era sofocante a la vez que irónicamente la brisa marina típica del mes de octubre les trataba de aliviar las angustias. Maidel abrazó a su hermano Alfredo fuertemente, él no la quería soltar —todo va a salir bien Maidel, ya verás. Tienes el papel que te di con los datos de tus tíos, por favor apenas puedas trata de comunicarte. ¿Sí? —ella se secaba unas pocas lágrimas mientras hacía un esfuerzo sobrehumano para contenerlas.

Entonces Maidel abrazó a su esposo y trató de contener la pena, para no darle más dolores de cabeza, lo besó como en aquellas películas de romance mientras se despedían pensando que la separación no sería larga.

—Mi amor te amo tanto, nunca lo olvides por favor. Tú no te preocupes, yo cuidaré de Gloria y con Alfredo nos encargamos de todo. Esto va a ser temporal mi amor, cuando menos lo pienses te tendremos de regreso. —Sergio en el fondo sentía que le mentía a su mujer mientras la multitud lo golpeaban al pie del barco que los llevaría a la tierra de las oportunidades y de libertad.

Maidel estalló en llanto y le dijo a su esposo cuanto lo amaba y que ella volvería pronto, que le encomendaba a su

Gloria y a sus hermanos y primas. La voz del megáfono apuraba a los pasajeros a embarcarse en el bote que ya estaba listo para adentrarse en las aguas de aquel océano que los llevaría sólo a 90 millas de distancia a un nuevo mañana. Se sentía tan lejos y a la vez tan cerca. Las caras de los cubanos en el bote eran pálidas y largas, con sus ojos hinchados de tanto llorar y el corazón astillado por dejar lo que, aunque les pertenecía, no era de ellos.

Más rápido de lo que pensaron la visión de la isla se había esfumado, estaban mar adentro. Todos abrazados a algún poste solitario que sostenía irónicamente aquel bote lleno de esperanzas, así como lleno de nostalgias y remordimientos. Algunas personas estaban viajando en parejas; esposos, amigos, padres e hijos, hermanos, etc. La mayoría como Maidel, iban solos. Con sus inquietudes y sus miedos rumbo a lo desconocido. Uno de los encargados comenzó a repartir fundas, para los mareados por los fuertes movimientos arrogantes de las olas. Era un bote pequeño, posiblemente de capacidad para no más de 30 pasajeros, pero habían más de 60. La mayoría de ellos con medio cuerpo afuera vomitando las penas y otros con arrepentimientos.

A Maidel le sorprendió la condición del bote, por alguna razón estúpida se imaginó que sería un barco más grande y con algo de comodidades. Pero todos iban prácticamente parados, aferrándose a algo que los ayude a mantenerse en pie, porque entre los nervios y el mal tiempo que les estaba interrumpiendo el día, se les hacía difícil disfrutar la aventura. Los chapoteos continuos del mar le habían mojado la mitad del cuerpo a Maidel y decidió buscar un lugar más seco donde pueda resguardarse de la salubridad del agua y también alejarse de los continuos vómitos de la gente a bordo. Abrió paso como pudo hasta llegar a una pequeña área cubierta donde la gente se amontonaba para resguardarse un poco del mar que insistía en salpicarles los sueños. Pasados unos minutos, aunque en ese bote todo parecía medido en horas, Maidel siente alguien tocándole el hombro izquierdo. Lo ignoró un par de veces, pero ante la insistencia volteó en medio del ventoso y lúgubre panorama, ésta figura masculina con pelos alborotados y facha de pordiosero le sonrió amistosamente —Maidel, soy yo. Alexis. ¿Te acuerdas de mí? —.

Maidel sintió ganas de vomitar como el resto de los compatriotas que estaban en la parte delantera de aquel bote, se abrió paso entre la gente y regresó donde estaba originalmente con una palidez que parecía borrarle las facciones del rostro. Se agarró de aquel fierro húmedo y frío que la separaba del mar y vomitó como queriendo deshacerse de los recuerdos y dejarlos enterrados para siempre en el fondo del mar. El encargado los interrumpió comunicándoles que estaban en medio de una tormenta fuerte, que busquen un lugar seguro, que pasaría pronto. Se oían gritos de mujeres enloquecidas y por la otra esquina llantos embadurnados de pavor y dudas.

Maidel decidió agarrarse firmemente de un poste cerca de donde estaba porque no quería verle la cara nuevamente al muchacho que la violó años atrás cuando todavía era una niña, no tenía miedo y hasta las penas desaparecieron de la mente de Maidel, lo único que sintió fue ese odio uterino que algunas veces no la había dejado dormir.

El mar parecía endemoniado, como si quería hacerle pagar a los cubanos inocentes por dejar de aquella manera tan traicionera su tierra y a los suyos. No era tiempo de lecciones, pensó Maidel, tuvo fe que el mal momento pasaría pronto. Pero una ola gigantesca los abrazó como sintiendo pena por ellos, y la barca con todos a bordo se volteó. Todo pasó sumamente rápido que no les dio tiempo de pensar ni de actuar. Maidel se vio en medio de aquel océano infinito, una corriente la alejaba rápidamente de la superficie. Trató de nadar y de seguir el leve rayo de luz que se iba apagando lentamente, tragó agua salada al tiempo que sus pulmones parecían explotar de la presión y de la necesidad de oxígeno. Notó cuerpos alrededor de ella, unos peleando contra la naturaleza indeleble y otros flotando inertes con los ojos pelados. Entonces Maidel sin pensar absolutamente en nada, simplemente se dejó llevar por el sentido de supervivencia y nadó con todo lo que pudo hasta salir a la superficie. Sintió un par de estirones, gente desesperada por salir a flote la hundieron un par de veces. Las aguas estaban todavía histéricas y se oían gritos perdidos entre espumas y cuerpos inertes, Maidel solo pensaba en mantener su cabeza a flote y mantener la calma, sin saber realmente en qué terminaría toda esa odisea.

Parecieron horas, pero en aquellos minutos entre la vida y la muerte le venían a Maidel recuerdos de sus padres cuando era una niña viviendo en aquella casa con comodidades y era feliz. Pensó en su Gloria y en Eugenio y los vio tal cual ellos lucían cuando llegó a formar parte de su familia. Le llegaron de manera rápida a la vez que sutil aquellos ratos de conversaciones con sus primas en aquel petate en la sala de la casa del barrio Peñas. La visión de sus sobrinos, de sus hermanos. Se acordó del general cuando coqueteaban indiscriminadamente en el bar donde trabajaba. Finalmente vio a su esposo sonriéndole y esperándola con los brazos abiertos listo para llenarla de besos, que en ese momento tanto le hacían falta.

Le interrumpieron sus pensamientos un par de hombres que estaban apoyados en la barca que todavía se mantenía patas arriba oscilando en el mar. Una voz gritó en medio de la nada «aguanten un poco más, aguanten!!!». Maidel aguantaba.

Cuando sintió que el cansancio no le alcanzaba más con la vida y pensó que su destino había llegado, comenzó a tragar agua y a dejarse llevar por las olas que parecían acariciarla suavemente, un hombre fuerte la hala de los brazos para subirla al bote. El mal tiempo había pasado y un grupo había logrado darle vuelta al bote y gritaban a voz en cuello que regresen para seguir su travesía. Ante la opción de vivir nuevamente Maidel se aferró con todas las fuerzas que encontró de aquella escalera endeble por donde estaban subiendo los cubanos que lograron sobrevivir la inclemencia de la madre naturaleza, de vuelta al bote. Cuando pudo recobrar el sentido se dio cuenta que ahora el bote lucía vacío, había menos de la mitad de gente de las que salieron esa mañana llenos de esperanzas y terrores del Mariel. Le dio pena y lloró sosteniéndose el rostro aterrado por la repentina pérdida.

Todavía había gente peleando en medio del mar intentando subir nuevamente al bote, Maidel se llenó de fuerzas que no sabía de donde le salían después de tanto desgaste físico y mental y ayudó con otro grupo de gente a subir a otro par de personas. Las aguas comenzaron a irritarse nuevamente mientras un hombre pasaba contando a los sobrevivientes en voz alta. Muchos de los que se salvaron lloraban por lo ocurrido y otros por la pérdida inevitable de los que vinieron con ellos a ese barco lleno de esperanzas y ya no estaban.

Dieron la orden de alejarse del borde del bote para evitar otra desgracia. Maidel alcanzó a ver a otro de sus compatriotas luchando entre las olas impetuosas en sus intentos de aferrarse a la vida. Maidel se acercó para ayudar una vez más a pesar de las indicaciones dadas, extendió su mano para darse cuenta de que era Alexis quien estaba peleando por su vida y lo miró a los ojos, que suplicaban por ayuda. Alexis alcanzó la mano de Maidel, ella sentía que se le resbalaba la vida de Alexis entre sus dedos. El la miró una vez más con terror extendiendo ambas manos, Maidel no le despegaba la mirada de encima y después de unos segundos de insistencia abrió sus manos, liberándose de Alexis y con la conciencia muda se soltó, dejando que el mar haga justicia. Maidel se quedó por unos minutos congelada al pie de la escalera de aquel bote, sin pensar ni sentir absolutamente nada. Con su mente en blanco regresó donde el hombre encargado le indicaba, con su mirada perdida y sin sangre en el cuerpo se aferró a un desconocido y lloró en su hombro.

SEGUNDA PARTE
ESTADOS UNIDOS

Miami

Las aguas de aquel mar tan denso como infinito se tornaron celestes como el cielo en pleno verano. Después de la furia visceral entre aquella batalla de vientos traicioneros y aguas celosas, una calma absoluta envuelta de un silencio que hacía timbrar los huesos rodeaba el bote que había salido del Mariel horas atrás y que seguía su camino como si nada hubiera pasado. El mismo se sentía más liviano porque la naturaleza algunas veces atrevida le había ayudado a deshacerse de una parte de la carga, como justificación para acelerar el viaje.

Uno de los encargados había perdido su megáfono en la borrasca y levantaba la voz para darles indicaciones a los pasajeros, que con sus cuerpos tiritando de frío y las dudas calándoles el espíritu se miraban meditabundos. Faltaban aproximadamente cinco horas más para llegar a las costas de Cayo Hueso en el extremo sur del estado de la Florida, así que era mejor que se relajasen y se dediquen a disfrutar del panorama ya que lo peor había pasado.

Las ropas y el cabello de Maidel se habían secado relativamente rápido, pero su mente seguía perdida en aquel instante cuando tuvo la oportunidad de salvarle la vida a su violador, pero su memoria ahogada entre tanta agua salada y desesperación perdió por un segundo la compasión, segundo que fue suficiente para que el cuerpo de Alexis sea arrastrado por alguna corriente marina que osaba descaradamente hacer de juez universal y cobrárselas de una manera rápida y cruel.

Un señor de mediana edad que estaba parado junto a Maidel, todavía empapado por el mal rato que les había tocado vivir horas atrás tras la búsqueda de la bendita libertad, notó a Maidel con la mirada perdida y los labios morados. Sintió pena por ella, una muchacha tan joven y hermosa, sola en aquel bote arriesgando su vida y le dio curiosidad de saber cuál era su historia. Trató de llamar su atención un par de veces, pero ella parecía que andaba por otra galaxia, respiraba y se mantenía en pie, pero parecía sin vida. Entonces decidió abrazarla respetuosamente para abrigarla y esperar que sus labios regresen a su color normal. Después de unos minutos Maidel reaccionó y se asustó de tener a este extraño demasiado cerca de ella.

—Disculpe señorita, no quise molestarla. Me parecía que tenía frío —retiró su brazo de las espaldas de Maidel con el mismo respeto de cuando las puso. Ella lo miró, pero no pronunciaba palabra —¿está aquí con alguien o viaja sola señorita? —pregunta el individuo.

—Mi nombre es Maidel Rivas y viajo sola. ¿Y usted? — Maidel seguía con la mirada ida.

—Martín Báez, pero mis amigos me llaman "El Loco". No se asuste señorita Maidel, no soy loco de verdad, solo por afición. Hago muchas bromas a la gente y nunca hablo en serio, es por eso —le explicó a Maidel para que ella no salga corriendo y se eche directo al mar para escapar de él.

—Señora. Soy Señora no señorita —aclaró Maidel todavía sin mirarlo, aunque ya los labios comenzaban a recuperar su color natural.

—Mis disculpas señora. Y me disculpará usted otra vez, pero por qué no vino con su esposo —Maidel no le contestó por algunos minutos— oh no perdón. ¿Perdió a su marido con la tormenta mi señora? — dijo Martín preocupado porque pensó que estaba preguntando mucho.

—No perdí a nadie en la tormenta, vine sola —finalmente lo miró a los ojos sin mucha gracia.

—Yo también ando solo, tengo amistades en Miami, espero reunirme con ellos pronto. ¿Usted para dónde va mi señora Maidel?

Maidel no sabía que sería de su vida en los Estados Unidos, le habían dicho que los primeros días se quedaría en una iglesia católica en la ciudad de Miami donde le darían techo y comida hasta que logre comunicarse con algún familiar o decida qué hacer. También le habían dicho que tomaría aproximadamente de uno a dos meses en recibir sus papeles legales para poder comenzar su vida en esos lares del mundo, tenía una vaga información sobre sus tíos y trataría de encontrarlos para ver si la ayudaban a instalarse por unos meses en ese país desconocido hasta que pueda regresar a su Cuba que ya extrañaba terriblemente.

El "Loco" Báez no paró de hablarle a Maidel por el resto del viaje en esas aguas tan apacibles como transparentes, le contó historias de su vida y de sus planes en la Florida. El hombre lo tenía todo perfectamente arreglado y sabía que pronto comenzaría el primer día de su nueva vida y estaba emocionado. Aunque Maidel no le contestaba ni una sola palabra, sabía que la joven señora con ojos tristes lo escuchaba con atención, porque era lo único que podía hacer en ese barco que los estaba llevando al principio del resto de sus vidas.

A pocos minutos del arribo de la barca a costas norteamericanas, el encargado les anunció a los pasajeros que quedaban, que arreglen sus pertenencias, si es que todavía las tenían y se alisten porque pronto llegarían a Cayo Hueso. A Maidel se le despertó el corazón, apagado por las últimas horas y abrió los ojos descomunalmente sin realmente poder divisar nada. Se arregló los cabellos como pudo y aunque había perdido su mochila confirmó que sus documentos personales que había metido en una funda plástica todavía los tenía entre su pecho y el sostén. A medida que se acercaban a la costa, un oleaje intermitente puso nerviosos a todos a bordo, pero el encargado nuevamente les indicó que todo estaba bajo control y que la turbulencia era normal porque se acercaban a tierra firme. Maidel se agarró sin querer de "El Loco Báez" porque las piernas las tenía endebles y el alma cansada. Báez le sonrió y la ayudó como si fueran amigos de toda la vida.

Minutos después dos botes de la guardia costera de los Estados Unidos se posicionaron a ambos lados de la barca y los escoltaron hasta el muelle donde atracarían. Por primera vez después de horas infinitas de incertidumbre y zozobra aquellos cubanos sonrieron con sus corazones llenos de esperanzas y lágrimas repletas de sueños.

—Bueno mi señora Maidel, ya estamos aquí en tierra de libertad, buena suerte con su vida. —le sonríe Báez a Maidel con cariño extendiéndole la mano.

—Gracias Loco, igual para usted. Muchas suerte y gracias por la compañía.

—A sus órdenes mi señora. Ah y tenga cuidado, esta es tierra extranjera y las cosas son diferentes. Si yo fuera usted me quedaría aquí en la Florida, dicen que unos hombres encapuchados de blanco están atrincherados en los estados del norte para deshacerse de nosotros mi señora. Por allá parece que hay mucho racismo y no somos bien recibidos. Acá en la Florida hay más cubanos y nos ayudamos entre nosotros mi señora. ¿Cuídese sí?

—Gracias Loco, mis planes son quedarme en la Florida, tengo familia por acá también —Maidel le contestó sin saber exactamente si lo que decía era verdad.

Les dieron aproximadamente las 8 de la noche a estos inmigrantes entre papeleos y esperas en Cayo Hueso. Algunos eran recibidos por familiares, otros por amistades. Un par de personas entregaban botellas de agua y frutas a los viajeros, que probablemente no habían probado un bocado en horas.

Gente lloraba de emoción de ver a alguien conocido, otros lloraban al darle las noticias a los suyos sobre las pérdidas ocurridas durante la corta travesía. Unos pocos gozaron de abrazos y algarabías ante la emoción de comenzar de cero lejos de las tiranías de su gobierno.

Maidel parecía perdida, se acercó a una mesita donde tomaron sus datos y llenó un sin número de papeles con ayuda de alguien porque estaban en otro idioma, luego le dieron la orden de que espere por un pequeño bus que vendría a recogerla para llevarla a la Iglesia del Sagrado Corazón en Miami, ellos tenían sus datos y preguntarían por ella. La furgoneta con el nombre de la iglesia en cuestión llegó pasadas las 10 de la noche, estaban acostumbrados que esa llegada de los cubanos tomaba su tiempo. Maidel entró al vehículo con siete cubanos más, todos lucían exhaustos.

Durante más de cuatro horas de camino hacia su lugar de destino los cubanos intentaron dormir un poco para aliviar el cansancio ganado ese día que se les estaba haciendo interminable. Pero las estrellas brillantes de aquella noche inolvidable les encandelillaban los ojos y el paisaje era simplemente espectacular. La luna en su cuarto menguante le daba la bienvenida a esta nueva vida por estas tierras llenas de playa, arena, palmeras y sol.

Maidel sintió pesadez en los ojos, que le era casi imposible mantenerlos abiertos. Abrió un poco la ventana de su lado y el viento que le rozaba el rostro era diferente que el de su Cuba, olía diferente, se sentía más refrescante y liviano por alguna razón que desconocía. Sus ojos se cerraban cada vez por segundos más largos y su cabeza le pesaba toneladas, hasta que un frenazo del vehículo la trajo de vuelta a la realidad. Estaban en la ciudad de Miami, las luces de los edificios altos parecían estar bailando con las estrellas. Los semáforos en las esquinas de las calles en las que andaban parecían más intensos que en las de su país. Las luces de los locales comerciales y de las pancartas gigantescas con anuncios ostentosos de hamburguesas y bebidas efervescentes le llamó tanto la atención que el cansancio se le esfumó de inmediato.

Pegada a la ventana del auto Maidel no dejaba de admirar las avenidas amplias y limpias de esta ciudad que parecía sacada de una revista futurista, adornadas con un número infinito de palmeras robustas que parecían estarle dando la bienvenida con el mover de sus ramas. Quiso compartir sus emociones con alguien, pero todos en la furgoneta dormían profundamente, desconectados ante la fatiga. El hombre que manejaba la furgoneta vio a Maidel por el espejo retrovisor y le hizo conversación al verla tan intrigada.

—Impresionante, ¿verdad?

—Pues sí. Todo es tan grande y bonito. Mucho colorido. — le contesta Maidel casi susurrando para no despertar al resto de compatriotas que descansaban.

—Y ya verá mañana señorita, con la luz del día y la gente por todos lados lo lindo que es Miami.

Maidel sonrió. Parecía haberse olvidado por unos minutos de sus desgracias y malos ratos que la vida le seguía regalando sin autorización. Quizá después de todo pasar una temporada aquí en Miami no haya sido una idea tan descabellada como le dio por pensar veinte mil veces cuando estaba arrimada a aquel poste blanquecino del bote que salió del Mariel casi 24 horas atrás.

Los 7 huéspedes llegaron a la Iglesia del Sagrado Corazón al amanecer, fueron recibidos por un diácono vestido con sus respectivas sotanas oscuras y bien planchadas. Los viajeros con sus ropas pegoteadas a la piel y con la salubridad impregnada en sus cabellos tenían hambre, pero el cansancio les pudo más. Les asignaron sus dormitorios respectivos con todo lo necesario para darse un baño decente y descansar hasta el día siguiente donde tendrían un listado enorme de cosas que hacer.

A Maidel le tocó compartir su recamara pequeña pero limpia con una señora que podría ser su madre por la edad.

Estaba pasada de peso y tenía los cabellos cortos y canosos, la señora hablaba poco, apenas y le hacía señas a Maidel para decidir cuál cama le tocaba a cada una de la litera que estaba en la habitación y quién se daría primero un baño antes de acostarse a finalmente descansar decentemente después de la extenuante aventura del Mariel. Maidel con toda la educación del caso dejó que la mujer mayor escoja sus prioridades, después de todo Maidel estaba demasiado emocionada con las contadas experiencias que había vivido en las primeras horas en la ciudad de Miami.

Finalmente pudo darse un baño que le revivió el espíritu, se puso una bata que le quedaba grande porque era por lo menos un par de tallas más que la suya, pero que la sintió como seda en la piel. Se encaramó en la parte superior de la litera, porque la señora mayor ya estaba roncando plácidamente en su respectiva cama. Un rayo de luna entraba infraganti por la ventana de aquella pequeña habitación, Maidel la seguía con atención, como esperanzada que la lleve a algún lugar mágico y continuar la aventura. Mientras esperaba que el sueño se apodere de ella, como lo había hecho con la señora mayor, Maidel estudiaba cada espacio de aquella habitación que iba a ser su hogar por unos días. Quería sentirse cómoda y comenzar a adaptarse, la habitación olía a incienso y tenía una pintura crema con un par de cristos en las paredes y un cuadro tamaño exagerado de la virgen María junto a la ventana. Examinó con detalle la foto de aquella muchacha joven con un bebé hermoso en los brazos, sostenida por una luna y un par de ángeles a sus pies. La mirada de la muchacha del póster en la pared tenía ojos tristes y los cachetes rosados, pero por alguna razón que ignoraba Maidel sentía que la protegía. Se durmió pensando que después de todo esa chica era una madre joven y Maidel podría adoptarla durante su estadía por estos lugares del globo para sentirse acompañada. Se sintió como hace muchos años atrás cuando llegó a la casa del barrio Peñas, sin saber por qué, sin saber exactamente a donde estaba ni mucho menos por qué estaba en ese lugar y rodeada de gente que no conocía. Dejó escapar una lágrima de soledad, hasta que logró cerrar los ojos y durmió con una extraña paz que la acurrucaba en aquella cama prestada en un lugar ajeno.

Al día siguiente los huéspedes recién llegados se alistaron para desayunar en una cafetería bastante amplia y con aire acondicionado. Había cuatro mesas de comedor con 8 sillas respectivamente que tuvieron que compartir con los empleados de la sacristía. El Padre Antonio Solá, un cura pasado de edad completamente calvo y con acento español, les dio la bienvenida a la ciudad de Miami y a la Iglesia del Sagrado Corazón, seguidamente hicieron una oración tomándose las manos para agradecer a Dios por un día nuevo de vida, el alimento y que los siga llenando de bendiciones. Porque sin duda alguna, el hecho que esa mañana estén reunidos era un milagro.

Maidel nunca aprendió cómo orar, escuchaba a Gloria

por las noches rezar el rosario con una rapidez tal, que era imposible captar lo que estaba diciendo. Todos los días por las mañanas Gloria les daba la bendición a todos sus hijos antes de enviarlos a la escuela. A más de persignarse sin saber por qué, Maidel no tenía idea de religiones y dioses todopoderosos que predicaba amor a los cuatro vientos. La vida le había enseñado a Maidel, que los problemas le caen a los humanos como ladrones sigilosos y que no hay ningún poder divino que los saque de ellos, uno mismo tiene que arreglárselas y usar algo de sabiduría para tratar de salir no tan estropeado de ellos y seguir adelante con la vida. Pensaba que pedirle a alguien allá arriba en el cielo por ayuda o favores, era ridículo. Pero sobre todo injusto pensaba Maidel, si este Dios es bueno y todo amor y poderoso, porque pedirle por cosas tan obvias, como salvar a sus padres que eran buenos seres humanos. O cómo evitar que un muchacho se llene de malas intenciones y termine violando adolescentes sin piedad. Y ahora tenía más ejemplos que añadir a su teoría, como por qué pedirle a Dios por un poco de justicia en su país y menos muertes en medio del atlántico cuando personas buenas solo buscan un poco de libertad. Pero pensó también que no era momento de discutir con los sacerdotes que la estaban ayudando con su estadía en este país extranjero, optó por mantenerse callada.

La mitad de los inmigrantes que habían dormido la primera noche en la Iglesia del Sagrado Corazón se fueron esa tarde. La otra mitad, entre esas Maidel pasaron el resto del día llenando más papeles y dando información a un grupo de señoras que se dedicaban a establecer de alguna manera a aquellos cubanos exiliados en los Estados Unidos.

Maidel recibió tanta información que hasta le dolió la cabeza, le dieron un par de pastillitas anaranjadas con un vaso repleto de agua que le supo a gloria. Todo alrededor de aquella iglesia le parecía nuevo e impresionante. Todo era más grande que en su país, los autos, las calle, los edificios y los platos de comida bien despachados. La señora que ayudaba a Maidel se enfocó en tratar de encontrar a sus tíos y eventualmente dejarle saber a sus familiares en Cuba que Maidel había llegado con vida. Esta misma señora estaba sorprendida de que una muchacha tan joven como Maidel se haya encaramado en un bote sola y se haya lanzado a semejante aventura. La mayoría de los cubanos que llegaban eran varones y entre los 40 y 60 años. Sintió pena por Maidel porque le recordaba a una de sus hijas. La señora decidió hacerse cargo de Maidel e instruirla con toda la información necesaria para que su sacrificio no sea un desperdicio.

Por casi 3 semanas Maidel y la señora Piedad, una puertorriqueña en sus 50 que llevaba viviendo en los Estados Unidos desde su infancia, andaban de arriba para abajo por las calles de Miami haciendo trámites necesarios para que la muchacha pueda inmiscuirse en la vida americana lo más pronto posible. Mientras esperaban sus papeles legales, la señora Piedad le enseñó a manejar a Maidel y eventualmente pudo sacar su licencia de conducir, aunque no tenía carro. La señora Piedad le mostró a Maidel las calles principales de Miami, para que tenga una idea clara por donde movilizarse, así como también evitar barrios peligrosos. Se treparon en buses públicos y también iban los fines de semanas a las playas de Miami Beach. Fueron de compras porque Maidel había perdido las pocas prendas que tenía en su mochila en aquella batalla a mar abierto. Como prioridad Maidel comenzaría clases de inglés en una escuela cercana donde ofrecían clases para adultos gratuitas, ella era joven y aprendería rápido.

La señora Piedad le pagaba a Maidel por arreglarle la casa una vez por semana y pasearle sus dos perros minúsculos mientras ella se iba a trabajar. Al final de la tarde Maidel regresaba a la Iglesia donde tenía que sentarse en una capilla pequeña donde la obligaban a escuchar misa todos los días y a persignarse más de la cuenta, ella pensaba que muchas cosas eran una pérdida de tiempo. Pero estaba tan agradecida por tener donde dormir y comer que se arrodillaba en el reclinatorio que le tocaba y agachaba la cabeza acordándose de los suyos mientras pretendía estar rezando.

Cada noche Maidel tomaba lápiz y papel y le escribía a su esposo, lo extrañaba tanto. Le contaba todas las maravillas de los americanos, Miami era un paraíso terrenal. El diácono se haría cargo de hacer llegar esas cartas a su destinatario en Cuba. Pasados un par de días también pudo comunicarse con Sergio por teléfono con ayuda de la Iglesia que tenía sus conexiones para ayudar a los exiliados porque entendían sus nostalgias. La comunicación de la llamada era terrible y como los costos eran elevados, apenas Maidel pudo decirle a su esposo que estaba bien y que lo amaba, el resto le llegaría detallado por carta.

Tres semanas pasaron demasiado rápido para Maidel entre tantas actividades diarias, inclusive había subido un par de libras por todas las exquisiteces que ahora disfrutaba en esta tierra de libertad. Finalmente, sus tíos aparecieron en la Iglesia del Sagrado Corazón a recoger a su sobrina que no habían visto por casi 25 años y que habían considerado muerta al igual que a sus padres.

La reunión fue emotiva, pero ambos no dejaban de sentirse extraños entre sí. Llevaron a Maidel a vivir con ellos y sus hijos que eran menores que Maidel pero que, por cuestión de genes parecían que fueran todos hermanos procreados por la misma pareja.

—Te pareces tanto a tu mamá Maidel, me parece estarla viendo. —con lágrimas en los ojos le sonreía suavemente su tía.

Maidel no se acordaba de ellos, sabía que habían compartido fiestas juntos en aquellos años antes de la revolución, porque las celebraciones siempre eran en la casa de sus padres en aquellos días donde los cubanos gozaban de libertades y excesos.

El día que Maidel recibió sus papeles de residencia la familia decidió celebrar con una cena en un restaurante cubano cerca de donde ellos vivían. Los tíos y primos de Maidel le habían tomado mucho cariño en aquellas pocas semanas, porque la muchacha era adorable y después de todo era la única familia que tenían en esta tierra donde les había tocado rehacer sus vidas casi una década atrás, huyendo de amenazas y muertes.

A Maidel todavía todo le llamaba la atención, hasta el aire que respiraba le parecía diferente y de mejor calidad. Aquel restaurante estaba finamente adornado con luces tenues y retratos antiguos de cubanos en blanco y negro por todas las paredes. Las mesas tenían una flor acompañada de una vela en el centro para crear el ambiente perfecto para las cenas de sus clientes. Esa tarde la tía de Maidel la había llevado a un centro comercial a comprarse un vestido para la ocasión y Maidel lo lucía como era de esperarse con la elegancia y porte que la caracterizaba. La mesera vino a presentarse y ponerse a las órdenes de ellos mientras les repartía el menú. «Eran demasiadas opciones» pensaba Maidel sin poder decidirse.

—Maidel pide lo que quieras por favor, ésta es tu noche de celebración. —le sonreía su tía.

—Es que todo parece tan rico tía, que no sé qué pedir.

Sin duda alguna éste es el país de las oportunidades y donde los sueños se hacen realidad. La libertad era más que una palabra de 8 letras que los cubanos no sabían cómo pronunciar porque no la habían experimentado nunca. Pero para

Maidel esa palabra tan sencilla comenzaba a tomar forma en su mente de una manera tan diferente. Mientras gozaba de sus beneficios le entraban las ganas locas de traer a los suyos a vivir por estos lugares para que puedan saborear como ella la justicia de una vida en independencia.

—Qué piensas Maidel? —le preguntó su tía mirándola a los ojos.

—Que he tenido mucha suerte en la vida y lo agradecida que estoy por eso.

—Así es mi pequeña y estoy muy feliz por ti.

—Gracias tía, pero a la vez no dejo de pensar en los míos que aún están allá en Cuba viviendo con tantas restricciones y dudas.

—Es muy triste Maidel, pero quien sabe y ellos también se decidan algún día a venirse para acá.

—Le escribí a mi esposo la última vez proponiéndoselo, pero él tiene mucho trabajo allá, solo espera que yo pueda regresar pronto una vez que las cosas se calmen en la isla y poder estar juntos nuevamente.

—Maidel la situación en Cuba va para largo. Por la posición de Sergio allá no creo que él pueda salir de la isla mi querida. Y tú tampoco podrás regresar por algún tiempo, quién sabe cuánto —le dice su tía con pena en el corazón porque se acordaba de las nostalgias que ella pasó años atrás al dejarlo todo y comenzar de nada en un país desconocido— Maidel tienes que hacerte a la idea que no vas a poder regresar a Cuba por mucho tiempo.

Maidel se entristeció, pero como ella estaba acostumbrada a las malas noticias, había aprendido a manejarlas con decencia y algo de altivez, levantó su copa de vino rojo e hizo un brindis por su libertad. Era lo más importante en ese momento, ya con el tiempo se irán arreglando los problemas, pensó ella siempre optimista.

Terminada la noche amena en familia, que después de todo tanto les hacía falta a todos esa noche, Maidel se da cuenta que estaban buscando personal en aquel restaurante. Le comenta a su tía que si le parecía buena idea preguntar. Maidel tenía amplia experiencia en servir mesas y si era en un restaurante cubano con mayor razón porque el menú podía repetirlo con los ojos cerrados.

Aquella noche de celebración por haber recibido su residencia legal en los Estados Unidos, Maidel fue contratada para trabajar cuatro turnos a la semana como mesera. Las cosas no podrían irle mejor a esta joven que la vida sarcásticamente se empeñaba en darle y quitarle cosas a manera de lecciones para que aprenda a madurar más rápido que el resto. La llegada de Maidel a Miami seguía llenándose de buenas noticias, aunque en el fondo se preocupaba pensando cuando vería a los suyos nuevamente. No sabía realmente cuán cerca estaba su tía de la realidad.

La soledad

Sin darse apenas cuenta, el primer año en Miami se le pasó a Maidel más rápido de lo planeado. Los primeros seis meses trabajaba en el turno del día en el restaurante cubano y por las noches asistía a sus clases de inglés. Luego por su excelente desenvolvimiento con clientes y empleados cambiaron a Maidel al turno de la noche y trabajaba cinco días a la semana luciéndose como una de las meseras con más carisma y energía. Llegaba molida por las noches por lo que no pudo seguir con las clases por las mañanas porque apenas y podía mantener los ojos abiertos, pero su inglés estaba lo suficientemente bueno como para poder desenvolverse en su medio de trabajo y en la pequeña Habana, que era donde vivía con sus tíos. Aunque Maidel insistía en darles algo mensualmente por permitirle vivir con ellos, los tíos no aceptaron el ofrecimiento, Maidel era como otra hija para ellos y preferían que la joven ahorre la mayor cantidad de dinero posible porque la vida en los Estados Unidos era cara, especialmente porque hay tantas cosas en que endeudarse.

Maidel se pudo comprar un carro de segunda mano, el mismo que le dio mucha independencia y además en la ciudad de Miami tener un auto no era un lujo sino una necesidad, las distancias siempre eternas no facilitaban mucho la opción de caminar o tomar una decena de buses para llegar a ciertos lugares.

El primer año lleno de experiencias mantuvo a Maidel con la mente ocupada, lo quería ver todo y aprender sobre la cultura y el modo de vivir americano, aunque el medio en el que se rodeaba la mayor parte del tiempo era de latinos, sobre todo cubanos, que la hacían sentir como si estuviera en casa, solo que con más comodidades y sueños mucho más fáciles de cumplir.

Por las noches cuando no podía dormir se dedicaba a escribir cartas. Todos estaban en la lista de Maidel, su esposo por supuesto al que todavía extrañaba y al que le insistía con la esperanza de que algún día le confirmara, que venga a verla a Miami. Les escribía a sus primas con lujos de detalles, sin duda eran las cartas más largas, contándoles sobre las increíbles experiencias que era vivir en los Estados Unidos, a manera de convencerlas indirectamente que también se muden a la capital del sol. Inclusive Alfredo no se escapaba de las cartas mensuales de Maidel, él las recibía como el resto de sus familiares con cariño y un poco de envidia sin malicia, de saber lo bien que la estaba tratando el país vecino a Maidel.

Los domingos Maidel asistía a misa en la iglesia del Sagrado Corazón, porque era la excusa perfecta para pedirle al Padre Solá el favor de hacerle llegar las cartas a sus parientes en la isla. La letanía del Ave María y el Padre Nuestro se le comenzaban a pegar en la piel, pero el resto de los rituales religiosos se la pasaba pensando en sus días de antaño en su Cuba con los suyos, así se le hacía también más rápida la misa. Se le había hecho costumbre al salir de la iglesia ponerle una velita a la estatua de la madre con el niño en brazos y mirada triste, que sentía la protegía desde su llegada a ese país.

Las cartas entre Cuba y Miami demoraban eternidades y las llamadas telefónicas eran imposibles. Le tocaba a Maidel comunicarse por teléfono un par de veces al mes con Sergio y saludar también a Gloria, pero los costos eran altos y la comunicación de pésima calidad. A medida que pasaba el tiempo las cartas se iban encogiendo y las llamadas opacando, porque la vida ajetreada en la Florida la comenzaba a llenar de excusas a Maidel.

Los fines de semana se ponía más buena moza de lo que la naturaleza la había dotado y se iba en su auto a recorrer ciudades y playas alrededor del sur de la Florida. Tenía avidez por conocerlo todo, en el fondo todavía pensaba que en cualquier momento podría regresar a Cuba y no tendría más oportunidades como esa de conocer un país tan grande y lleno de emociones y aventuras.

Típico de Maidel, ella hacía amistades por donde iba. En el trabajo la querían de una manera especial. En el Sagrado Corazón también esperaban con ansiedad cada domingo para conversar con su antigua huésped. Maidel mantenía una amistad cercana con la señora Piedad y su familia porque ella había sido como un ángel guardián para ella, la había ayudado tanto esos primeros días en Miami que sentía le debía demasiado. Los hombres de todas las edades también se desvivían por una sonrisa de la cubana, ella mantenía interesantes conversaciones con sus clientes y amigos que hacía en el barrio y por donde la corriente la llevaba. Pero ella después de un guiño de ojos formal siempre les decía que tenía esposo, que era el amor de su vida y que estaba esperándola en La Habana. Algunos fanáticos trataban de explicarse a Maidel lo ridículo que era que ella esté esperando por algo que nunca llegará, y que tenía que ser más realista, ni ella podía regresar, ni el doctor iba a salir de Cuba. Otros, que se creían pretendientes del amor de la cubana, le seguían el tema de conversación del marido doctor que se quedó en la isla, para no inquietar a Maidel y que ella los vea más como amigos que la apoyaban en sus ideas de matrimonios lejanos. Así esperaban de esa manera que en cualquier momento la chica se aburra de esperar al doctor y les dé el sí a cualquiera de ellos, porque pensaban que las mujeres no aguantaban mucho tiempo solas, sobre todo las jóvenes y hermosas como Maidel.

Por su parte Maidel, no estaba interesada en engañar a su marido. Todavía lo amaba y extrañaba, aunque cada vez sentía que la distancia le iba poniendo espacios en la cabeza. Maidel disfrutaba de su trabajo, le gustaba estar ocupada y más todavía esperar cada quincena su cheque que, sumándole las propinas generosas de sus clientes, era diez veces más de lo que recibía en sus buenas épocas en Cuba. Igualmente se iba acostumbrando a su nueva familia en Miami, aunque no se acordaba de ellos, les comenzaba a coger cariño. Después de todo esa idea de adaptarse a familias extrañas eran pan comido para Maidel.

Se acostumbró a tomar café bien cargado por las mañanas para que le despierte el ánimo, así también como ir a las tiendas una vez por semana a ver que habían puesto en oferta y que podría comprar, le hubiera gustado tanto compartir esas experiencias con sus primas, que eran tan coquetonas y fanáticas de la moda. Así también se encontró escuchando villancicos frente a un pino fresco de tamaño familiar adornado con luces verdes y rojas cada fin de diciembre. Entre otras cosas se acostumbró también a respetar las señales de tránsito, ir a misa los domingos, convertir los centígrados en Fahrenheit y los kilómetros en millas. De vez en cuando le gustaba ir a comer hamburguesas con papas fritas y coca cola, que le encantaba, pero siempre le causaba indigestión.

Tenía su grupo de amigos con los que organizaban viajes poco programados a los Cayos, Tampa y Orlando. Maidel estaba cerca de cumplir sus 30 años y pensaba que la vida se le venía encima. Tenía tantas cosas por hacer que temía que no le alcanzara el tiempo. Pero el tiempo se le iba de las manos sin darse cuenta de que cada vez que se acostumbraba más a la vida en Norteamérica se iba alejando de los suyos en su Cuba de los recuerdos.

Pero como todo en la vida de Maidel, las cosas positivas no podían durar para siempre. A la vida le encantaba darle altos y bajos a Maidel, porque así maduraba más rápido y a largo plazo sufriría menos. Aquella tarde en el restaurante vio a su tía a la entrada y se apresuró a saludarla y conseguirle la mejor mesa, pero la tía no estaba ahí para visitas, estaba ahí para darle malas noticias. Y con su cara de velorio la puso nerviosa a Maidel diciéndole —Maidel te vine a ver, debemos ir a la casa.

—Pero por qué tía, ¿qué pasó? —le preguntaba Maidel mientras el rostro se le ponía pálido.

—Alfredo llamó esta mañana, es Gloria Maidel —Maidel sin saber exactamente cómo reaccionar a la noticia con aquellas palabras que le habían ofuscado la mente tantas veces, pero que el tiempo se la había escondido lleno de esperanzas falsas, sintió una pena grande en el corazón y regresó a su casa más temprano ese día de trabajo.

Gloria había fallecido aquella madrugada de un ataque al corazón, fue rápido no sufrió y como sabiendo que moriría había hecho llamar a sus hijos, hijas y nietos el día anterior para despedirse de ellos y por supuesto incluyó un mensaje de despedida para Maidel, el mismo que le hicieron llegar tiempo después sus hermanos en una carta que, como de costumbre, llegó demasiado tarde.

Ante la noticia de la muerte de Gloria, Maidel se tomó unos días libres en el trabajo para llorar a su madre postiza. Aquella mujer que le salvó la vida cuando ella era todavía una niña y que le había enseñado el sentido de la palabra "familia". Gracias a Gloria la pequeña Maidel comenzó a tener sueños nuevamente y enterrar las pesadillas del pasado que la perseguían en su niñez. Gloria fue todo para Maidel aquellos primeros años de vida ajustándose a una nueva realidad, en aquella casa extraña llena de mocosos bulliciosos que no conocía. Su madre postiza fue el único refugio, el único sentido de seguridad en aquellas épocas. Gloria le enseñó con ejemplos, el amor entre pareja, a cocinar platos diferentes con solamente tres ingredientes, a compartir y ser generosa aunque se tenga poco, pero sobre todo le enseñó aquel amor a una madre, la misma que la vida le había arrebatado injustamente. Le dolía tanto no haber estado junto a ella en sus últimos minutos de vida, le hubiera gustado tomar su mano y apretarla fuerte mientras le besaba la frente y le decía palabras bonitas para hacer menos penosa la despedida.

Sin duda la muerte de Gloria fue la primera lección de soledad que la vida le enseñó a Maidel en el exilio. Por primera vez, a pesar de extrañar tanto a los suyos, sintió la impotencia y frustración de no poder hacer nada, de no poder subirse en un ascensor mágico que la lleve horizontalmente 90 millas para acompañar a Gloria en su muerte. Entonces pensaba en los cumpleaños que no había pasado con sus primas y hermanos. Pensó en sus sobrinos que tanto la querían, que probablemente a estas alturas del partido se están olvidando de ella, y que se harán adultos sin su tía Maidel. Pensó por primera vez que la gente tenía razón y nunca regresaría a Cuba, no volvería a ver a los suyos, a su esposo y familia nunca más. Porque la vida no da nada de gratis, el precio por su libertad comenzaba a cobrárselas y sintió que todavía la deuda por pagar era larga y hasta un poco sarcástica. Lloró aquella noche de más, lloró por Gloria, por la muerte, por la nostalgia, por los recuerdos, lloró por su soledad.

Maidel siempre se levantaba de sus caídas que, para su corta edad, ya habían sido demasiadas, pero sabía que las heridas y raspones se cicatrizaban con el tiempo. Le había funcionado antes, por lo que estaba segura de que le funcionaría nuevamente. Se reintegró a su trabajo unos días después ya cuando los ojos se le habían deshinchado y se había tragado la pena a la fuerza. Tomó un par de turnos extras para recuperar lo no trabajado y además porque mientras tenga la cabeza ocupada menos pensaría en que su destino probablemente estaba llevándola a vivir una vida fuera de su tierra y de los suyos indefinidamente. Quiso culpar al general por la disyuntiva que se le presentaba, pero el muerto no iba a solucionarle sus problemas y perder el tiempo en resentimientos tampoco ayudaría en nada.

Casi dos años por Miami y Maidel sentía que la vida le pasaba demasiado rápido y que como en otras ocasiones tendría que hacer "tripas corazón" y tomar decisiones. Pronto cumpliría 30 años y la idea de seguir viviendo con sus tíos le comenzaba a molestar. Ella les tenía mucho cariño, pero desde muy joven Maidel siempre se valió por sí misma y se las arreglaba a solas con su independencia. La idea de quedarse una temporada con sus tíos era únicamente porque esperaba que eventualmente Sergio venga a buscarla o que la situación cambie en Cuba y ella pueda regresar a reunirse con los suyos. Pero había que ser más realistas y pensar que las cosas no iban a cambiar por lo menos inmediatamente en su país, así que no le quedaba más que sentar raíces en los Estados Unidos y hacerse a la idea que nunca regresaría a la isla. Si el milagro se les hacía a los cubanos en un tiempo futuro, entonces habría que ver qué dirección nueva tomar. Pero por ahora Maidel necesitaba un nuevo trabajo, el restaurante tenía un ingreso decente, pero si quería independizarse tendría que buscar otra salida.

Lo comentó con sus tíos para ver si ellos le daban alguna

idea rápida y productiva, y ambos estuvieron de acuerdo que la mejor opción era que Maidel entre a estudiar una carrera corta que le asegure una entrada de dólares más atractiva y segura en el futuro, durante sus estudios podría quedarse con ellos para seguir ahorrando dinero para cuando le toque mudarse. Pero Maidel necesitaba soluciones más rápidas y pasaba haciendo cuentas y planes en las servilletas de papel del restaurante en sus momentos libres y al final del día los llevaba a su casa y los metía en una cajita que le habían regalado para su cumpleaños con la intención de eventualmente tener la solución perfecta a las dificultades del momento.

Después del fallecimiento de Gloria las cartas y las llamadas a sus familiares en la isla disminuyeron notablemente, la excusa de la mala comunicación seguía ayudando a Maidel en evitar mantener a los suyos tan cerca como antes. Si es que el destino no disponía otra cosa que quedarse viviendo indefinidamente en otro país que no era el suyo, era mejor irse desprendiendo sutilmente de los recuerdos y las nostalgias para hacer el trueque menos doloroso.

Maidel sabía también que Sergio había comenzado a arrepentirse de dejar que su esposa cruce aquel peligroso trecho de mar y abandonarse en tierra lejanas. El doctor conocía muy bien a Maidel y ella era una mujer inteligente y de carácter fuerte y decidida y que no importaba mucho con qué adversidades la vida le abofeteara la cara, ella se sobrepondría y saldría adelante buscando pararse más erguida y con la frente en alto. Pero por alguna razón, que a esas alturas del partido nadie se explicaba cómo no pensaron antes, no se les ocurrió la remota posibilidad de que Castro sea inmortal y se quede reinando con sus tiranías por una eternidad, que era lo que parecía después de tanto tiempo e intentos esporádicos de ciertos grupos de cambiar las cosas en Cuba. El hombre era un activo fijo en la isla y nadie lo iba a mover de su cargo. Los cubanos comenzaban a perder las esperanzas.

Una de aquellas cartas perdidas de Alfredo, llegó a manos de Maidel en momentos cuando ella tenía que tomar decisiones otra vez en su vida. Alfredo le contaba a Maidel entre códigos y frases indescifrables que el grupo de jóvenes que él dirigía y que llevaba tiempo organizando un movimiento para derrocar a Castro del poder se estaban preparando porque el momento de comenzar una nueva revolución reformatoria y de liberación de su pueblo estaba cerca. Alfredo quería darle esperanzas con su carta a Maidel, de que pronto estaría de vuelta con los suyos, que no se precipite tomando decisiones que le puedan quedar cortas, porque las cosas iban a cambiar muy pronto en su país.

Maidel sintió temor por la vida de su hermano mayor, porque estaba jugando con fuego y a los revolucionarios cas-tristas hay que tenerles miedo. Cuánta gente había tratado de sacarlos del gobierno tantas veces y lo único que se aumentaban eran una lista interminable de muertos y desaparecidos. No sabía con detalles cuáles eran las intenciones de Alfredo y cómo pretendía llevar a cabo el movimiento de liberación, y aunque Maidel no era una persona pesimista, le parecía un imposible que después de tanto tiempo finalmente su pueblo encuentre la libertad que ya ni siquiera extrañaban porque habían aprendido a vivir tan apegados a la miseria y opresión que les parecía todo normal.

Los padres de Maidel tuvieron los mismos planes y terminaron baleados indiscriminadamente en el dormitorio de su casa, al igual que tantos otros. ¿Qué pensaba hacer Alfredo? ¿Por qué sonaba tan convencido de los resultados? En el fondo Maidel pensó que pronto en lugar de recibir la noticia de la liberación de Cuba, lo que iba a recibir era otra llamada telefónica dejándole saber que encontraron el cuerpo de su hermano Alfredo despedazado en algún callejón encubridor y oscuro de algún pueblo olvidado en la isla.

En ese entonces Maidel le contestó la carta llena de jeroglíficos a su hermano mayor con pocas palabras. "Alfredo, me preocupas. Ten mucho cuidado. Yo por acá sintiéndome muy sola, pero saliendo adelante. Te quiero Maidel".

Sam

Unos meses después en pleno otoño Maidel aprovechó el feriado del día de acción de gracias para mudarse a un apartamento con su compañera de trabajo. Oderay era puertorriqueña y llevaba viviendo en Miami desde niña, por cosas de la vida terminó de mesera en el mismo restaurante cubano cerca de la calle 8, donde hicieron amistad con Maidel. Oderay tenía una personalidad arrolladora, siempre hablaba en un par de decibeles arriba que el normal de los humanos y tenía una energía incansable. La muchacha no paraba desde que se despertaba temprano por las mañanas, se iba al gimnasio para quemar un poco el dinamismo que le electrificaba el cuerpo, luego un par de tasas de café para impulsar el arduo día de trabajo que siempre tenía en el restaurante, para luego la mayoría de las noches salir con amistades a mover el esqueleto, porque la sangre caribeña le hacía efervescencia los fines de semanas pasadas las 9 de la noche.

Maidel encontró en Oderay una buena amiga y sobre todo un apoyo de alguien joven que pueda ponerse en sus zapatos de una manera más real que su tía, la señora Piedad y el padre Solá, quienes siempre estaban cerca de Maidel como ángeles protectores, pero sus maneras de ver las cosas eran mucho más conservadoras.

Las amigas llevaban tiempo planeando hacer algo con sus vidas, porque ambas vivían todavía con familiares y eso no se acostumbraba mucho entre los americanos. Aunque ellas como latinas que eran, se esperaba que se independicen solamente contrayendo nupcias. Pero Maidel estaba casada, aunque sin marido cerca, así que tenía la justificación perfecta para secundar la idea de Oderay.

Cuando las jóvenes dieron la noticia en sus respectivos hogares, a nadie le pareció un disparate ni mucho menos se opusieron. La vida en Miami era diferente y se esperaba que la juventud se las arregle independientemente a su manera.

Alquilaron un apartamento en un edificio de propiedades para rentar en Miami Lakes, donde la mayoría de los residentes era gente joven y profesional. Sin embargo, la idea de compartir gastos con otra gente de su edad y con sus mismas ambiciones era también una práctica común. La propiedad era cómoda, tenía 3 dormitorios y dos baños y medio, una cocina típica americana y amplios closets y espacio para guardar de todo un poco. Las áreas sociales de la propiedad tenían gimnasio, sala de juegos de villar, canchas de tenis y para disfrutar de los días maravillosos que el estado del sol les ofrecía casi el año entero, había un par de piscinas grandes y muy bien decoradas.

Entre Oderay y Maidel echaron a la suerte con una moneda de 25 centavos para decidir quién se quedaría con la habitación principal que era más grande que las otras dos. Y a pesar de los desagravios que siempre se le presentaban a Maidel cuando menos los esperaba, no había duda alguna que la suerte también se le hacía presente más de lo que a otro humano común. Así que Maidel ocupó la habitación principal.

Los gastos compartidos les dejaban gozar de algo de comodidad financiera a las amigas caribeñas, pero llegaron a la conclusión que no molestaría a nadie si rentaran la tercera habitación para de esa manera acumular más pesitos en el bolsillo. Sobre todo ahora que ambas habían decidido entrar a estudiar una colegiatura en bienes raíces en el colegio del condado donde vivían. Este par de mujeres tenían todos los atributos para realizar una carrera exitosa en lo que se propongan. Pero las ventas les llamaban mucho la atención sobre todo por sus personalidades sumamente extrovertidas como llamativas y que mejor que ponerse a vender y alquilar casas donde las comisiones serían obviamente mucho más agradables.

Aquel jueves de acción de gracias las temperaturas bajaron un poco más de lo normal en el sur de la Florida y entre cajas de mudanzas y aplicaciones de posibles compañeros de renta,

Maidel y Oderay no tuvieron mucho tiempo para celebrar con la típica cena de pavo, relleno y salsa de arándanos. Muertas de cansancio con un par de calentadores, chancletas y un abrigo que les caliente un poco los ánimos, salieron a un restaurante de comidas rápidas y agradecieron por todas las bendiciones recibidas y por las que vendrán en esta nueva etapa de sus vidas que estaban comenzando juntas, celebrando con una hamburguesa doble, papitas fritas y una coca cola de dieta, por el asunto de controlar calorías.

Las primeras semanas en su nuevo hogar Oderay y Maidel se mantuvieron ocupadas, el tiempo apenas les alcanzaba para nada. Entre ir de compras para decorar su nuevo espacio, mantener entrevistas a los posibles candidatos para roommate, y las obligaciones diarias de trabajar y mantener a sus familiares y amigos al tanto de sus días, se les pasaba la vida. Pronto entrarían a estudiar y entonces si se les iba a achicar sus agendas de una manera drástica.

Oderay tenía casi un mes sin ir a sus esperadas salidas de los fines de semanas con el resto de sus amigos a bailar y beber un poco más de la cuenta, para perder un poco la vergüenza y disfrutar más la juventud deshinibidamente como ella tanto valoraba entre tantos asuntos por resolver. Después de todo vivir independiente tenía sus ventajas y desventajas. Oderay notó a Maidel un poco cabizbaja, le faltaba su sonrisa de siempre y los ojos los traía caídos.

Entre estas amigas había una gran diferencia, Oderay había llegado a vivir a tierra norteamericana desde muy temprana edad por lo que se había criado bajo las costumbres latinas pero influenciadas por la cultura americana. Su inglés era impecable, tanto escrito, leído como hablado, pero sobre todo no llevaba esa espina clavada en el corazón de haber dejado atrás su tierra, su familia y todo lo que había sido su mundo. Esa era una pena muy marcada que Maidel llevaba en la piel. Ella arriesgó su vida sin planearlo para huir de los problemas de su país dejando todo, pensaba ella, temporalmente hasta poder regresar. Aquellos recuerdos que no la dejaban en paz de la desaparición de sus padres, la pena del luto por el general, quien la hizo mujer con algo de amor, el viaje de libertad fugitiva en aquel bote donde dejó que el mar se lleve aquel mal momento que Alexis le hizo pasar, pero que no se le llevaba la idea de que pudo haberlo ayudado y eso la torturaba ciertas noches cuando la luna curiosa que entraba por su ventana no la dejaba dormir. A Maidel la muerte le rondaba la vida.

Pero los años se le pasaron y tuvo que alterar planes y a pesar de la cantidad de canjes culturales a los que tuvo que acostumbrarse, seguía con sus narices a flote para no ahogarse en aquel mar de cambios que la vida le ofrecía sin muchas alternativas. De vez en cuando se topaba con gente que la miraban raro por su acento extranjero o porque cometía un par de errores gramaticales al hablar aquel idioma que no era el suyo. Y a pesar de que se desenvolvía la mayor parte del tiempo entre latinos, nunca faltaba alguien que de cuando en cuando le hacía pasar un mal rato a Maidel, recordándole que ella no era más que un alma prestada en estos lugares del continente, donde realmente no pertenecía cien por ciento por no ser de aquí, pero que tampoco era de allá porque ya no la aceptarían de regreso.

Oderay se quedaba a hacerle compañía por las noches para darle calor de hogar y palabras de apoyo a Maidel. Los sábados que llegaban sumamente cansadas del restaurante, habrían una botella de vino rojo y escuchaban música de todo tipo para olvidarse de las penas e ignorar el cansancio físico y mental de los últimos tiempos. La noche llegaría, borraría los errores superficiales de la vida y el día siguiente el sol saldría otra vez con nuevas y más excitantes oportunidades.

Tres semanas después cuando habían terminado de decorar su apartamento y se sentían a gusto en él, aceptaron como inquilina a una joven americana que venía de Massachussets y estudiaba en la Universidad de Miami. Debbie, era mucho menor que Maidel y Oderay, alta y espigada con los cabellos rubios y los ojos miel, parecía una barbie. La muchacha era callada y aparentemente le encantaba matar el tiempo leyendo libros y viendo películas europeas de bajo costo. Comía lo indispensable para sobrevivir, pensaban Maidel Y Oderay, por eso seguramente es que era tan escuálida. Pero se volvió una compañera de casa perfecta, ya que no daba dolores de cabezas, hablaba poco y pagaba su parte de la renta el día indicado sin reclamos ni mala cara.

De cierta manera, Debbie le recordaba a Maidel cuando ella era una adolescente. Siempre encerrada en su habitación leyendo y evitando socializar con el resto del mundo. Ambas latinas le tomaron cariño a la joven americana.

Los horarios en el restaurante habían cambiado para ambas empleadas que ya llevaban un par de años trabajando ahí y por eso les facilitaban la vida. Los dueños le tenían mucho cariño a Maidel y a Oderay y las apoyaban en sus deseos de mejorar sus vidas, aunque era obvio que eso les representaba a ellos perderlas eventualmente.

Maidel atendía clases por las noches todos los días de la semana, y como tenía que reportarse para trabajar a las 11, se levantaba temprano para aprovechar su mañana estudiando y hacer un par de cosas en la casa, que nunca faltaban. A ella le encantaba desconectarse e ir a estudiar en una de las bancas que adornaban uno de los lagos bordeados de robles en la comunidad donde vivía. Llevaba alpiste para repartirles a los 7 patos que venían a visitarla sin falta porque les encantaba su compañía. Maidel podía pasar horas en aquel parque porque en cierta forma le recordaba su Cuba.

Aquella mañana un caballero alto y bien parecido que parecía entrado en años porque tenía el cabello completamente blanco se acercó a Maidel interrumpiéndole sus estudios.

—Buenos días, yo vivo debajo de su apartamento. La veo todas las mañanas con su café y libros en los brazos para venir a leer acá al lago. Es muy bonito. —se introduce el americano con su inglés perfecto e intenciones de entablar conversación con la vecina.

—Buenos días. Me disculpará, pero no me he fijado, vengo aquí a estudiar, se me hace más fácil que en mi dormitorio. —contestó Maidel interrumpida por esos ojos azules que le llamaron la atención.

—Mi nombre es Sam —le extiende la mano a Maidel para presentarse formalmente.

—Yo soy Maidel un gusto. —ella le sonrió mientras se olvidaba de los estudios por unos segundos hipnotizada por aquellos ojazos tan claros como el cielo y que no le quitaban la mirada de encima. Ambos sonrieron —discúlpeme que la interrumpí, la dejo estudiar —se retiró el americano despidiéndose cordialmente y esperando volver hablar con ella.

Sam era alto y con el cuerpo esbelto como si corriera un par de millas diarias por afición, divorciado hace un par de años y con una hija adolescente que vivía con la madre en Carolina del Sur. Sam había nacido en Granville, un pueblito diminuto en el estado de Ohio al norte del país donde había más casas que habitantes en ellas. De madre judía y padre inglés, quienes le dieron a Sam 4 hermanos con quien compartir peleas y juegos en su infancia. Una vez terminada la secundaria, Sam decidió experimentar la vida de las grandes ciudades y entró a estudiar universidad en Clemson en Carolina del Sur, donde se graduó con honores en administración de negocios y donde conoció a la madre de su hija e hizo su vida por muchos años desenvolviéndose exitosamente como gerente general de una compañía multinacional con matriz en la misma ciudad.

Sam tenía alma de político, le encantaba hablar con todo el mundo, contar historias que las repetía consecutivamente y se ganaba la atención de la gente solo con una sonrisa. Después de su divorcio decidió intentar comenzar de nuevo en otro estado fuera de los recuerdos de aquella vida de la que se estaba separando y consiguió trabajo en una empresa de autos en la ciudad de Miami y llevaba viviendo como soltero empedernido por casi dos años en aquel apartamento en Miami Lakes justamente debajo del de Maidel y Oderay.

Su horario de trabajo variaba porque en la posición en la que estaba había días en que lo requerían por las mañanas y otras por las noches dependiendo del día de la semana. Salía de su casa con un terno perfectamente almidonado y zapatos brillantes que le hacían juego. Seguramente usaba uno de esos perfumes caros, porque el aroma que dejaba a su paso embriagaba a las mariposas del jardín frente a su edificio. Con maletín en mano y pelo artísticamente cortado subía a su auto deportivo y se alistaba para un día de trabajo exitoso. A Sam le encantaba su trabajo, le llenaba completamente su ego y los días de su rutina que, como hombre soltero y cuarentón, podía llegar a ser algunas veces un poco estresante.

Por algún tiempo se había fijado en aquella vecina del piso de arriba que caminaba todas las mañanas hacia el parque con un par de libros que parecían más pasados que ella, Sam la encontró sumamente interesante desde el primer día que la vio. Le pareció una latina atractiva, inteligente y llena de una paz interna que le gustó al americano de manera exagerada. Pero la verdad es que no sabía nada de ella, solo que tenía dos roommates, por lo que asumió que la muchacha era soltera y que debería estar en la universidad porque estudiaba y leía mucho. Pistas suficientes para animarse a presentarse y posiblemente entablar una conversación que los lleve a muchas otras. Desde la mañana siguiente de la presentación formal en el lago, Sam aprovechaba saludar a Maidel por su nombre y desearle que tenga un día excelente. Ella le sonreía coquetamente, como Maidel sabía hacer tan bien, mientras le agradecía por las buenas intenciones y se despedía moviendo sus manos armónicamente. Él no le despegaba la mirada ni un segundo hasta que ella se desvanecía entre los árboles con los 7 patos que la rodeaban de una manera muy romántica.

Oderay que no se le escapaba ni el aire, se dio cuenta del coqueteo que se mantenían afanosamente su compañera de casa y el vecino de abajo, que también había notado era un hombre sumamente atractivo y aparentemente soltero. Un día sin poder aguantarse más la curiosidad abordó a Maidel en la cocina.

—Maidel, que lío te traes con el gringo de abajo?, no me digas que nada porque los he visto como se saludan con ojitos libidinosos —sonríe Oderay, esperando respuesta.

—Pero que curiosa eres Oderay —se ríe— nada de coqueteos, mucho menos libidinosos. Sam se presentó un día y desde ahí nos saludamos cuando tropezamos en la escalera, es eso nada más.

—Oh Sam, se llama Sam. Que interesante. Déjame decirte que el hombre está como quiere Maidel. ¿Es casado? ¿Tiene hijos? ¿Sabes si vive solo? —Oderay no dejaba de caminar de un lado para otro.

—Conversamos un poco algunas veces en el parque, es divorciado y tiene una hija que vive con la madre en otro estado.

—Oh o sea que ya han conversado —intrigante preguntaba Oderay.

—Oderay para ya con las preguntas y malos pensamientos, él es un hombre atractivo no lo niego, es obvio, pero no me está pretendiendo ni nada por el estilo, solo quiere entablar amistad. Debe estar solo el pobre.

—¿Entablar amistad? ¿Solamente?, tú eres bien inocente Maidel a pesar de tus experiencias. Hombre cuarentón, divorciado, profesional ejecutivo asumo que tiene dinero porque maneja un carro de lujo y se viste a la moda y siempre anda con traje y maletín de negocios, y vive solo. Todo lo contrario, mi Maidel querida, el hombre debe ser un mujeriego de primera, tiene toda la pinta y probablemente tu eres su próxima víctima.

Maidel se quedó pensando en el comentario de Oderay, quizá ella era demasiado inocente y por eso había caído antes con un par de pésimo prospecto de hombres. Pero a final de cuentas ella estaba casada, Sergio era su esposo y la esperaba ya por más de dos años en Cuba y ella no tenía intenciones de engañarlo por más guapo que sea cualquier hombre que quisiera enamorarla. Ella era una señora y eso lo tenía muy claro. Aunque hace mucho tiempo que no ejercía las funciones del complicado título.

Un par de semanas después Maidel se arreglaba en su habitación mientras conversaba con Debbie sobre temas universitarios, como tenían costumbre. Oderay entra con paquetes de mil compras en los brazos y pidiendo ayuda. Debbie corrió a asistirla mientras Maidel terminaba de echarse una cantidad más de la necesaria de mascara en las pestañas. Oderay, que se las sabía todas, se encierra con ella en la habitación para preguntarle a dónde se dirigía a esas horas de la tarde.

—Sam me invitó a cenar, me ha venido insistiendo por días así que decidí salir con él hoy. Y no me mires así, es solo como amigos —le decía Maidel comprobando en el espejo que el vestido que se había puesto le entallaba su figura de una manera clásica y elegante.

—¿No me digas? ¡Pero mírate con maquillaje y vestidito! Maidel, tú sabes que yo soy la primera que siempre te he dicho que debes rehacer tu vida, porque tus posibilidades de regresar a Cuba son peores que las de tu marido de venir para acá. Yo misma te he presentado amigos, pero solo te digo que tengas cuidado con el gringo de abajo Maidel. Ten cuidado. —le advertía mientras le arreglaba el cabello para que se vea más bonita.

Sam subió las escaleras y tocó la puerta como todo un caballero y preguntó por Maidel en la puerta, saludando a las otras dos damas presentes. Oderay lo miró de pies a cabeza y le chantó un beso en la mejilla, para darle a conocer cómo se manejan las cosas con las mujeres latinas. Debbie se sonrojó y pidió disculpas para irse a su dormitorio.

Maidel asomó en el panorama y a Sam la mandíbula inferior se le quedó pegada en el piso, tanto así que Oderay tuvo que recogérsela. —Wow Maidel que hermosa que estás. ¿Nos vamos? —preguntó Sam tomando a Maidel del brazo como hacían los hombres en la época de la colonia.

Sam le abrió la puerta de su auto deportivo a Maidel, las faldas de su vestido danzaban con el viento entre sus piernas. Manejaron un par de millas cuando finalmente llegaron al restaurante donde cenarían al pie del mar. Un muchacho le abrió la puerta del vehículo a Maidel y otro se llevó el auto a parquearlo.

—Espero que te guste este lugar Maidel, tiene una vista al mar espectacular y la comida es excelente. —entusiasmado le decía Sam.

Maidel nació en una isla pequeña en el mar Caribe, rodeada siempre de agua, arena y sol. La brisa marina y el olor a mar le traían tantos recuerdos. El lugar le llamó mucho la atención, parecía salido de una de esas revistas caras. Tantos años de experiencia trabajando en restaurantes y ahora estaba invitada en éste sumamente exclusivo que hasta el aire parecía traído de la luna para el deleite de sus clientes.

Sam le abrió la silla para que se sentara en aquella mesa con mantel y servilletas blancas y un par de velas en el centro que le daba a la noche la impresión de que el amor estaba merodeando por ahí, haciendo de las suyas. Ordenaron vino blanco y disfrutaron de una cena de mariscos y conversación agradable. El alcohol como siempre desempolvó un poco la vergüenza y los dejó a este par de adultos conocerse un poco más con sus típicas historias trilladas de las primeras citas. Niñez, adolescencia, amores, trabajos, gustos y disgustos. Justo a tiempo llegó el postre que compartieron de una manera casi cursi.

Una vez terminada la cena, decidieron ir a caminar descalzos por la arena mientras escuchaban el resonar de las olas y el chapoteo de estas en los botes atracados en un muelle cercano. La luz de la luna acompañada por un grupo de estrellas hizo de aquel final de la noche, un momento inolvidable. Sam mantenía a Maidel del brazo mientras hablaba de una docena de cosas que ella a esas alturas del partido ni escuchaba, atontada por la mezcla de noche perfecta y un par de copas de vino.

El caballero vivía debajo de la dama con la que había disfrutado aquella velada de película romántica pero igual la acompañó hasta su puerta y le agradeció nuevamente por tan estupenda noche. Ella le sonrió con brillo en los ojos y le besó la mejilla.

Oderay estaba en el sillón de la sala con una funda gigantesca de palomitas de maíz y un vaso de soda repleta de hielo —Buenas noches Maidel, te trajeron temprano. Cuéntamelo todo, con detalles—.

Maidel le contaba sobre su noche a Oderay, mientras se sacaba el maquillaje de la cara y se cambiaba de ropa. Oderay la escuchaba con atención acabándose las palomitas —¿te besó? —preguntó su amiga con una curiosidad impetuosa— No Oderay. Solo somos amigos, deja de insinuar cosas que no van a pasar. Sam y yo solo estamos interesados en una amistad.

Oderay no se comió el cuento ridículo de la amistad, Maidel y Sam eran hombre y mujer atractivos y solos, ¡que amistad ni que amistad! Aquella noche entre sus pensamientos, Maidel en el fondo tampoco se creía ni una sola palabra de la excusa que le había dado a su amiga.

Maidel se durmió con el olor del mar y arena en sus pies pensando en Sam, aquel americano mayor que ella, quien le había enseñado como son las primeras citas en los Estados

Unidos, donde la libertad y la buena economía del país ayudan bastante a hacer de esas situaciones, las mejores de las memorias, dignas de guardar tiernamente en el corazón.

Memorias que acompañó por algunas noches a Maidel, donde el nombre refundido de "Sergio" no salía a flote por ningún lado en su mente difusa. Había pasado tanto tiempo sin sentir atracción por alguien, sin sentir aquellas mariposas en el estómago que sintió con el general y con su esposo cuando estaban de enamorados, que se acordó cuanto las extrañaba. Amó a su general de una manera tan extraña como real, y el amor por Sergio la llevó a aceptar ser su esposa, pero la vida se le atravesó como de costumbre con sus ocurrencias y terminó teniendo esposo por apenas un par de años. El resto del tiempo, la distancia fue abriendo trechas y alejando sentimientos. Maidel ahora estaba confundida.

Los vecinos se hicieron buenos amigos con el pasar del tiempo, él la invitaba a cenar un par de veces al mes, otras se reunían en el parque a conversar de sus días de trabajo. Otras veces Maidel no se enteraba de la existencia de Sam. El hombre se desaparecía por temporadas cortas y con el tiempo a Maidel dejó de parecerle extraño. Después de todo se consideraban buenos amigos, las predicciones mal intencionadas de Oderay habían sido equivocadas. Sam la miraba a Maidel con admiración y ternura, pero nunca trató de acercarse a ella de otra manera, sabía también que la cubana había dejado a su esposo aquella mañana cuando salió del Mariel en busca de libertad. Maidel se lo había contado todo.

Maidel disfrutaba su compañía, a parte de sus compañeros de trabajo y amigas de apartamento, Sam era el primer y único amigo varón que tenía y le llamaba mucho la atención la manera de pensar del gringo y la cultura completamente diferente en que ambos habían crecido.

En una ocasión, Maidel tuvo la oportunidad de conocer a la hija de Sam, que venía un par de veces al año a visitar a su padre y a disfrutar de la vida playera en el sur de la Florida. Diane tenía 17 años y era bellísima, igual de alta y esbelta que su padre y había heredado sus ojos color mar. Sam presentó a Maidel como "su mejor amiga", a Diane le caía muy bien por su manera de ser tan carismática y tierna, sobre todo las muchas atenciones que tenía para con su padre. La adolescente notó inmediatamente que entre su padre y la amiga cubana de este había una atracción intensa y aunque le preguntó varias veces a Sam sobre sus sentimientos por la vecina, él se lo negó a su hija con poca credibilidad en el rostro.

Ese fin de año, hicieron una fiesta a lo grande sin escatimar gastos en el trabajo de Sam y éste le preguntó a Maidel si quisiera ir con él, a lo que ella aceptó inmediatamente. Maidel estaba aprovechando al máximo la amistad con el vecino mayor que ella porque vivía fascinada con la clase de vida que Sam llevaba tan a la americana. La llevaba a cenar a lugares exclusivos, aprendió a apreciar un buen vino y tenía para practicar su inglés de la manera más amena, él la corregía con humor y cuando él trataba de hablarle en español a Maidel, ella le enseña nuevas palabras con paciencia y ejemplos gráficos. Ambos disfrutaban la mutua compañía a todo momento.

Aquella noche de fiesta con música escandalosa, llena de gente, alcohol y comida tenía a Maidel un poco nerviosa. Sam lo notó y no se separó de ella ni un solo minuto. La presentó a sus colegas como "su mejor amiga", nadie se comió el título, pero él era el jefe y se abstuvieron de comentarios. La electricidad entre ambos era sumamente obvia que hasta un ciego lo hubiera notado, se buscaban las miradas entre conversaciones y sonreían como si se hubieran amado una cantidad incontable de veces.

Sam le propuso esa noche a Maidel si quería trabajar en la distribuidora de autos, estaban buscando personal para el departamento de servicio y arreglos y pensó que sería una oportunidad excelente para que Maidel cambie de ambiente y pueda recibir más ingreso mensual para ayudarse hasta que termine sus estudios. Maidel se emocionó tanto con la oferta, que después de aceptarla le agradeció a su amigo con un beso en la boca. Fue un beso rápido, obviamente un beso de gracias no un beso de amantes. Ambos sonrieron y se olvidaron del asunto entre música demasiado alta y un par de cocteles.

Maidel entró a trabajar en la compañía de autos los primeros días de febrero, recibió capacitación por dos semanas y, aunque le agradaba la idea de hacer algo diferente después de tanto tiempo en el restaurante cubano, el trabajo de papeleos de oficina y atender clientes en otro idioma le provocaba un dolor de cabeza agudo al final del día. Para Maidel no había obstáculos que ella no pasase, a la buena o a la mala pero siempre salía adelante en lo que emprendía y este no era más que otro desafío que la vida le ponía en frente y si se ponía a analizar la situación, esto era pan comido para ella comparado con todas las demás hazañas de su vida.

Como era de esperarse en un par de meses Maidel se sabía todo el teje y maneje de su trabajo y ya se había conquistado a la mayoría del personal que trabajaba con ella. Los clientes que venían periódicamente a chequear sus vehículos preferían que Maidel los atienda, sobre todo los de habla hispana, porque la cubana mucho más allá de ser una mujer hermosa los trataba calurosamente.

Sam y ella se veían ahora mucho menos, porque con los horarios opuestos de ambos el tiempo les quedaba corto y Maidel seguía metida en sus estudios y con ansias de comenzar a hacer mucho dinero vendiendo casas.

Cuando llegó la época de exámenes de fin de semestre Oderay y Maidel pasaban largas horas estudiando juntas, si todo seguía su ritmo en un año aproximadamente tendrían sus licencias de vendedoras de bienes raíces y se comerían el mundo sin pestañear. Entre ojos cansados y dolores de espaldas Oderay decide tomarse un descanso de los libros y conversar con Maidel porque desde que Maidel trabajada en la distribuidora de autos, se veían poco.

—¿Y Maidel, cuéntame cómo van las cosas con Sam?

—Tu dale con el mismo tema Oderay, la verdad es que ahora nos vemos menos por el trabajo.

—Hace dos semanas una mujer llegó a su casa con maletas y se quedó ahí por bastantes días, no sé si lo notaste.

Maidel no se había dado cuenta y a primera instancia pensó que podría haber sido Diane, pero se quedó con esa espina en la cabeza.

—Oderay la verdad no sé. Puede ser alguna amiga o familiar, quien sabe y no me interesa.

—No era la hija, yo la conozco. Era una mujer blanca y rubia, muy mona. Y di la verdad Maidel por supuesto que te interesa, no me vas a decir a mí que el gringo no te mueve el piso.

—Oderay tu siempre con tus ocurrencias me haces reír.

—Yo sé que tu no quieres hablar del asunto Maidel, pero yo estoy segura de que el Sam es un mujeriego, lo supe desde la primera vez que lo vi. Y te creo si tú me dices que no hay nada entre ustedes, pero te apuesto que si estuvieras soltera el hombre ya te hubiera caído encima. Por lo menos eso nos da la pauta que tiene algo de valores morales.

Trabajando algunos meses Maidel comenzó a escuchar rumores en la oficina de su amigo quien, aunque trabajaba en otro departamento y era parte de los gerentes importantes del negocio y por eso la gente cuchicheaba detrás de las puertas, llegó a sus oídos que Sam efectivamente como lo había intuido Oderay, tenía fama de arrasar con cuantas faldas se le crucen en el camino. Estos últimos comentarios llegaron al departamento de servicios porque ardían los rumores que el gerente en cuestión había estado coqueteando con la jefa de Maidel y después de un par de citas intensas entre ambos, Sam dejó de llamarla y actuaba en la oficina como si fueran solamente compañeros de trabajos. Pero la jefa de Maidel se había sentido engañada por Sam porque después de noches de cenas elegantes y amaneceres entrelazados en sábanas de seda fina la señorita pensaba que eran pareja. Cosa que estaba completamente lejana en la mente de Sam. Los chismes en el trabajo y las continuas visitas de mujeres que llegaban al apartamento de abajo por temporadas dispersas le estaban dando todos los votos de culpabilidad a Sam de ser efectivamente un don Juan.

Pero Maidel no podía quejarse de nada porque Sam siempre se había portado como un caballero con ella como buenos amigos que eran, sin contar con la irrefutable verdad que ella estaba todavía casada y eso era excusa suficiente para no involucrarse sentimentalmente con nadie.

Maidel se encontró con Sam en el parqueadero donde

vivían, ella acababa de adquirir un auto nuevo con los beneficios de empleados que tenía y quería enseñarle su adquisición a Sam. Se saludaron con el mismo calor de amigos de siempre e inclusive Sam se embarcó en el auto y fueron a dar unas vueltas alrededor del barrio para probar la velocidad y comodidades que el auto nuevo ofrecía.

—Debes estar contenta con tu nuevo auto Maidel, está espectacular.

—Por supuesto, especialmente si lo comparo con el que tenía antes —sonríen.

—Como van los exámenes en la universidad?

—De lo mejor, Oderay y yo pasamos con las mejores calificaciones de la clase.

—Bueno eso hay que celebrarlo, vamos a mi apartamento y cocino algo así nos ponemos al tanto de todo, me parece que hace tiempo que no conversamos.

Maidel y Sam se pusieron cómodos sacándose los zapatos al pie de la puerta de entrada y dejando los abrigos de trabajo arrimados en el sofá. Mientras Sam preparaba una cena rápida, ambos disfrutaban de una copa de vino como les gustaba hacer. Hablaron de todo un poco, obviamente Sam seguía en su mismo trabajo, su exesposa e hija seguían con sus vidas como siempre y él había recibido amistades en el verano, nada había cambiado mucho en la vida de Sam. Maidel aceptó los comentarios sin entrar en por menores sobre las visitas que su amigo había recibido en su casa, aunque tenía mucha curiosidad de saber cuál era el motivo para tanto desfile de material femenino yendo y viniendo de su apartamento y le hubiera gustado saber más detalles sobre el asunto aquel que se estaba cocinando en la oficina sobre sus amoríos con su jefa. Pero prefirió no abusar de sus derechos de "mejor amiga" y no abrumarlo con preguntas de chismes baratos, sobre todo en ese momento que estaban disfrutando como buenos amigos.

Por su parte Maidel lo puso al día de sus anécdotas de trabajo, siempre interesantes con los clientes. Como le había ya comentado en el parqueadero, había pasado con honores los exámenes de la escuela y que todavía seguía casada con Sergio y que poco se comunicaba con él y con los suyos porque las horas le faltaban en sus días tan ajetreados.

La cena estuvo lista en 20 minutos y disfrutaron de más temas de conversación, típica entre ellos, siempre encontraban veinte mil cosas que hablar sin despegarse la mirada de encima. No se habían dado cuenta y era hora de que Maidel se retire a su apartamento, se despidieron en la sala de Sam como de costumbre y él la miró tiernamente a los ojos —te extraño Maidel.

Ella no supo cómo reaccionar, no estaba segura si se lo decía porque no habían compartido momentos largos de conversación como ese día en algún tiempo, o si él la extrañaba con sentimientos encontrados porque, aunque le gustaba como mujer más que como amiga, ella estaba casada y lo de ellos era un imposible. Pasaron algunos segundos de silencio y ya con la mano en la puerta Sam decide abrazar a Maidel envolviendo su cintura con sus brazos fuertes, se miraron profundamente y comenzaron a besarse sin dejar a la mente opinar en ese momento irracional que les dio a ambos por dejar escapar aquellas ganas de besarse como hombre y mujer que habían guardado políticamente porque los hechos de la vida de ambos no daban para más.

El Beso

Las cosas en la isla continuaban con las mismas letanías de las últimas décadas, el pueblo seguía empobreciendo y muchos desapareciendo. La vida de los cubanos era un chiste de mal gusto y los derechos humanos una cachetada a la honra. Muchos se fueron acostumbrando a la tiranía, unos se pasaban el mal rato viviendo un día a la vez y otros cuantos todavía tenían el sueño de liberar a su patria del régimen castrista.

Ese era el caso de Alfredo que trabajaba como profesor universitario en la ciudad de La Habana por algunos años y mientras adoctrinaba a sus alumnos sobre el comunismo, por debajo de la mesa se reunía con otro grupo de soñadores hambrientos de libertad. Este grupo con el pasar de los años habían logrado burlar las seguridades del gobierno y distribuían propaganda en contra de este a ciertos grupos de ciudadanos que seguían su misma visión. La idea era reunir un grupo interesante de gente corajuda que quieran eventualmente bajarse a Castro.

Trabajaban duro para acumular armas, educar a los interesados en asuntos bélicos y sobre todo mantener las intenciones y esperanzas en alto porque tenían la fe certera que "no había mal que dure cien años ni cuerpo que lo resista".

La relación entre Alfredo y Lucia había terminado meses atrás porque la muchacha estaba cansada de las llegadas tardes de su enamorado y cuando se desaparecía algunas noches, ella llegó a pensar que su novio la estaba engañando. Cuando lo enfrentó exigiendo respuesta a sus llegadas tardes a casa, Alfredo le dijo que tenga confianza en él que pronto ella entendería los motivos, pero que no podía darle más explicaciones en ese momento por su propia seguridad. Lucia puso toda su ropa y pertenencias en una maleta grande de cuero café toda cuarteada por los años y se fue una mañana mientras Alfredo trabajaba dejándole una nota de despedida. Las letras perfectamente escritas con una caligrafía impecable le comunicaban a Alfredo la pena que sentía de tener que dejarlo, porque se sentía engañada y completamente excluida de su vida, cualquiera que esa fuera. Alfredo regresó aquella noche después del día largo de trabajo en la universidad con ganas de amar, pero encontró solamente una carta escrita en papel blanco con tinta azul y con unas manchas de lágrimas secas llorando un adiós.

La vida de Alfredo era sumamente complicada y sabía de todos los riesgos que tenía a sus espaldas, no solamente que llevaba años organizando una nueva reformada revolución para sacar al gobierno de sus facultades de una vez por todas, peor aún vivía una doble vida inmiscuyéndose con los enemigos en relaciones íntimas de trabajo y apoyo ficticio al presidente y todo su régimen. Si alguien se llegara a enterar de sus planes ocultos, seguramente lo arrastrarían amarrado a la parte trasera de un camión blindado por toda la ciudad y luego lo poco que quedaría de él lo quemarían en medio de la plaza central a vista de todo el mundo, para que aprendan como terminan los traidores y quede en la mente de todos que con el gobierno castrista no se juega. Así que la idea de que Lucia haya decidido salir de su vida en ese momento era la más acertada, porque pondría en riesgo su vida y ya con sus pesadillas Alfredo tenía suficiente.

Ahora vivía solo en aquel apartamento pequeño en el centro de la ciudad, donde se había mudado años atrás con Lucia para cuidar de su madre y estar más cerca de sus hermanos y hermanas postizas, pero la vida le iba cortando cadenas y ataduras. Visitaba poco a sus sobrinos por los miedos de su conciencia. Rara vez saludaba a Sergio, pensaba que una vez sin Maidel junto a él los lazos de familiaridad no existían, no lo consideraba de la familia.

Alfredo bebía ron por las noches para acompañar la soledad y tranquilizar los nervios. Pensaba en Maidel a menudo y de la mala suerte que tuvo de haberse revolcado con el mal nacido del general y haber tenido que huir de la isla. Ahora se encontraba en un país donde podía gozar de sus libertades, pero la extrañaba. En el fondo la extrañaba más de lo debido, pensar en Maidel le calmaba las pasiones y lo encabronaba más de la cuenta para llevar a cabo sus planes de libertad lo más pronto posible y darle la noticia a Maidel que era tiempo de poder regresar a su país. Temió tanto por ella cuando encontraron muerto al militar infeliz que la había hecho su amante, que tuvo que sacarla de la isla por su seguridad y a la vez alejarla de su marido, después de todo matar dos pájaros de un solo tiro eran conveniente, aunque en el fondo Alfredo sabía que Maidel lo veía solamente como un hermano mayor. El nunca dejó de contestarle las cartas que eran seguidas y largas al principio de la llegada de Maidel a los Estados Unidos pero que, como todo en la vida de Alfredo, también se fueron apagando. Quería saber más de su vida, si era feliz, si pensaba en él, si había olvidado a Sergio. Pero por ahora le bastaba saber que estaba en tierra de libertad.

La mañana después del beso furtivo con el vecino, Maidel se levantó más temprano que de costumbre y se fue a trabajar una hora antes de que abrieran las puertas en la distribuidora de carros, dando la excusa de que tenía trabajo acumulado cuando en realidad era que quería evitar a toda costa toparse con Sam porque no sabría cómo actuar.

Todo era una confusión en la cabeza de Maidel, entre decenas de papeles de la oficina, concentrarse iba a ser una maniobra imposible ese día. Veinte mil preguntas sin respuestas le daban vueltas sin parar que hasta pensaba que aquel beso había sido un error garrafal. Sam era su amigo, se respetaban como tales, los amigos no se besan en la boca ¡qué tontería! ¿Pero qué estaban pensando la noche anterior? Probablemente fue un impulso abrupto consecuencia de la conversación cálida y el vino fino que habían bebido deshinibidamente. Ojalá y las cosas no cambien entre ellos después de la ridiculez de aquel beso extremadamente suave que le despertó pasiones a Maidel que tenía arropadas por mucho tiempo. «¿Qué estará pensando Sam? Quizás que fue maravilloso, o tal vez que fue un error» la cabeza de Maidel no paraba.

Si los dos pensaban que aquel besuqueo por más perfecto que se haya sentido fue un error, pues ambos pasarían la página y seguirían con su amistad como antes. Pero, y si los dos llegasen a la conclusión absurda, de que el momento fue sublime e inolvidable que quisieran ir por más. ¿Entonces... qué pasaría?

Maidel tendría otro torbellino imparable de ideas, como tener que preguntarle a Sam por las mujeres que lo visitaban por temporadas, o si su exesposa e hija estarían de acuerdo, más delicado aún qué pensarían de todo esto en su trabajo, y su jefa quien se sentía engañada por Sam por haber sido tratado como "mujer de una noche". Entre tanto pensamiento desgastado y repetitivo, a Maidel no se le había pasado por la cabeza que ella era una mujer casada y Gloria le había enseñado que eso de fijarse en otra persona estando comprometido era pecado.

No fue hasta el final del día, cuando Maidel no había avanzado absolutamente nada con el trabajo porque se había pasado el día alimentando a los pajaritos preñados que le daban vuelta como queriendo anidar en su cabeza, que pensó en Sergio. Se sintió rara, le dio un dolor en la boca del estómago y pensaba que le faltaba la respiración, el corazón se le aceleró más de la cuenta. Así debe ser como se sienten físicamente los pecados, pensó Maidel. Las mayorías de las cosas se pagan con dolores del cuerpo, sabía ella, por la cantidad de experiencias en su vida, el dolor del alma se siente en los huesos y supuso que las del corazón le quitaban a la gente el aire para, con el miedo, arrepentirse de la culpa.

Esperó casi una hora para regresar a su casa, ya quedaba apenas el personal de limpieza en la oficina, tuvo la idea de intentar trabajar lo que no trabajó ese día y mantener la mente ocupada. Pero prefirió esperar a que el oxígeno le regrese a los pulmones para poder manejar a su casa y hablar con Oderay. Y aunque la fe de Maidel era casi un chiste, mientras manejaba le pedía a la Virgen de carita triste y el niño en sus brazos, no tropezarse con Sam hasta segundo aviso.

Y la Virgen que tanto protegía a sus ovejitas descarriadas cubrió a Maidel con su manto como lo venía haciendo desde el día en que nació, porque sabía que el destino le jugaría malas pasadas como para endurecerle el alma.

Alborotada llegó Maidel al apartamento y le dijo a Oderay que tenían que hablar, se encerraron en la habitación de

Maidel y mirándose a los ojos por un par de minutos, Oderay irrumpió el silencio.

—Tienes cara de que te acostaste con el gringo Maidel ¡cuéntame, chica!

—No Oderay. ¿Cómo se te ocurre semejante desfachatez? —Maidel permanecía con la mirada en el piso y daba vueltas de un lado para otro.

Oderay escuchó con detalle todo lo que había pasado la noche anterior justamente debajo de su apartamento y sin ningún tipo de reacción en su rostro como si ya estaba enterada de todo el cuento chino que Maidel le estaba contando.

—Y ahora no sé qué hacer Oderay ¿Tú qué opinas?, ayúdame por favor —casi le suplicaba Maidel a su amiga buscando ayuda en aquella nueva encrucijada de su vida.

—Pero Maidel cuál es el problema mujer. Fue solo un beso, no hay nada de malo con un beso. Además, tu marido no ha sido tu marido por más de 2 años, creo que ni siquiera lo extrañas. ¿Lo extrañas? Y mira no me tomes a mal lo que te digo, completamente aparte del asunto del beso con Sam, tú tienes que tomar una decisión con tu matrimonio Maidel. Sergio está en Cuba sin poder salir, tú sin poder regresar. ¿Hasta cuándo van a seguir con la farsa del matrimonio? ¿Tú lo amas todavía? Probablemente no cuando estás tan ofuscada y calentona con un beso del gringo. Así que como amiga te pido que pienses mucho en eso. Y ahora en cuanto a Sam, lo único que te puedo decir es que tengas mucho cuidado Maidel, ese hombre puede estar muy entusiasmado contigo y lo que tú quieras, pero ese hombre te va a hacer sufrir amiga. No te puedo decir qué hacer o no qué hacer con tu vida, solo te pido que tengas cuidado con él.

Oderay tenía razón en todos sus puntos así que, en lugar de ayudarla a dejar de pensar en la situación con Sam, ahora pasaría otro par de noches en vela pensando qué hacer con Sergio y su matrimonio. Otras cien dudas le bombardearon su cerebro. Posiblemente el amor que tenía por su esposo se había disipado con tanto tiempo y espacio entre ambos. Un par de cartas al mes no fueron suficientes para mantener la relación, especialmente entre tanta distracción en tierra extranjera. Después de todo, la libertad no es gratis en ningún lado, no importa qué tipo de libertad sea ni donde se esté, la libertad siempre tiene un precio. Una nueva lección que Maidel añadía a la lista gigantesca que llevaba.

Sin duda la otra persona más importante en su vida después de Oderay, era su hermano Alfredo, con quien no tuvo mucha interacción de pequeña cuando llegó aterrada a vivir con Gloria. Lo vio poco mientras todos compartían apretados la casa del barrio Peñas y no mucho tiempo después Alfredo se mudó fuera de la ciudad para seguir sus metas. Pero el último año en La Habana se habían hecho buenos amigos, tenían tanto en común que disfrutaban conversar. A Maidel le gustaba sentirse protegida por Alfredo y le parecía un hombre inteligente y con un carácter fuerte y decidido, en cierta forma Maidel pensó muchas veces que podrían perfectamente haber sido hermanos de sangre por el parecido en personalidades. Gracias a Alfredo ahora estaba viviendo en los Estados Unidos sola, pero con sus derechos bien pegados en la piel y caminando con la frente en alto por las metas cumplidas en tan poco tiempo. Ahora le hacía falta hablar con él, contarle por lo que estaba pasando y escuchar sus opiniones. Dejando escapar un par de respiros profundos llenos de nostalgia y soledad, decidió escribirle a su hermano en busca de consejo.

El destino de vez en cuando le favorecía las cosas a Maidel, esta vez Sam tenía que ausentarse por cuestiones de trabajo un par de días y Maidel podía subir y bajar las escaleras de su casa sin temor de tropezar con él. Pero en el trabajo le habían dado la fecha equivocada del regreso de Sam y a la hora del almuerzo en la cafetería de la distribuidora de carros Maidel escucha detrás suyo la voz de Sam.

—Hola Maidel, ¿cómo estás? —la saluda Sam con un vaso de café tamaño familiar que llevaba en las manos.

Maidel dio vuelta lentamente, para evitar que las papas fritas le salten fuera del plato de la impresión de tener a Sam tan cerca.

—Sam hola, ¿ya regresaste? —nerviosa Maidel preguntando tonterías.

—No Maidel, todavía estoy en Detroit —le sonrió Sam

mientras le hacía seña de sentarse en una de las mesas desocupadas de la cafetería.

Y efectivamente como Oderay se lo había dicho días atrás, Sam seguía siendo el mismo de antes, como si el asunto inescrupuloso del beso aquel nunca hubiera pasado. Maidel se sentía un poco extraña al principio sin saber realmente como actuar, pero después de unos minutos de conversación con Sam se olvidó del problema y disfrutaron de un rato juntos en el trabajo como buenos amigos que eran.

No fue hasta llegada la noche que Maidel se volvió a cuestionar doscientas preguntas entrelazadas y confusas, su cerebro últimamente estaba trabajando a millón por culpa de un simple beso. Pensó que no era justo y que tendría que hablar con Sam. Bajó las gradas rápidamente y tocó la puerta del apartamento de abajo. Sam la recibió con la alegría de siempre. Maidel a pesar de estar en un manojo de nervios, llegó decidida a enfrentar a su amigo y saber sobre qué camino pisaba. A Maidel no le gustaba andar flotando con ideas no concretas en su vida, las cosas o eran blancas o eran negras, buenas o malas, lo que sea tenía que llamarse por su nombre para no cometer tantos errores sin sentido.

—Sam quiero que hablemos sobre el beso del otro día —le dice Maidel mirándolo a los ojos, mientras él servía un par de copas de vino— no me sirvas a mí, gracias. Esta conversación debe ser rápida.

—Entiendo —la miraba mientras se servía su copa de

Merlot— Maidel es obvio que tú y yo muy aparte de la buena amistad que tenemos, nos sentimos atraídos el uno del otro, y ambos somos adultos y esas cosas pasan. Tu eres una mujer hermosa e inteligente y cualquier hombre moriría de amor por ti sin dudarlo dos veces.

—Gracias Sam. Pero yo no quiero estropear nuestra amistad, la valoro mucho.

—Nada está estropeado Maidel por favor, no digas eso. Fue solo un beso de dos adultos que se atraen física y emocionalmente eso es todo. Nuestra amistad es la misma, no ha cambiado por eso.

—Seguimos siendo amigos entonces —pregunta Maidel tratando de llegar a una conclusión a toda esa conversación que la estaba haciendo sentir algo incómoda.

—Maidel yo te quiero mucho y te respeto mucho como persona que eres. Por eso somos muy buenos amigos, y siempre lo seremos. Es lo único que podemos ser Maidel, tú estás casada.

Maidel afirmó con la cabeza y se despidió esta vez solamente con un beso en la mejilla de Sam, regresó a su habitación y decidió dejar de pensar en el asunto. Sam tenía razón, ellos se atraían de una manera tan fuerte como estúpida, pero él no quería involucrarse con una mujer casada y ella no quería sufrir nuevamente por amor con un hombre que, a pesar de lucir perfecto para ella, tenía sus debilidades con las mujeres, ella ya había experimentado ese tipo de relación con el difunto general y a estas alturas del partido no estaba para ser compartida o tener relaciones a medias, porque igual se sufre el doble. Lo de Sam se quedaría en una amistad, «después de todo lo que sobran en este mundo son hombres» pensaba Maidel. Y ella todavía tenía a Sergio, sin tenerlo.

Pensó toda la noche que si había dejado su patria, su gente, su vida más de 100 millas de distancia un par de años atrás era para ser alguien mejor en esta tierra extranjera, para gozar de libertades que le eran negadas en su país. Aquí las oportunidades llovían a cántaros en comparación con su Cuba. Se había liberado de la tiranía del gobierno castrista, pero sentía que seguía esclava de un matrimonio que no existía, se sentía atada a un anillo que ya no usaba y llevar el apellido de otro le pesaba demasiado. Su matrimonio había dejado de serlo tiempo atrás. Para qué seguir con la farsa legal de un peso que la anclaba de forma casi imperceptible al pasado que había dejado años atrás.

Esa noche le escribió una carta de 4 páginas a Alfredo contándole sobre su decisión de divorciarse de Sergio entre otros detalles de su vida. Sentía que Alfredo la comprendía y era ese eslabón perdido que todavía le traía suspiros de nostalgia por su Cuba. La relación con las primas se había opacado con las cartas esporádicas que se enviaban solamente para cumpleaños y navidades. Las primas ocupadas, madres de familia y trabajadoras, seguían sus vidas en la isla como si nada pasaba, se habían acostumbrado como tantos a vivir en la sombra de un gobierno que les decía qué hacer, qué decir y qué comer. Ellas y sus familias parecían estar adaptadas al sistema, quizás porque no sabían de libertades y por eso no las necesitaban.

La semana siguiente Maidel hizo cita con un abogado que le había recomendado su tía y decidió iniciar sus trámites de divorcio y comunicárselo a Sergio lo más pronto posible.

Alfredo recibió la gruesa carta de Maidel semanas después, como de costumbre se emocionó al tener unas letras de Maidel en sus manos. Se sentó en la mesa de comedor pequeña para dos personas que tenía en su apartamento y con su vaso de ron en mano leyó con atención palabra por palabra en aquellas hojas que Maidel le había enviado obviamente porque de seguro lo extrañaba y se sentía sola. A pesar de todas las maravillas que el país de las oportunidades ofrece, había cosas que no se podían reemplazar, como el calor afectuoso de los seres queridos. Para sorpresa de Alfredo, esta misiva iba mucho más allá de historias en Miami y de las soledades de Maidel. Su hermana prestada por el destino le comunicaba que se estaba divorciando finalmente de Sergio. Lo que llenó a Alfredo de esperanzas sin fundamento, pero esperanzas, al fin y al cabo. Ahora con más razón que nunca tendría que ponerse firme en su idea loca de terminar con el comunismo en su país para que Maidel pudiera regresar a la isla y estar más cerca de él.

La Huida

El doctor Sergio Rivas llevaba varios años como médico encargado del departamento de cardiología en el hospital de La Habana, su nombre era reconocido en toda la isla y su trabajo apreciado y condecorado por el ministerio de salud pública de la república de Cuba. Sin duda alguna Sergio era un cardiólogo de primera y la seriedad y pulcritud en su trabajo era sabido por todos. Si a alguien se le presentaban problemas cardíacos esperaban pacientemente lo que sea necesario para ser atendidos por el doctor Sergio Rivas, porque con él estaban en buenas manos.

Sergio se enamoró de Maidel desde el primer día que notó su presencia en un simple almuerzo en la cafetería donde trabajaban y aunque se le conocía más de un par de enamoradas en su exitosa vida, aquel momento cuando Maidel lo impresionó con su mirada y personalidad, el doctor supo que esa era la mujer que quería para hacerla su esposa y la madre de la decena de hijos que siempre había soñado tener. El doctor siempre tan formal y serio, con sus valores en alto que lo caracterizaban como un hombre entero y de palabra, comenzó a cortejar a su compañera de trabajo de una manera, como era de esperarse, sumamente formal y respetuosa. Su madre le había enseñado que a las mujeres se las trata como si fueran una joya preciosa, porque buenas hay pocas y si se las encuentra hay que mantenerlas felices para que hablen siempre bien del marido. Aunque Maidel no fue nunca la candidata que la madre del doctor tenía planeada para él, éste se empeñó en ganarse el amor de la joven y convencerla eventualmente que la relación de ambos era tan fuerte que valía la pena sellarla con la legalidad del matrimonio.

Maidel llegó a formar parte de la vida del doctor Rivas de una manera suave y sencilla, con detalles románticos que los ayudaban a enamorarse de una manera firme y no con arrebatos de jóvenes inexpertos. El cortejo duró un par de meses y Maidel cayó flechada ante tanta atención y detalles desmedidos de su galán tan fino y educado. Este hombre profesional, inteligente, lo suficientemente mayor que ella para que le mueva las pasiones y al mismo tiempo que podría protegerla de las indelicadezas con las que podría tropezarse en el medio ambiente que forzosamente estaban viviendo en su país.

Sergio Rivas tenía porte, hablaba con cordura y tenía un corazón bueno y generoso. No había ningún obstáculo para no enamorarse de él perdidamente y porque no, aceptar ser su esposa hasta que la muerte los separe. Aunque la palabra "matrimonio" nunca había sido para Maidel de su prioridad ni siquiera de una remota curiosidad, cuando el doctor le hizo la pregunta típica de la ocasión, ella respondió que "sí" con la emoción típica del caso y sin poder explicar razones. Ella quería compartir el resto de su vida con Sergio porque lo amaba, era un hombre hecho y derecho y que estaba dispuesto a hacer lo que fuera necesario para hacerla feliz. Sergio nunca le puso ningún tipo de cláusulas ni estipulaciones, eran lo que eran, una pareja que se amaban y querían formar una familia y ser felices.

Tantas veces Maidel agradecía al destino por poner a Sergio en su camino, después de las experiencias que había tenido con sus enamorados de la adolescencia que le dejaron más cicatrices de las debidas y luego el militar quien realmente la hizo mujer entre amores locos y fiscalizados, pero donde a final de cuentas no existía ningún tipo de relación entre ambos, solamente una amistad con beneficios de ambas partes tapiñada bajo la sombra de lo prohibido.

Por el amor a Sergio Maidel lo aceptó como marido, por ese mismo amor aceptó ir a vivir con él y su madre y hermano, cuando sabía que estos no eran sus fanáticos número uno, aceptó dejar su independencia financiera hasta nuevo aviso. Pero en ese momento todo tenía sentido y estaba justificado por el bendito amor que la pareja se juró sin pensar mucho en el mañana.

Mañana que como siempre toca la puerta en los peores momentos y sin educación alguna irrumpiendo la vida y solapando mentiras. La muerte inesperada del general fue un valde de agua fría para todos en Cuba, pero sobre todo para Sergio que tuvo que enterarse por esa noticia que su esposa había sido una de las queridas del occiso y ahora la vida de ella corría peligro y había que tomar cartas en el asunto.

Maidel nunca aceptó la culpa completa de la que muchos la acusaban con aquel lío que sacudió la isla. Ella era la esposa del doctor Rivas y no había necesidad de manchar el título con historias de chismes baratos. Eventualmente pudo convencer a su esposo de que entre ella y el general lo único que los había unido era una íntima amistad, no venía al caso indagar el grado de intimidad, lo único era salvar a Maidel de algún final trágico. La oferta de Alfredo de sacarla del puerto Mariel hacia el sur de la Florida en los Estado Unidos fue en ese momento la más acertada, aunque al doctor Rivas le causaba un dolor inexplicable en el pecho, porque no quería separarse del amor de su vida por un tiempo indefinido. Pero la vida de su mujer corría peligro y había que hacer lo que había que hacer. Pensaba él que después de todo no sería mucho el tiempo en que se unirían nuevamente.

Dos años después recibe la llamada telefónica de su todavía esposa dejándole saber que ella había iniciado el proceso de divorcio porque el tiempo y la distancia hacían cada vez más ridículo ese matrimonio, sin contar con las esperanzas machacadas de algún cambio favorable en Cuba. Como era de esperarse la reacción del doctor Rivas no fue positiva ni recíproca en ninguna circunstancia. A Sergio le parecía sin sentido las excusas que su esposa le daba y para él la palabra divorcio no cabía en su diccionario. Ellos se habían jurado amor eterno y nadie ni nada los separaría.

Al principio Maidel le contestaba las continuas llamadas a Sergio y las doscientas cartas que le escribía por semana. Pero para Maidel la decisión estaba tomada y no había nada que la detuviese. Sentía pena por Sergio, sentía pena por causarle tanto dolor. Sabía que él estaba sufriendo, pero era exactamente por la misma razón de estar tan lejos que seguir manteniendo el matrimonio no tenía más sentido para Maidel.

Con el tiempo dejó de contestarle las llamadas y responder las cartas al médico, ya no venía al caso. Él no quería aceptar el hecho de que la posibilidad de verse otra vez cara a cara algún día se volvía cada vez más efímera. Maidel se enteró que Sergio había acudido a sus primas y hermanos para que intercedan por él y traten de hacerla entrar en razón. Pero todos apoyaban a Maidel con su decisión por más extraña que les haya parecido, porque muy en el fondo la entendían e inclusive ellos también iban perdiendo las esperanzas de volver a ver a su hermana que ahora vivía en el exilio.

Alfredo no fue la excepción, cuando su excuñado lo llamó pidiéndole ayuda con Maidel, la respuesta fue la misma.

—Alfredo, Maidel te considera mucho como su hermano

mayor. Por favor habla con ella, hazla entrar en razón. Nosotros estamos casados y algún día nos volveremos a ver, estoy seguro de que pronto la situación cambiará aquí en Cuba y todo volverá a la normalidad —casi suplicaba Sergio.

—Lo siento Sergio, pero ella ya tomó una decisión y yo tengo que respetarla y tu deberías hacer lo mismo. Ella está en otro país, viviendo otra vida completamente diferente a la tuya y sola. Es normal que sienta desapego Sergio. Y la verdad es bien difícil que la situación aquí en la isla cambie. Tienes que ser un poco más realista hermano. Lo siento—.

La verdad era que Alfredo estaba convencido de que él y su grupo iban a tumbar al gobierno de Castro en cualquier momento, pero era un movimiento secreto y tenía que actuar con cautela. También pensaba que, si él estuviera en los zapatos del doctor, hubiera movido cielo y tierra para ir donde Maidel estaba y quedarse con ella. No se puede dejar a una muchacha joven, hermosa e inteligente sola en tierra de nadie. Aunque entendía que el doctor tenía demasiados intereses con el gobierno y no le convenía, por lo menos en esos momentos, arriesgarlo todo y embarcarse en una lancha por un par de millas en pleno atlántico y convertirse en héroe en nombre del amor. Alfredo pensaba que quizá el amor del doctor por Maidel no era lo suficientemente valiente y se acobardaba ante disyuntivas profesionales.

Para Alfredo no había otra idea en su cabeza desde hace

muchos años que la de sacar a su pueblo de la tiranía castrista y desde que reconoció sus sentimientos por Maidel, hacer hasta lo imposible para tenerla cerca, aunque sea como su hermana, pero cerca. Por ahora se conformaba con eso.

Durante el proceso de divorcio entre Maidel y el doctor cubano, que fue engorroso y largo, Alfredo se convirtió en el soporte emocional de Maidel a través de cartas y llamadas. Ella le lloraba algunas veces y él le enviaba abrazos subliminales a distancia, disfrazados siempre con palabras de amistad que le aliviaban el corazón a Maidel. Porque a pesar de estar decidida en terminar aquel matrimonio que no había existido por un par de años, le dolía hacerle daño al único hombre que la había amado desinteresadamente y con una lealtad que a veces hasta a ella le costaba entender.

Sergio había sido la respuesta a sus conversaciones con la virgen que la protegía, era el esposo perfecto para ella y realmente para cualquier mujer. Pero las esperanzas marchitas de verlo algún día pusieron un abismo demasiado grande entre ellos y Maidel siempre ha sido una mujer práctica y el divorcio era la solución a esa espera sin razón que no los llevaría a nada.

Maidel se apenaba porque no podía dejar de culparse por no amar suficiente a su esposo, si ella amara a Sergio la mitad de lo que él la ama, entonces no habría mares ni comunistas que rompiesen su relación. Sentimientos confusos, pero lo hecho, hecho está y como ya ella sabía, después de una caída siempre vienen cosas mejores en su vida. No estaba segura a ese punto si alguna vez encontraría a otro hombre que la ame como Sergio la amaba, pero estaba dispuesta a correr el riesgo y pasar la página.

Alfredo por su parte continuaba con su doble vida en La Habana, daba cátedra de matemáticas en la universidad por las noches y algunas mañanas se reunía con su grupo de soñadores por la libertad en una casa abandonada a las afueras de la ciudad que pertenecía a uno de los colaboradores. Aquella finca estaba cayéndose en pedazos, abandonada décadas antes de la revolución por familiares del colega. Tenía una sala minúscula y dos habitaciones que estaban llenas de equipo de caballerías camuflados por años de polvo y telarañas. El único baño de la pequeña propiedad no servía porque les habían cortado los servicios públicos años atrás. Los integrantes del movimiento en contra del gobierno habían traído centenares de velas y un par de lámparas de keroseno para alumbrarse si la noche les agarraba infraganti, aunque preferían reunirse muy temprano por las mañanas. Dejaban sus vehículos parqueados en sus casas y se trasladaban al punto de reunión en un bus pequeño que lo dejaban parqueados kilómetros afuera del punto de encuentro, siempre en lugares diferentes.

Se habían equipado con una mesa rectangular de tamaño normal para sentar a seis personas, pero había solo tres sillas.

Las reuniones normalmente no eran largas, porque tenía que actuar rápido y sin ser descubiertos. Ya llevaban en ese ajetreo algunos años y tenían sus rutinas perfectamente organizadas. Inclusive habían instalado una rústica impresora donde producían la pequeña revista anticastrista que repartían a escondidas entre personas afiliadas a sus mismos ideales de libertad.

Aquel 14 de noviembre cuando el primer grupo de hombres llegaron como de costumbre temprano en la mañana, encontraron solamente escombros de la pequeña vivienda, todavía la humareda se impregnaba en las ropas y los ojos se enrojecían a la distancia. Regresaron inmediatamente para avisarles al resto del grupo de lo acontecido, lo más seguro era que los comunistas habían encontrado su escondite y le prendieron fuego para terminar con él de una manera segura y definitiva mientras seguramente comenzarían a hacer investigaciones.

Cambio de planes para estos hombres valientes y con sueños de héroes nacionales, Alfredo y cinco de sus compañeros fueron a sus casas a poner sus documentos legales en una funda plástica y amarrársela muy bien a la cintura para encontrarse en algún lugar indicado y tomar una pequeña lancha que algún aliado les ofreció ante el apuro de la huida planeada pero no esperada. Otros 16 compañeros de sueños de libertad fueron tomados prisioneros el día siguiente del incendio y fusilados inmediatamente sin pena ni chance a explicaciones.

Aquella mañana a los seis hombres en la embarcación, el sol les comenzaba a pegar en los ojos cuando se alejaban de su Cuba con el alma derrotada y la sangre alborotada con tanta adrenalina ante lo sucedido. Alfredo no había tenido tiempo de avisarle a nadie sobre lo ocurrido y era mejor no comunicarse para evitar más desgracias. Los 6 hombres en aquella lancha que se adentraba a las aguas frías y revoltosas del atlántico sin dirección específica sabían que habían tenido algo de suerte apenándose por los que se quedaron atrás, colegas que probablemente no verán jamás.

Media hora mar adentro, Alfredo ya extrañaba a su Cuba con un dolor que le hincaba el pecho. Sentado a un lado de la lancha y bien agarrado del borde de ésta mientras trataba de mantener el equilibrio de su cuerpo al mismo tiempo que recibía bofetadas de agua salada como tratando de despertarle el espíritu, se despedía de su vida.

Pensó ver la figura de su madre sonriéndole en medio de aquella barca que se llenaba de agua y pensó que pronto moriría. La vida le estaba dando unos minutos para despedirse de Maidel pensando en sus cabellos lacios y negros y en aquella sonrisa que le había dado ganas de seguir viviendo los últimos años, sin ella saberlo. Tanto que él había hecho por ella, y no volvería a verla jamás.

Recordó a sus hermanos, primas, sobrinos y lloró como un niño al pensar en la suerte del resto de sus compañeros que de seguro perderían sus vidas en manos de los comunistas, pero de seguro con la frente en alto. Cuando se dio cuenta, los otros cinco compañeros estaban pálidos como él llorando el infortunio del destino que los había puesto en esa barca, alejándolos de sus vidas, de sus sueños y llevándolos a lo incierto y desconocido. Sintieron miedo, pero el sentido cansado de supervivencia les decía que se mantengan fuertes a los ímpetus de un océano que se burlaba de tanta muerte de sueños de los cubanos que dejaban sus vidas ahogadas entre las profundidades de sus aguas.

El compatriota cubano

Después de más de dos años de trabajar sin parar en la ciudad de Miami, y con todo el estrés de adaptarse a una cultura diferente y comenzar prácticamente de cero y sin un perro que le ladre, Maidel decidió tomarse unas merecidas y muy necesitadas vacaciones. Palabra que en su Cuba nunca tuvo un significado definido, porque ir a caminar a la playa de Varadero con las primas y chapotear por un par de horas en el mar con miradas fiscalizadas de Gloria, dejaba mucho que desear al diccionario español. Tiempo después cuando comenzó su vida laboral, las vacaciones no existían porque había que hacer suficiente dinero para cubrir modestamente gastos y ayudar a la familia.

Maidel sabía que el asunto de su divorcio tomaría tiempo, pero el proceso en sí era agobiante y los sentimientos encontrados con su vecino Sam le provocaba una carga sumamente pesada que comenzaba a caminar encorvada y con la mirada perdida. Por su excelente desenvolvimiento en la distribuidora de carros había logrado ascender a una posición con bastantes más responsabilidades, pero el salario era mucho mejor y los beneficios de primera. "Beneficios" otra palabra nueva en el léxico de Maidel.

Aquel domingo Maidel fue a misa como de costumbre y a pedir la bendición del padre Solá, porque se ausentaría por dos semanas para descansar la mente y energizar el cuerpo. Pasó también despidiéndose de la señora Piedad y de sus tíos. Básicamente le estaba dejando saber a todos sus contactos que no la llamen ni se preocupen por dos semanas porque sus planes eran desaparecerse en unas bien merecidas vacaciones.

Maidel compró boletos para visitar la gran manzana y avanzar luego hasta las cataratas del Niágara, había escuchado hablar tanto de ellas que la curiosidad la consumía. Pasó unos días en la ciudad de Montreal y de regreso se quedó en Savannah en el estado de Georgia para culminar su aventura de conocer lo que más le permitiera su cuerpo todavía joven en dos semanas.

Hizo sus maletas y se embarcó en aquella aventura sola porque no quería compañía de ninguna clase. Tenía suficiente con sus memorias tormentosas de violaciones, amores traicioneros, muertes injustas y ahogados que desaparecieron en medio de la nada. Recuerdos que nunca habían dejado en paz a Maidel, pero ella sabía organizarlos de la mejor manera para que no le arruinen su existir.

Mientras exploraba la ciudad de Nueva York y tomaba fotos indiscriminadamente como si fuera hacer dinero con ellas, se encontró con un compatriota cubano que llevaba como ella un par de años viviendo por esos lares del mundo, salieron a cenar un par de noches y juntos recorrieron los típicos lugares turísticos de la ciudad que nunca duerme. La noche de la despedida, porque Maidel tenía que seguir su camino hacia Canadá y él cubano tenía que regresar a su jornada de trabajo, pasaron la noche en un cuarto de hotel, en un piso cerca del cielo. La mañana siguiente Maidel agarró sus cuatro paquetes, dejó una servilleta con un beso pintado de lápiz labial en la mesita de estar y partió a su próximo destino.

Sin duda alguna Maidel se sentía más independiente que nunca. Era dueña de su vida, traumática vida, pero su vida después de todo y ahora tenía completo control de sus decisiones y aunque el divorcio no estaba legalmente terminado, inauguró su regreso a la soltería con bombos y platillos. Habían sido años que no sentía el calor de un cuerpo masculino cerca de ella que la haga vibrar como los hombres que le habían tocado en su escalinata a la sexualidad. Había llorado mucho por Sergio y estaba cansada de arroparse todas las noches con una sábana de culpabilidad. Debía, como era costumbre, pasar la página y seguir adelante, la vida es una sola y es hermosa, así que a disfrutarla.

Sam le telefoneó un par de veces, porque se había enterado en el trabajo que Maidel estaba de vacaciones y quería conversar con ella y saber por dónde andaba. Maidel no le contestaba las llamadas porque ella estaba de vacaciones, inclusive para sus amistades.

Maidel regresó de su viaje completamente renovada y con el espíritu en alto, con muchas ganas de trabajar fuerte y de terminar lo más pronto posible sus estudios. De regreso se encontró con una carta de las primas donde le indicaban que tenían tiempo sin saber de Alfredo y que temían lo peor. Las primas no sabían los detalles de los recovecos en que su hermano mayor andaba metido, pero Maidel tenía una mejor idea. Sin embargo ella estaba segura de que Alfredo estaba vivo, él era demasiado inteligente para dejarse atrapar y su tenacidad y coraje seguro lo tendrían a salvo. Maidel se comunicó cuando pudo con las primas para calmarlas y decirles que tengan por seguro que Alfredo aparecería cualquier momento con alguna explicación y las disculpas respectivas por haberles hecho pasar un mal rato.

Les tomó un par de días a Maidel y Oderay ponerse al día de los pormenores de sus vacaciones, ella se lo contó todo. Oderay le comentó a Maidel que Sam vino a preguntar un día por ella, con un tono de mal genio porque su amiga se había ido sin despedirse ni dejarle saber de sus días de descanso. A ambas les tomó por sorpresa la actitud de Sam, porque después de todo no había más que una amistad entre ellos y Maidel no tenía que darle explicaciones a nadie de lo que hacía, mucho menos ahora donde sentía que la libertad le rebosaba por los poros.

El fin de semana siguiente Maidel decide ir a visitar a Sam al apartamento debajo del suyo, toca la puerta y Sam la recibe con besos y abrazos y una sonrisa de oreja a oreja.

—Pero cuéntamelo todo mi Maidel. ¿Cómo te fue en tus vacaciones?

—Fantástico Sam. Las necesitaba tanto. Tantos años trabajando y en la lucha y sin darle descanso al cuerpo y a la cabeza, ya me estaba estresando. Sin contar el asunto del divorcio que es otro cuento —le comenta Maidel algo frustrada.

—Bueno Maidel, así son los divorcios. Debes tener paciencia. ¿Cómo van las cosas en el trabajo y en la escuela? ¿Amores? —Sam tenía ganas de conversar y saber de la vida de su amiga.

Maidel le comentó que pronto terminaría la escuela y que estaba muy contenta con eso, porque le gustaría comenzar a trabajar en bienes raíces y comenzar a hacer más dinero y poderse mudar sola y enviar dinero a sus familiares en Cuba, ella sabía por las necesidades que se pasan en la isla y en los tiempos que ella estuvo viviendo allá se las arregló como pudo para mantenerse con un poco más de decencia que el resto. Ahora viviendo en los Estados Unidos, la tierra de las oportunidades, ella tenía planes grandes de superación para mejorar su vida y por supuesto eso incluía también ayudar a sus primas y hermanos que seguían viviendo bajo opresiones en la isla. Maidel no había arriesgado su vida en aquel bote oxidado lleno de recuerdos que ella quería borrar, pero no podía, para ser menos que en su país. Sus ambiciones eran elevadas y muy justificadas. Y aunque le agradecía a Sam por haberle conseguido el trabajo en la distribuidora, sus sueños necesitaban una entrada de dinero más cómoda, especialmente con tanta gente que ayudar.

Sam la entendió y le dio su apoyo cien por ciento sabiendo además que ella alcanzaría todas las metas que se proponga porque era una mujer fuerte y luchadora. —y qué hay de amores, mi Maidel. Ya eres casi una mujer soltera nuevamente. ¿Candidatos por ahí?

A Maidel el comentario de Sam le cayó como una piedra en el estómago. Ahora quería él que ella le cuente sobre sus amores, y que hubo del beso aquel y del comentario romanticón que éste le hizo sobre no acercarse a ella de otra manera porque estaba casada. ¿Cuáles eran las intenciones de Sam? ¿Qué realmente sentía por ella? A Maidel le era tan difícil descifrar a su vecino, que a veces le causaban unos dolores en las sienes intensos e intermitentes.

—Nada de amores Sam. Nada de amores.

—Eso no te lo creo, tú eres una mujer hermosa, cualquier hombre se moriría por ser tu pareja.

—Tu eres cualquier hombre Sam. ¿Tú quisieras ser mi

pareja? —le lanzó la pregunta directa y sin inhibiciones y sin pensarlo mucho, porque los comentarios de Sam ya le estaban impacientando los ánimos.

Pero Sam era un perro viejo y cuando ella regresaba, él ya se había dado la vuelta diez veces. Sin mostrar ningún tipo de asombro ante la pregunta de Maidel, le tomó las manos y mirándola a los ojos le contestó —Maidel si tu supieras cuanto te amo mujer—.

Maidel se quedó de una pieza sin atinar a contestar nada porque el cerebro no sabía para donde ir. Sam se acercó a ella y tomando su rostro entre sus manos con ternura la besó. Maidel le devolvió el beso y esta vez a diferencia del primer beso semanas atrás, fue acompañado de brazos entrelazados y cuerpos calientes que parecían derretirse entre sí por minutos eternos.

El contestador automático de Sam los interrumpió, ellos no se despegaban las miradas de encima porque querían más, los besos apretados y húmedos no habían sido suficientes. Una mujer dejaba un mensaje de voz dejándole saber a Sam que ella estaba en Miami y esperaba verlo. Maidel se arregló la blusa estropeada por la pasión del beso aquel y se retiró hacia su apartamento.

Confundida Maidel se encerró en su habitación para que se le pase la calentura del momento y poder reaccionar de alguna manera lógica lo que había pasado con la llamada de aquella voz sensual en el contestador de su vecino que la había besado como en las novelas para mayores de edad, y a ella por supuesto le había encantado. ¿Quién sería esa mujer? ¿Otra de sus amantes? ¿Tendría ella que hacer preguntas sobre aquel mensaje? O tendría que esperar a ver que le decía Sam la próxima vez que se vieran. Nuevamente el insomnio venía a hacerle compañía a Maidel y no entendía por qué tenía que meterse en camisas de once varas sin justificación alguna. Era un hecho que Sam era un mujeriego, pero esa tarde le había dicho que la amaba y la había sostenido en sus brazos como los hombres suelen hacer cuando aman a una mujer. Se sintió confundida y sin respuestas a sus preguntas, lo único que sabía era que ella no merecía pasar por incertidumbres con cosas del amor porque había arriesgado todo por venir a estas tierras a realizar una vida próspera y sin dolores de cabeza, pero su vecino no estaba ayudando en nada con sus metas.

El lunes siguiente Maidel se encuentra con Sam en el trabajo, él la saluda con una sonrisa tierna y un guiño de ojos porque no tenía tiempo para más, se dirigía a una reunión de trabajo que seguro duraría un par de horas en el segundo piso del edificio. Maidel por su cuenta le devolvió una mirada insinuante como para que siga pensando en ella durante la reunión con sus colegas. Y en ese jueguito de miradas sensuales, guiños de ojos y besos volados se pasaron la semana entera. La agenda de ambos no daba para más esos días porque Maidel también estaba por graduarse y la vida se le revoloteaba más de la cuenta entre preparativos para la celebración, trabajo y las cosas del diario vivir.

Iban y venían de un lado para otro con Oderay, Debbie las ayudaba a organizar tanto tereque en el apartamento. En uno de esos días mientras Maidel trataba de sacar unas cajas de la parte trasera de su auto, escucha a Sam salir de su apartamento y para variar muy bien acompañado, esta vez de una rubia que parecía modelo de revista de ropa fina, con unas piernas eternamente largas muy bien afeitadas y con un bronceado que parecía prestado. El auto de Sam estaba estacionado junto al de Maidel, así que el tropiezo fue inevitable.

—Maidel como estas? Déjame te ayudo con eso —ofreció ayudarla su vecino, mientras se aflojaba del brazo de la modelo con cabelleras largas y doradas, que exigía presentación con su mirada.

—No te preocupes Sam, tu estas de salida. Yo puedo sola —le contestó Maidel tratando disimular que examinaba de medio lado a la acompañante de Sam.

—Pero que necia eres mujer, dame eso. Ashley espera por mí un segundo que ya regreso, aquí están las llaves del auto, me puedes esperar ahí con el aire encendido para que no te de calor aquí afuera esperando —le entrega las llaves del auto a la rubia mientras ayudaba a Maidel.

—No nos vas a presentar Sam? —preguntó la rubia mientras dejaba su bolsa de marca cara en el asiento delantero del auto de Sam.

—Por supuesto, discúlpame. Ashley esta es Maidel, Maidel esta es Ashley.

Las dos mujeres levantaron al mismo tiempo la ceja del ojo derecho respectivamente, echando un vistazo más formal a la contrincante, a manera de saludo forzado.

Después de ayudarla, Sam se despidió de Maidel con un beso rápido en los labios y se subió a su auto con la rubia que parecía modelo. Maidel se quedó con los diablos metidos después de lo ocurrido y entró a su casa enfurecida y con los pelos parados del coraje.

—Pero que se habrá creído este hombre, que yo soy una estúpida —se jalaba los pelos Maidel.

—Seguramente que si Maidel —le contestó Oderay a manera de conciencia sabelotodo— te lo he dicho tantas veces Maidel y tú eres terca como una mula. Así como te dijo a ti que te amaba, así también se lo dijo probablemente a la Ashley y a la Elena y a la Kathy —le comentaba Oderay a Maidel mientras seguía metiendo cajas repletas de cosas en la cocina.

Maidel abrió una de las botellas de vino que habían com- prado para la graduación y después de abrirla con poca deli- cadeza, comenzó a beberla a pico de botella como chofer de camión con los ojos enrojecidos de las iras. Este hombre que le había dicho que la amaba días atrás, y la había besado como si fuera verdad y la llenaba de coqueteos cada vez que cruzaban miradas, era un mujeriego. Quizá esa era la prueba palpable que necesitaba para darse cuenta del asunto. Ella se acordó de su desliz de una noche en Nueva York durante sus vacaciones, con aquel cubano del que ya ni se acordaba el nombre. Y pensó que después de todo ella tenía lo suyo y no iba a derramar lágrimas por otro hombre más. Obviamente ella podía levantarse a cualquier hombre que quisiera porque tenía belleza y aptitudes en el asunto del coqueteo y hombres era lo que sobraba sobre todo por esas áreas del mundo. Sam no era el único y si él podía besarla de la manera como lo hizo y salir con otras mujeres, pues ella también podría comenzar a disfrutar su soltería y disfrutar de la vida como su vecino lo hacía.

Maidel y Oderay se graduaron a las 3 de la tarde en el centro de convenciones de Miami junto a otros cientos de estudiantes que orgullosos soñaban con un mañana lleno de prosperidad y éxitos. Terminada la larga ceremonia las licenciadas en bienes raíces recibieron a un grupo de sus allegados en el apartamento de Miami Lakes. El espacio les quedó pequeño, pero el balcón y las escaleras se incluyeron como áreas sociales aquella noche. Los tíos de Maidel con uno de sus primos llegaron temprano, doña Piedad trajo un par de pasteles de diferentes sabores que se veían exquisitos. Los padres y amigos de Oderay y una decena de compañeros de estudios y trabajos de ambas alegraban la celebración entre risas, buena comida y alcohol, como era de esperarse.

Sam llegó tarde por cuestiones de trabajo, con el terno en los brazos y la corbata desamarrada por el cansancio del día, saludó y felicitó a las bachilleres, le trajo un ramo de flores exageradamente grande a Maidel y una caja de chocolates de quinientos sabores diferentes a Oderay. Apenas y entraba al apartamento le chantaron una copa de vino rojo para que se una a la algarabía que ya estaba avanzada y bulliciosa.

Sam trató de hablar con Maidel, pero la festejada estaba ocupada atendiendo a sus invitados y aunque le enviaba de vez en cuando miradas seductoras a su vecino, como para que sepa que lo tenía presente en medio de tanto festejo, no le dio la importancia del caso. Cuando todos se fueron y dejaron la casa desarreglada y con un eco de sus voces que hacía una resonancia por las paredes de una forma fastidiosa, Sam se quedó para ayudar a poner un poco de orden, pensó que sus vecinas habían bebido un poco más de la cuenta y necesitaban ayuda. Aunque Debbie se estaba haciendo cargo de casi todo sin mencionar palabra, porque ella no había bebido y le gustaba el silencio y acostarse temprano.

—Fue una fiesta agradable chicas, las felicito. Y de aquí ¡a un mañana de mucho trabajo y éxitos! —les decía Sam a sus vecinas con intención de motivarlas con palabras trilladas típicas del momento.

—Gracias Sam, no tienes que quedarte a ayudarnos, ya casi terminamos —le decía Maidel mientras botaba desperdicios en la basura en cámara lenta porque la fiesta la tenía algo mareada y las energías agotadas.

—Yo creo que necesitan ayuda para que se vayan a acostar lo más pronto posible, que mañana van a amanecer con una resaca fuerte.

—Resaca? Tu estas insinuando que estoy borracha —se reía Maidel más alto que de costumbre.

Sam no estaba insinuando nada que no sea verdad, las ayudó a poner orden y dejó a Maidel en su habitación para que descansara. Al despedirse, Maidel con sus copas indiscretas, le pregunta a Sam directamente sobre un par de curiosidades que el vino hacía mucho más fácil de expresar. —¿Ya se fue tu amiga rubia? Era muy guapa y elegante.

Sam le sonríe y le confirma que la visita ya no estaba en su apartamento, sabía que Maidel tenía días con preguntas atrapadas y que necesitaban respuestas, pero ese no era el momento para tener ese tipo de conversación, no era justo que solo uno de los implicados estuviese sobrio. Sam la dejó a Maidel recostada en su cama y apenas ella puso la cabeza en su almohada calló profundamente dormida agobiada por el trajín del día. Sam la cubrió con la manta y le besó la frente despidiéndose de su amiga.

El día siguiente Maidel se levantó temprano completamente deshidratada y con ganas de tomarse un café cubano para que le despierten los sentidos. Había sido una fiesta a todo dar y ese era el primer día del resto de sus días, con Oderay comenzarían a buscar trabajo en alguna compañía de bienes raíces de Miami y así llenarse los bolsillos de dólares y sueños por realizar. Porque, aunque el dinero no da la felicidad, ambas amigas estaban de acuerdo que ayudaba bastante.

Con taza de café en mano, decidió ir a hablar con Sam para dejar cosas claras en caso se haya producido algún malentendido con conversaciones que Maidel no podía recordar. Tocó la puerta con tranquilidad, Sam le abrió besándola en los labios como acostumbraban últimamente y la hizo pasar.

—Buenos días Maidel, bueno ya veo que tienes tu café, té podría ofrecer algo más, estaba por preparar algo para desayunar.

—Si, gracias. Tengo hambre como si no hubiera comido en días. Lo que vayas hacer para mí está perfecto. ¿Y te parece bien que hablemos?

—Siempre me parece bien que hablemos Maidel querida —Sam le contestaba mientras preparaba huevos revueltos con muchos vegetales y una cantidad exagerada de queso.

—Tú crees que alguna vez lleguemos hacer algo más que amigos. Tú sabes que yo te quiero mucho y ambos sabemos que nos atraemos igual. ¿Pero estaríamos dispuestos a dañar la amistad por intentar algo más? —Maidel le pregunta de lo más tranquila porque la cafeína le ayudaba a mantenerse con calma, como si estuviese hablando sobre cosas sin importancia.

—Maidel tú sabes que te amo mucho, y no es por el asunto de la amistad. Es que yo soy mucho mayor que tú y he vivido mucho y sé que tú eres una buena mujer, y algún rato te regresas a Cuba con tu marido o él viene a verte. ¿Y dónde me quedaría yo? No me perdonaría ser la causa de tus dudas Maidel.

Maidel se sintió de cierto modo aliviada con aquella respuesta de Sam que no esperaba, era un hecho que él la amaba, pero él creía que Maidel volvería en algún momento con su esposo y no quería salir mal herido en el ínterin. Maidel le explicó a Sam que ella estaba divorciándose de Sergio porque el amor se le había escapado con la distancia y el tiempo, como para que quede claro que no había competencia para Sam por ese lado. Pero Sam ya había sufrido demasiado en cosas del corazón y tiempo atrás había decidido no involucrarse sentimentalmente con nadie y por eso llevaba la vida de don Juan que llevaba, le resultaba divertido y sin malgastar los sentimientos.

—Bueno respeto tu manera de ver las cosas Sam, muy inteligente de tu parte. Pero los años no te dan la batuta en experiencias en el amor, todos tenemos nuestra caja de pandora y hay que aprender de esas vivencias para ser mejores la próxima vez. Seguimos siendo amigos entonces, amigos que de vez en cuando se besan, supongo —le sonríe Maidel mientras se le acerca un poco más de lo normal.

Sam terminó de preparar el desayuno, el mismo que compartió con el amor de su vida que no quería perder y pensaba que de esa manera nadie saldría herido. Le explicó a Maidel que esa era la mejor opción para ambos, porque él no iba a cambiar su estilo de vida a estas alturas del partido y no quisiera herirla por nada del mundo. Ambos sonrieron como siempre, terminando de pasar una mañana agradable entre confesiones de amigos que se quieren más de la cuenta, Sam acompaña a Maidel a la puerta para despedirla, ambos tenían cosas que hacer ese fin de semana. Y como para no perder la costumbre engañosa, se besaron como si hubieran hecho el amor apasionadamente toda la noche sin parar. Maidel se retira lentamente del cuerpo fuerte de Sam y mientras le acariciaba el rostro con la mano que no sostenía la taza de café vacía, baja el escalón como flotando en un limbo romántico y hasta un poco cursi. Su mirada se tropieza con una muy familiar que había presenciado toda la escena de novela dramática y sin casi poder reaccionar, Maidel saltó de los brazos de su vecino a los brazos de su hermano mayor. Alfredo estaba parado sin mucho que decir en el jardín del edificio de apartamentos en Miami Lakes, donde le habían dicho que vivía Maidel con dos amigas hace un par de años. Nadie le había mencionado absolutamente nada sobre un gringo alto que besuqueaba a su hermana con pasión, por lo que la situación le llamó la atención, pero pretendió ignorarla.

—Alfredo! Pero esto es un milagro chico. ¡Qué sorpresa más grande! —Maidel no dejaba de besar y llenar de abrazos a su hermano pródigo que todos creían desaparecido.

Sam no tenía idea de lo que estaba pasando, ni mucho menos quien era ese hombre cien por ciento latino que su amiga abrazaba con demasiado entusiasmo. Maidel inclusive ante tan agradable sorpresa se olvidó de Sam y le indicó a Alfredo el camino a su apartamento en el piso superior, al que entraron dando gritos de alegría y emoción.

Alfredo y Maidel conversaron por horas enteras aquella tarde de reencuentro, Debbie y Oderay fueron presentadas oficialmente al hermano mayor de Maidel y luego los dejaron ponerse al día de sus cosas. Las compañeras de Maidel se habían quedado fascinadas con la musculatura bien definida y el mentón partido del hermano de Maidel.

Alfredo había llegado meses atrás a Miami huyendo de los comunistas después de que le encontraron su escondite y lugar de reuniones. Tuvo suerte de tener un bote listo esperándolo para huir ese mismo día, porque de lo contrario hubiera corrido la misma suerte del resto de sus colegas que fueron fusilados al día siguiente del hallazgo.

Las aguas del atlántico los trataron relativamente bien en esa barca pequeña y muy mal equipada para cualquier cosa a alta mar. Una vez en Miami, recibió ayuda en la iglesia del Sagrado Corazón y el padre Solá se hizo cargo de él y sus otros amigos. Fueron momentos duros para todos y sobre todo para Alfredo que había pasado años fraguando una revuelta exitosa para devolverle a su pueblo la libertad, se sentía derrotado y con las esperanzas magulladas. Ahora tendría que vivir en los Estados Unidos por tiempo indefinido porque volver a la isla era un atentado suicida. Se disculpó con Maidel por no venirla a ver antes, pero estaba complicado arreglando papeles, buscando amistades con algo de ayuda, encontrar trabajo y en fin todos los contratiempos normales por los que pasan los exiliados al pisar tierra norteamericana.

Alfredo tenía una propuesta de trabajo en Orlando, a 3 horas de Miami y su motivo principal de visitar finalmente a Maidel era por saber de su vida y en qué situación sentimental se encontraba. Ella le contó de su graduación y de sus planes de hacerse millonaria vendiendo casas en el sur de la Florida. Era obvio para Alfredo que su media hermana tenía su vida bien organizada en Miami, y ella no sentía como él y probablemente su corazón le pertenecía a aquel gringo alto y bien parecido con que la encontró besándose afanosamente esa mañana saliendo del apartamento del hombre en cuestión, lo más seguro pensó Alfredo, era que eran amantes y habían pasado la noche juntos.

Pero él sabía que no tenía ningún derecho sobre Maidel y que, aunque la haya encontrado nuevamente después de tantos años, ella no lo veía como nada más que su hermano mayor. La vida tenía que continuar, antes de despedirse e intercambiar números y direcciones para seguir manteniéndose en contacto, Alfredo la cuestionó —Y Maidel. ¿Ese gringo es tu novio?

Maidel que no tenía ni la más remota idea de los sentimientos escondidos de Alfredo y para evitar sonar a soltera empedernida le confesó a Alfredo que estaba enamorada de Sam y el de ella.

—Bueno mi Maidel, espero que ese gringo te sepa valorar, porque de lo contrario se las tendrá que ver conmigo. —la abraza Alfredo mientras las esperanzas se le desintegraban en mil pedazos.

Nunca era un buen momento para decirle la verdad de sus sentimientos a Maidel, siempre que Alfredo quería acercarse de una manera diferente, ella aparecía feliz y enamorada de algún hombre que, de acuerdo con las opiniones de Alfredo, ninguno valía la pena, porque ninguno la amaba tanto como él.

Alfredo sentía que siempre llegaba tarde a la vida de Maidel, pero como hombre práctico él seguía su camino y como buen cubano enamorado de verdad, regresaría a seguir intentando a ver si el destino en algún futuro le favorece en las cosas del amor.

Andrés

Habían pasado más de cinco años desde que Maidel escapó de su Cuba nostálgica para comenzar de cero en tierras ajenas. Pero su carácter no la dejaba doblegarse ante ninguna adversidad, los golpes de la vida eran demasiados como para prestarles atención. En Miami había encontrado nuevas amistades, algunos familiares olvidados y unas ganas algo fanáticas de superarse como quizá nunca lo hubiera podido hacer en su tierra. De una manera u otra había que hacer valer aquel sacrificio de dejarlo todo, sacrificio que le costó un matrimonio, alejarse de los suyos y despedir a su Gloria con lágrimas a la distancia.

Como era de esperarse Maidel resultó ser una vendedora astuta y exitosa, con un poco de experiencia y largas horas de dedicación a su trabajo se volvió una de las agentes de bienes raíces que más casas ponía en el mercado y que más rápido las vendía. Se compró un apartamento cerca de la avenida

Brickell al sur de Miami con vista a la bahía porque el sonido del mar la transportaba a su isla añorada. El apartamento tenía dos dormitorios y dos baños con una sala y comedor de tamaño decente y un balcón en el octavo piso lo suficientemente amplio para disfrutar del panorama y entretener a sus amistades. No le interesaba una propiedad con más dormitorios porque, aunque todavía era joven, la remota posibilidad de tener hijos se le pasaba inadvertida con los años.

Eventualmente Maidel se divorció de su primer esposo, matrimonio que disfrutó por casi dos años para nunca más saber de su ex. Oderay se había enamorado de un médico que la había atendido en la emergencia en un hospital después de un accidente de auto que no dejó más secuelas que una propuesta de matrimonio muy convencional y la promesa de llenarse de hijos, hijos a los que Maidel llamaría sobrinos y los amaría como si fueran de sangre. Después de todo, ese asunto de amar a los familiares un poco más de lo normal con la excusa que llevan la misma sangre de uno, Maidel no tenía idea de su significado en lo absoluto, porque la vida la había llenado de padres, hermanos, primos y sobrinos del destino y era el único amor que conocía.

Maidel no dejaba de llamar a Alfredo todos los años para su cumpleaños, el día de acción de gracias, navidades y año nuevo. Él todavía vivía por Orlando y entre los ajetreos normales del diario vivir, sobre todo para un inmigrante nuevo por estos lares del planeta, las cosas se le complicaban un poco. Pero ese año Alfredo le comentó a Maidel que había conseguido pareja y que finalmente no estaba solo por estos rincones del mundo.

Con el cambio de trabajo y la mudanza al sur de Miami, Sam y Maidel se mantenían conectados por llamadas telefónicas esporádicas para ponerse al tanto de sus vidas y sobre todo porque extrañaban sus conversaciones en el parque y las noches cuando Sam la invitaba a comer algo que él había preparado con especial esmero para su vecina y mejor amiga, con la que todavía de cuando en cuando se agarraban a besarse desenfrenadamente sin llegar a nada más serio porque el destino siempre intervenía de alguna manera mágicamente inoportuna para aguarles la fiesta, aunque nunca por falta de intenciones.

De vez en cuando Sam la invitaba a cenar a restaurantes finos y siempre acompañados de notas románticas como para que ellos nunca se olviden de ese amor que los unía de una forma estúpida y que ambos lo habían aceptado cómodamente sin darse cuenta. Sam seguía recibiendo huéspedes como era su costumbre tres veces al año, mientras mantenía un par de relaciones locales, pero sin compromisos de ninguna clase porque se había acostumbrado a vivir así, el amor monógamo no le hacía falta y envejecía sin fastidiarse la vida.

Maidel por su parte se había dedicado enteramente a su nueva carrera sobre todo el primer año porque quería aprenderlo todo y mantener la mente ocupada vendiendo casas.

Dejar la distribuidora de autos le costó como nunca le había pasado antes con ningún otro trabajo. Le gustaba lo que hacía y había hecho buenas amistades en aquella compañía, además sabía que vería menos a Sam, pero al mismo tiempo pensaba que era algo positivo, porque algo le decía que nunca llegaría a compartir sábanas tibias en medio de pasiones ardientes con su vecino. La atracción y el cariño entre ambos eran inminente, hasta la brisa antojada que les llegaba del mar se podía dar cuenta de eso. Pero el destino debe saber más que ellos y por algún motivo se esforzaba en mantenerlos como buenos amigos.

Eventualmente cuando Maidel se mudó a Brickell los encuentros entre ellos fueron disminuyendo, aunque ella todavía en algunas noches de soledad con una copa de vino asomada en su balcón disfrutando del panorama, dejaba escapar un suspiro por Sam. Quizá el hecho de no haberse entregado a él la mantenía con la incertidumbre en el cuerpo y la mente emocionada. Pero como Maidel había aprendido hace muchos años, el tiempo lo cura todo y esperaba algún día a lo mejor ver a Sam solamente como su amigo, sin ideas lujuriosas cruzándole la cabeza.

Sin embargo la verdad era que, a pesar de todos los logros alcanzados en los Estados Unidos acompañados de una vida llena de comodidades que nunca hubiera tenido en su país, Maidel extrañaba su Cuba, a sus primas, hermanos y sobrinos que veía crecer y pasar por la vida de una manera indiscriminadamente rápida sin pedir permiso por un par de cartas al año, acompañadas algunas veces con unas fotos que parecían disiparse por la distancia. Otra lección que había aprendido, nada en esta vida nos llega gratis, todo tiene un precio que pagar tarde o temprano.

Maidel no se podía quejar de soledades, porque tenía a sus amigos de cuando llegó años atrás en aquella barca enclenque a Cayo Hueso, tenía a sus tíos y primos con quien se visitaba en fechas importantes y a sus amistades que había ido acumulando a través de trabajos, escuelas y vida social. Esta última llenaba la mayoría de sus fines de semana, porque por su trabajo tenía que involucrarse con otra gente de negocios donde las cenas elegantes con buen vino eran requerimientos básicos para mantener una saludable vida profesional.

A veces cuando llegaba agotada después de un día largo de trabajo, manejando de arriba para abajo en la ciudad de Miami enseñando casas y en reuniones sociales, se preguntaba si le gustaría algún día tener una familia, volverse a casar, pero esta vez para siempre y tener hijos. Una sonrisa leve le contestaba las inquietudes sin mucho palabrerío. Pero Maidel no tenía apuros, la vida parecía no ser tan corta como escuchaba siempre decir a la gente. Ella había decido llenarse de éxitos primero y luego con una estabilidad financiera decente poder darle chance al amor, que de seguro estaba por ahí dándole las vueltas esperando que ella le dé una oportunidad. La vida por los Estados Unidos le había enseñado a Maidel que los sueños no son fáciles de alcanzar, que toman dedicación, esfuerzo y mucho trabajo pero que los resultados son siempre gratificantes. A pesar de haber dejado tanto y a tantos atrás, ella seguía avanzando su rumbo y se lo estaba disfrutando, aunque de vez en cuando la soledad también venía hacerle compañía y ella la recibía a estas alturas del partido con algo de educación y familiaridad.

Los colegas de la oficina de bienes raíces tenían un restaurante escogido para sus encuentros sociales y de trabajo. Estaba ubicado en plena avenida Brickell con una entrada ostentosa y una decoración tipo siglo XV que le daba un lujo sin igual al lugar. Los meseros tenían las mejores mesas separadas para los profesionales y la mujer que atendía el bar se sabía de memoria las historias de los empleados de aquella compañía que habían hecho de ese restaurante su segundo hogar.

Pam, que manejaba el bar por las noches, y Maidel se habían hecho amigas porque tenían pasados parecidos y la misma edad. Inclusive el gusto en hombres era el mismo. Ambas tenían cuerpos voluptuosos y llamaban la atención, la única diferencia era que Pam llevaba algo de desventaja porque siempre estaba trabajando cuando disfrutaban conversaciones juntas y detrás de aquel bar de roble grotesco y oscuro. Maidel después de sus reuniones de trabajo, iba hacerle compañía a Pam y ordenaba un ron con coca cola de dieta y un limón de adorno en el filo del vaso.

—Te ves cansada Maidel. ¿Todo bien? —preguntaba Pam mientras le servía a su clienta de siempre su bebida preferida.

—Gracias Pam. Se nos cayó un negocio interesante de unas propiedades comerciales, la compañía gastó tanto tiempo en ese proyecto, pero no se dio —bebía Maidel el primer sorbo.

—Bueno supongo que así mismo es el asunto Maidel, y a la compañía no le va a afectar tanto, ustedes venden casas como locos. A propósito Maidel, el caballero de la otra esquina del bar te ha estado chequeando desde hace varias semanas. Viene, se sienta en el mismo lugar a tomarse un whiskey o dos, mientras te ve ir y venir entre tus negocios. Y dos veces se ha quedado aquí en el bar admirándote, tanto así que el otro día ya no pudo más y me preguntó por ti.

—Coño, vea eso Pam. ¿Y tú qué le dijiste? —Maidel se arreglaba discretamente el cabello.

—Bueno le dije lo que es, lo que haces y porque frecuentas este lugar y las horas que normalmente estas por aquí. Discúlpame, pero es lo que hacemos las meseras de bares —sonríe Pam.

—Yo sé exactamente lo que hacen las meseras de bares Pam, no te hagas la interesante conmigo.

El tipo sentado a la otra esquina del bar llamó a Pam para pedir lo de siempre, ésta le preparó su whiskey y después de dejárselo con su respectiva servilleta, Pam regresa donde Maidel.

—El hombre dice que pidas lo que quieras que él paga tu

cuenta hoy, incluyendo la Cuba libre que te estas tomando —
Pam le indica a su amiga haciendo su trabajo.

—Hay pero que atrevido. Eso sí el hombre está como quiere, por lo menos desde aquí —Maidel le contestaba a Pam
mientras le regalaba una mirada de agradecimiento a su admirador del bar aquel.

Maidel se acercó con el trago en mano donde el sujeto se
encontraba —gracias por el ron, ¿me puedo sentar?

Él le abrió la silla y con mirada de hombre experimentado
y conquistador le dijo que era un placer para él compartir un
trago con tan bella mujer, y preguntó directamente —Pam me
dijo que trabajas para una compañía de bienes raíces y que
eres soltera.

—Pam te dio la información correcta, ¿por qué tanta curiosidad?... Perdón, ¿cuál es tu nombre?

—Andrés. ¿Y el tuyo?

Así fue como pasaron horas conversando e intercambiando
sonrisas y un par de roces de manos ya cuando el alcohol ayudaba con la desinhibición. Maidel pasó una velada agradable y
se lo hizo saber a su admirador, intercambiaron números de
teléfonos y se despidieron porque ambos tenían que trabajar
al día siguiente.

Andrés esperó los dos días requeridos después de aquel primer
encuentro para llamar a Maidel e invitarla a cenar ese viernes
a un restaurante frente al mar en South Beach, lo que Maidel

aceptó complacida. Aquella noche se puso un vestido negro y escotado que dejaba poco a la imaginación, con zapatos de tacón alto y suficiente mascara en las pestañas como para entontecer al pobre hombre.

Andrés la fue a recoger a la puerta de su apartamento y después de que Maidel le hizo un recorrido rápido de su propiedad, porque la costumbre del trabajo no se le despegaba de la piel, bajaron el ascensor tomados de las manos y mirándose como si supieran en que iba a terminar aquella noche.

Él le abrió la puerta del auto como todo un caballero y se dirigieron a South Beach entre conversaciones sencillas y agradables. Andrés la miraba a los ojos cada vez que podía para devolverle las miradas coquetas a manera de seguir las normas de urbanidad y portarse a la altura.

Andrés era colombiano y había acabado por esos lados del mundo porque sus padres habían emigrado de Sudamérica muchos años atrás con propuestas de trabajo en Miami, tenía dos hermanas mayores y a sus casi 40 años nunca se había casado ni tenía hijos regados por ahí. Él era gerente de una compañía que daba préstamos a sus clientes para pagar sus deudas y poder endeudarse un poco más. Como soltero profesional y casi cuarentón le dedicaba un par de horas a la semana a sudar el estrés del día a día en un gimnasio cerca de su casa en la avenida Brickell, lo que le daba ese cuerpo muy bien definido que Maidel había notado desde el primer día en el bar inclusive con luces tenues.

Cenaron mariscos y vegetales horneados bañados de unas salsas exquisitas, acompañados con un buen vino blanco que se acabaron entre tertulias. Les ofrecieron postre, pero prefirieron terminar la botella de vino que habían ordenado. A Maidel esa noche estrellada cerca del mar, le recordaba a la primera cena que tuvo con Sam años atrás cerca de una marina en Miami. No pudo evitar comparar la situación y acordarse de su vecino. Pero la noche continuó y Andrés invitó a Maidel a su casa en Brickell para escuchar música juntos y terminar la noche de manera romántica y quien sabe si con vestigios de comenzar algún tipo de relación formal, una de esas que Maidel no había tenido en muchos años.

Ya en la casa de Andrés, Maidel estudiaba cada esquina de la vivienda porque su mente de agente corredora de bienes raíces no la dejaba en paz.

—Tienes una linda propiedad Andrés —le dijo ella mientras dejaba su chaqueta en el sofá caminando despacio y seductoramente con sus tacones negros.

—Gracias Maidel, mi hermana es decoradora y me ayuda a que se vea algo decente, tú sabes yo como hombre soltero paso muy poco aquí, apenas y vengo a dormir.

Él le sirvió un ron con coca cola de dieta con una rebanada fina de limón, como a ella le gustaba y él se sirvió un whiskey mientras se sentaban en el sofá. Habían decidido intercambiar gustos musicales y cada cual ponía una canción que le gustase para darse cuenta de que la afinidad en música era completamente diferente, Maidel le encantaban las baladas románticas en español y Andrés gozaba del rock en inglés, pero entre risas y bailes sugestivos pasaron un par de horas interesantes.

—Bueno Andrés, muchísimas gracias por la velada, pero ya es hora de que me lleves a mi casa.

Vivían relativamente cerca y la noche recién empezaba. Andrés le dijo que el día siguiente era sábado y no tendrían que levantarse temprano. Maidel le indicó que él estaba equivocado, porque los fines de semana es cuando ella más trabajaba y tenía clientes agendados desde el mediodía, así que Andrés la fue a dejar a su apartamento y en la puerta se besaron con todas las ganas propias del momento.

Aquel domingo por la tarde después que Maidel había terminado con sus visitas de trabajo, se encontró con Andrés en el bar de siempre, tomaron un par de tragos, conversaron con Pam y así de rápido se despidieron porque la mente quisquillosa les estaba taladrando la pasión. Fueron a la casa de Andrés y se amaron lentamente por horas indefinidas. Andrés era un amante cálido y detallista, la tocaba con delicadeza como si ella fuera de porcelana y ella lo besaba suavemente por minutos largos y por todas partes.

Había pasado mucho tiempo desde que Maidel se había sentido tan cómoda en la intimidad con un hombre, ese había sido Sergio por lo que podía recordar. Porque del cubano en Nueva York se acordaba poco y sería obviamente porque no dejó huellas en ella, solamente el recuerdo de una noche de no analizar mucho las oportunidades que da la vida y disfrutar el momento sin pensar en el mañana y hacer uso de las libertades adquiridas después de tanto sacrificio.

Pasada la medianoche se vistieron y Andrés fue a dejar a su enamorada a su apartamento con todas las cursilerías típicas de la primera noche juntos. Ambos querían más, si hubiera sido por ellos aquella noche hubiera durado eternidades, pero las responsabilidades y la poca confianza de las relaciones nuevas los despidieron con suspiros.

Las semanas siguientes los nuevos amantes trataron de pasar la mayor parte del tiempo juntos, encerrados en la casa del uno o del otro, donde les agarraba las urgencias de la piel. Comían poco, porque entre las prioridades de la vida de trabajar y hacer el amor, no les quedaba tiempo para mucho. Las necesidades de un hombre y una mujer en plena juventud y con déficit de amor, se las estaban cobrando a la vida con creces y eran felices.

La atracción física entre ellos era electrificante, se desvestían con las miradas cuando estaban rodeados de gente y en la compañía de sábanas blancas no había vergüenzas ni obstáculos para entregarse con todas las de la ley.

Una vez pasados los primeros meses de la calentura carnal, ambos se dieron tiempo para conocerse e involucrarse en las cosas banales de la vida y disfrutaban de paseos en bote y escuchar música en vivo en un par de lugares en el sur de

Miami. No había duda de que Maidel tenía todas las excusas perfectas para sentirse realizada como mujer, tanto en su vida profesional como en su vida privada. Sentía que finalmente lo tenía todo, había logrado sus metas propuestas años atrás cuando se dio cuenta que la idea de volver a su Cuba era un sueño difícil de cumplir y ella se merecía lo mejor. Ahora era feliz.

El matrimonio de Oderay lo celebraron a todo lo alto con bombos y platillos un domingo al mediodía en plena primavera en un hotel de lujo en Miami. Fueron más de 200 los invitados y las elegancias de vestidos largos de tafetán en las mujeres y ternos bien almidonados en los hombres no se hizo esperar. Oderay estaba hermosa y rebosaba felicidad por los poros. Maidel fue su dama de honor y también lucía encantadora con su vestido celeste largo con vuelos de organzas que le daban un aire angelical, sus cabellos largos y lacios le servían de alas en aquella corte tan perfectamente adornada con rosas blancas y cintas doradas.

Ya una vez terminada la ceremonia, la corte de los novios se sentó en una mesa especial en la parte alta frente a todos y junto a la banda que tocaría música para alegrar la noche. Maidel estaba ansiosa por ver a su hermano Alfredo, porque sabía que Oderay lo había invitado y ella tenía tiempo que no lo había visto, aunque se comunicaban relativamente seguido. Sam también estaba invitado, Maidel se sentía algo nerviosa porque tampoco lo había visto en bastante tiempo, ahora ella tenía compañía y no sabía cómo reaccionaría al verlo, estando ella bien acompañada con aquel latino atractivo y que se desvivía por ella.

Maidel sintió que alguien le tocaba el hombro izquierdo y al darse vuelta era su hermano Alfredo con una muchacha que lucía latina y estaban agarrados de las manos.

—Alfredo! Pero que alegría verte —lo abrazó Maidel como si fuera el fin del mundo, dejando todo a un lado y olvidándose por unos minutos de su compañía y de la compañera de su hermano, pero ella no lo soltaba en aquel abrazo que realmente le hacía tanta falta a Maidel, y seguramente a Alfredo también.

Alfredo le respondió el abrazo largo y fuerte mientras sonreía con los cachetes enrojecidos.

—Qué bueno verte Maidel —le dijo Alfredo olvidándose también de las respectivas parejas que esperaban con paciencia y sonrisa forzosa ser presentados.

—Te extraño tanto Alfredo —seguía Maidel besando la cara de su hermano —discúlpame, no te he presentado a mi enamorado, Alfredo este es Andrés, Andrés este es mi hermano Alfredo.

—Mucho gusto Alfredo, Maidel me ha hablado mucho de ti. A las órdenes —le extiende la mano Andrés después de presenciar los amores intensos entre hermanos más incómodos que nunca había visto en su vida.

—Oh y perdonen, ésta es mi enamorada, Evelyn. Evelyn esta es Maidel y su enamorado supongo, Andrés —Alfredo volvió a tomar la mano de su enamorada.

Ambas parejas se quedaron conversando por unos minutos de manera muy política porque los únicos que no se sentían extraños eran ese par de hermanos del destino que no se habían visto en algún tiempo y parecían extrañarse más de la cuenta.

Eventualmente Alfredo y Evelyn regresaron a su mesa mientras no dejaban de enviarse sonrisas con Maidel a través del gentío.

Andrés notó que Maidel estaba inquieta y que no era por su hermano Alfredo, era como si esperaba a alguien más para presentarlo después de otra escena de excesivos abrazos.

—¿Estás bien Maidel? —le pregunta Andrés a su novia mientras bebía su trago para pasarse las sorpresas de la noche.

—Si mi amor, la emoción de ver a mi hermano, tú sabes. Lo quiero tanto, él es mi eslabón con mi pasado en Cuba, me causa mucha alegría verlo y los recuerdos. ¿Tú sabes cómo es eso? —.

La verdad es que Andrés no sabía mucho del asunto, porque al igual que Oderay sus padres lo habían traído a esas tierras muy pequeño, y para él Estados Unidos era el único país que consideraba su país. Pero no venía al caso interrumpir a Maidel. La banda comenzó a tocar un bolero romántico de esos antiguos que a Maidel tanto le gustaban y Andrés siempre tan complaciente con su hermosa mujer la sacó a bailar. En medio de la pista se encontraron con los novios que irradiaban felicidad y disfrutaron un baile bien pegadito, donde los caballeros sostienen muy suave a sus damas, oliéndoles el cabello al mismo tiempo que les entallan sus caderas de manera sensual, enlace perfecto para el momento. Terminada la canción ambas parejas se dirigían a su mesa, cuando Sam se acerca para felicitar a los novios y de una vez saludar a su amiga Maidel que no había visto en algunos meses y que estaba muy bien acompañada.

Maidel se puso nerviosa y sintió que la cara se le encendía con cada segundo que pasaba lento mientras el corazón parecía salírsele del pecho. Sam estaba acompañado de una mujer que lucía fina y un poco más de la edad de Sam, lo que llamó la atención a Maidel, porque todas sus amistades femeninas normalmente eran mucho más jóvenes que él. Después de la felicitación a los novios, Sam miró a Maidel y a su pareja y con cara de asombro saludó a su amiga con emoción. Oderay le levantaba las cejas a Maidel porque se imaginaba que esa escena de novela barata iba a terminar en algo bueno, pero por más curiosidad del momento, otros invitados ocuparon su tiempo y dejaron a Sam y Maidel con sus respectivas parejas solos en medio del salón de baile.

Unos segundos de silencio fastidioso pasaron hasta que Andrés interrumpió la escena de manera tan educada como era su costumbre —Buenas noches, soy Andrés el enamorado de Maidel, me imagino ustedes se conocen de hace mucho y hace tiempo que no se ven —sonreía Andrés acostumbrándose a las caras de sorpresa de aquella velada.

—Dios! Discúlpame amor, si éste es Sam un buen amigo de la distribuidora de carros donde yo trabajaba antes.

—Y era su vecino también en Miami Lakes —añade Sam mientras extiende la mano al caballero y se acerca a besar en la mejilla a Maidel.

Las dos parejas se presentaron finalmente y regresaron a sus mesas respectivas. A Maidel le sudaban las manos y no atinó a otra cosa más razonable para amainar los nervios que bajarse una copa de vino que le habían servido anteriormente.

—Amor estás bien? —preguntó el enamorado con la sospecha que la presencia de aquellos dos hombres había hecho sentir incómoda a Maidel y tendría que eventualmente saber por qué.

Maidel logró calmar los nervios con el vino fino que ofrecieron en la fiesta de su amiga Oderay y pudo disfrutar el resto de la fiesta sin preocuparse tanto en los dos hombres que le habían puesto el corazón a mil.

Ya de regreso en su apartamento, luego de despedirse de Andrés, se despojó de sus ropas finas y se asomó al balcón a tomar algo de aire y descansar la mente. No entendía por qué se había puesto tan nerviosa al ver a Sam y de que la encuentre muy bien acompañada. Él también se había aparecido al matrimonio de Oderay con una mujer nueva y la situación no parecía haberle afectado en absoluto.

No entendía por qué había reaccionado con tanto nerviosismo al ver a su vecino, ellos nunca fueron nada más que buenos amigos, básicamente porque Sam era un mujeriego y no tenía intenciones de cambiar su estilo de vida. Se habían besado como amantes consumidos muchas veces, pero no había reglas estipuladas ni compromisos de por medio. Su reacción no tenía fundamento alguno, pero le preocupaba porque le seguía bailando en la cabeza, además de que eventualmente tendría que dar explicación a Andrés de su relación con su amigo Sam, al que ella nunca había mencionado por algún motivo que aquella noche estrellada desconocía. Y probablemente sea una buena coyuntura el momento para sincerarse con un sin número de tragedias que seguían a Maidel como sombra gemela en su vida.

Alfredo

El barrio Peñas fue el único lugar que Alfredo conoció como hogar, porque sus padres heredaron ese diminuto galpón herméticamente cuadrado, rodeado de una propiedad no muy grande pero lo suficiente para poder criar unas cuantas gallinas en la parte trasera y vender los huevos cada vez que estas se emocionaban en las noches de luna llena.

Su padre Eugenio fue siempre un sembrador agrícola, así lo conoció Gloria y así se enamoró de él en uno de esos amores raros que duran toda la vida. Atender a Eugenio era lo único que Gloria sabía hacer y a lo único que se dedicó hasta que un dengue fulminante interrumpió sus planes.

Alfredo como primer hijo de la pareja pudo gozar de la felicidad que sus padres compartían en plena juventud. Vivían en una época de apogeo en Cuba aunque los primeros años de su vida Alfredo los pasó en medio de construcción y polvareda, porque sus padres decidieron vivir para siempre en aquel galpón y comenzaron a convertirlo en el hogar donde vivirían por muchas generaciones. Alfredo era un muchacho feliz. Con el tiempo llegaron los hermanos que sus padres decidieron tener una vez establecidos en su hogar, una casa fuerte y cómoda para una familia humilde y pequeña, en épocas cuando los ingresos de Eugenio eran suficiente para mantener los estómagos de todos llenos y agradecerle al Señor por el resto de pequeños lujos que se podían dar porque la vida era generosa y Cuba un país libre.

Pero sin darse cuenta las cosas cambiaron en la isla de la noche a la mañana y la paz comenzó a escasear, así como los sueños de los cubanos se oscurecían ante la inestable y violenta vida política que trajo la bendita revolución. La misma que le iba quitando a los cubanos poco a poco sus derechos, su tranquilidad y sus sueños, de una manera cobarde y rápida.

Alfredo vivió en pleno la revolución cubana y creció con ella, llenándole el corazón de tristezas al ver como se hundía su pueblo, a la vez que se llenaba de coraje y ganas de poder hacer algo al respecto en lugar de quedarse cruzado de brazos esperando lo peor. Y como si fuera poco con la preocupación con que se cubría el alma por su país y sus padres y hermanos, el destino y el buen corazón de su madre le añadió tres hermanas sin él pedirlo, que con el tiempo llegó a tenerles cariño y con el alma de héroe que tenía eran tres razones más para salvar a su pueblo de la indolencia de esos tiempos.

Tenía en la escuela un par de amigos con sus ideas primitivas de también hacer algo para parar los abusos que se iban cometiendo en sus propias narices, así fue como Alfredo comenzó a planear proyectos perfectamente justificados para hacer hasta lo imposible para devolverles a los suyos lo que les correspondía, una Cuba como la de antes.

Involucrarse con los revoltosos era la mejor manera de saber más a fondo de sus movimientos y jugadas, así es como Alfredo termina dejando a su familia en La Habana y entra a estudiar para ser profesor en una universidad en Camagüey. Aquella mañana cuando se despidió de sus padres y hermanos sentía que se le rompía el corazón, porque a pesar de su físico fuerte y su escudo de hombre decidido y super macho, Alfredo tenía alma de bonachón y el asunto de la familia le provocaba sentimientos intensos. Pero estaba decidido a realizar cambios radicales en su país y la única manera era haciendo lo que había que hacer y aunque tomaría algo de tiempo, tenía con sus compinches los planes perfectos para liberar a su pueblo de la tiranía castrista.

Y efectivamente las cosas no fueron rápidas ni mucho menos fáciles, porque los revolucionarios trabajaban fuertes y eran berracos y tenían su manera original de comprar al que se dejaba comprar y deshacerse de los que no.

Entre estudios y planes fantasiosos a Alfredo le llegó el día de graduarse como profesor y comenzar a trabajar en una escuela en Camagüey, donde se dio cuenta después de algún tiempo que era necesario estar más cerca del gobierno para ejecutar sus planes de mejor manera y sin equivocación. Hizo amistades con los comunistas mientras estudiaba y cuando trabajaba de profesor porque se hacía pasar por fanático del gobierno, con eso pudo eventualmente ayudar a familiares y amigos por lo menos a conseguir algún trabajo decente, aunque les paguen miserias.

En una de aquellas visitas a su casa en el barrio Peñas, ya cuando la vida lo había hecho un hombre, Alfredo se llevó la sorpresa de su vida. Encontró a sus padres envejecidos con canas, flacos, llenos de ojeras y poco pelo. A sus hermanos, fuertes y musculosos, aunque siempre andaban sucios y comían con poca educación delante de quien sea, sin vergüenza alguna. Sintió algo de pena por ellos porque, aunque estaban jóvenes y lucían con buena salud, sabía que terminarían sus vidas trabajando aquellas tierras donde ahora más que ser empleados, eran más bien esclavos del gobierno.

Igual asombro se llevó cuando vio que sus hermanas, Maria y Ana se habían vuelto unas jovencitas coquetonas y con enamorados, sumamente joviales y llenas de vida, muy extrovertidas y amorosas, sobre todo con él, que se imaginaba era por verlo poco que lo extrañaban tanto. Casi no pudo reconocer a Maidel, la menor de todas. La última vez que la había visto era una mocosa distraída y callada, que le gustaba leer a oscuras y compartía un petate en la sala de su casa con sus otras hermanas. Maidel se había convertido en una muchacha hermosa e interesante, tenía una elegancia muy original que le daba aires de exquisita y tenía una mirada de mujer que le provocaba a Alfredo cosas en el estómago que no sabía explicar, sacudía su cabeza un par de veces como para ahuyentar malos pensamientos ya que, aunque no sean de sangre, él las consideraba a todas como sus hermanas.

Cuando Alfredo regresó a vivir a La Habana para solidificar sus asuntos políticos por debajo de la mesa, se acercó nuevamente a su familia. Hacía visitas más seguidas a sus hermanos y por alguna razón sin sentido estaba feliz porque podría ver más seguido a Maidel, de quien no había podido olvidar aquellos cabellos negros y lacios y sus abrazos efusivos cada vez que ésta lo veía. Pero esta vez Maidel se había convertido en toda una mujer, independiente y trabajadora y amante de un general del gobierno. Uno de los duros de la revolución, con fama de mujeriego y matón de primera. Alfredo perdía las esperanzas tontas con su media hermana, pero los sueños con ella no lo abandonaban, era algo que no podía controlar. En el fondo le dolía que su hermana, por la que sentía más de la cuenta, estaba revolcándose con uno de sus peores enemigos, con un militar sin buenos modales ni conciencia. Y como si fuera poco, el infeliz general la llenaba de regalos a Maidel y a su familia, regalos que él no estaba en facultad de darles y eso se lo carcomía vivo.

Después del fallecimiento de su padre, a Alfredo no le quedó más que hacerse el tonto e ir a visitar a su madre a aquel apartamento que el general le había regalado a su hermana y donde vivían con algo más de decencia que el resto de los suyos. Alfredo no entendía como era posible que Maidel nunca se encontraba sola, siempre estaba con algún hombre que le daba lo que él se hubiera desvivido por darle, pero no podía porque siempre llegaba tarde. Ellos seguían teniendo una buena relación, porque Maidel confiaba en su hermano Alfredo más que en su sombra. No había hombre en que Maidel confiara tanto como en él, Alfredo no se daba cuenta de la ventaja que le llevaba a los amores de Maidel.

En su espera ridícula por Maidel, Alfredo decidió tratar de olvidar los cabellos lacios y el cuerpo lleno de curvas de su hermana y darle un chance al amor más real, aquel que puede ser correspondido. Alfredo estaba seguro de que al involucrarse románticamente con Lucia todos aquellos pensamientos sin fundamento por Maidel se irían así de rápido como llegaron.

Pero en medio de los contratiempos de la vida, Maidel le anuncia a su familia que había conocido a un doctor en su trabajo y que se casarían pronto. La noticia le cayó a Alfredo como un balde de agua helada, sobre todo porque él pensaba que el asunto de Maidel lo había finalmente dejado en paz. Pero otra vez sintió celos inexplicables al enterarse que Maidel contraería matrimonio con un médico de La Habana, pensó que si le hubiera dicho antes a Maidel sobre sus sentimientos probablemente sea él quien le haya propuesto casarse a Maidel y este viacrucis que llevaba viviendo por algunos años se hubiera acabado. Por lo menos le alegraba saber que Maidel ya no estaba con el general.

Las noticias malas siempre son las primeras en saberse, desgraciadamente. Y el asesinato del general que había tenido amoríos con Maidel se supo a los siete vientos, obligando a Alfredo a actuar rápido porque pensó que la vida de Maidel correría peligro en la isla y lo más acertado era sacarla del país para evitar otra tragedia.

Alfredo extrañaba tanto a Maidel, ella estaba comenzando su vida en otro país lejos de todos y sola. Las oportunidades se les escapaban de las manos, sin Lucia ni el doctor Rivas de por medio este hubiera sido el momento preciso para confesarle a su media hermana de su amor y seguramente vivirían felices por el resto de sus días. Pero el destino le apagaba los sueños de amor a Alfredo sin piedad alguna.

Desde esos tiempos Alfredo no tenía otra cosa más en su cabeza que liberar a su pueblo de la opresión comunista para poder traer a Maidel de vuelta a la isla y hacerla feliz. Pero como era de esperarse otra vez los planes se le aguaron, y esta vez era él y su grupo de colegas idealistas los que corrían peligro. Los comunistas habían encontrado el lugar de reuniones de los amigos de Alfredo y los estaban buscando para acabar de una vez por todas con sus intenciones. Alfredo y 5 compañeros lograron huir en una pequeña barca que tenían equipada en caso de emergencias, a los otros los ejecutaron al día siguiente.

El viaje en medio del atlántico fue largo y pesado, pero las aguas se compadecieron de esos hombres que venían con las esperanzas deshechas y el espíritu por los pisos que no tuvieron problemas mayores. Una vez en tierra norteamericana recibieron la ayuda necesaria para que eventualmente se pongan en pie y sigan con sus vidas como si nada hubiera pasado.

Alfredo supo de Maidel inmediatamente por parte del padre Solá y sintió emoción de saber que se encontraba bien y saliendo adelante como había pensado él que no podía ser de otra manera tratándose de ella. Pero Alfredo no quería aparecérsele con una mano adelante y otra atrás, posiblemente hasta molestarla con su presencia. Así que se dedicó a sacar sus papeles, conseguir un trabajo y ponerse en pie en la ciudad de Miami, como otros miles de exiliados cubanos.

Cuando el creyó que era el momento indicado para visitar a la ahora soltera Maidel, lo hizo sin tapujos, pero se encontró que Maidel otra vez tenía compañía, que iluso él de pensar que una mujer tan bella e inteligente como su hermana, iba a permanecer soltera por mucho tiempo por esos lugares del mundo donde las libertades colaboran para las relaciones amorosas.

Por lo menos volvió a ver a su hermana, él se regocijaba de saber de ella y ponerse al día con sus cosas, sin molestarla más Alfredo se despidió de ella porque obviamente el destino se estaba burlando de él sin piedad, o probablemente quería decirles a gritos que Maidel no era para él y que se comience de una vez por todas a olvidar del asunto.

Alfredo siguió su vida, encontró trabajo en la ciudad de Orlando arreglando acondicionadores de aire con un conocido que lo habían referido en la iglesia del Sagrado Corazón y le abrió la puerta otra vez al amor con una cubana que trabajaba en la misma compañía y tenía un parecido con Maidel impresionante. Evelyn y Alfredo se mudaron a vivir juntos para compartir gastos y los asuntos de cama también. Se llevaban bien, tenían muchas cosas en común y por un tiempo Alfredo se olvidó de su Maidel.

Para las fechas importantes Alfredo y Maidel se enviaban cartas con palabras bonitas y se llamaban los días de sus cumpleaños, después de tanto sube y baja parecían un par de hermanos como cualquier otro separado por la distancia, pero no por los recuerdos.

Eso hasta que llegó el día del matrimonio de Oderay, donde Alfredo sabía que vería a Maidel nuevamente y se le comenzaron a subir los ánimos. Pero él estaba con Evelyn y probablemente su hermana siga con el gringo alto con que la había encontrado tiempo atrás en medio de besuqueos indecentes.

Aquella tarde del matrimonio de Oderay, Alfredo llegó con Evelyn y se acercó para saludar a Maidel, la había visto de lejos y el vecino canoso y alto de la última vez no estaba cerca de ella, por lo que asumió erróneamente que por fin iba a encontrarla soltera y sin un hombre junto a ella. Pero ahí estaba Maidel muy bien acompañada de otro hombre que lucía latino y más joven que el gringo y no le despegaba las manos de la cintura perfecta de Maidel. Alfredo y su hermana se abrazaron y besaron con toda la emoción propia de la ocasión y como siempre solían hacer cada vez que se veían después de largos periodos de tiempo, porque sea como sea ese par de seres humanos se extrañaban de una manera especial.

El brillo en los ojos de ambos iluminaba todo el salón y no podían dejar de hablar sin despegarse las miradas de encima, que inclusive se olvidaron de presentar a sus nuevas parejas respectivamente.

Alfredo sentía que otra vez llegaba tarde donde Maidel, ya ni le parecía tan raro. Estaba comenzando a aceptar que ella nunca iba a ser para él más que su hermana porque solo con esos ojos ella lo podía ver. Y Alfredo se iba acostumbrando a recibir nada más que los abrazos y besos tan familiares de Maidel.

Verdades y propuestas

Andrés y Maidel celebraron su primer aniversario de relaciones en Méjico, se escaparon por una semana corta a las hermosas playas de Cancún. Maidel aparte de su Cuba querida y las playas de la Florida, no había conocido otras y pensaba que con las visitadas no tenía para más, pero al pasar unos días con su pareja por esos lados del Golfo de Méjico, se dio cuenta que había tantas maravillas todavía por explorar.

Andrés había hecho reservaciones en un hotel todo incluido de primera para pasar unos días románticos con Maidel, a quien con el tiempo aprendía a querer cada día un poco más. Maidel estaba fascinada con todo, visitaron las pirámides de Chichen Itzá, las ruinas de Tulum, un par de cenotes e inclusive hicieron un viaje corto en velero por las transparentes aguas del golfo. Por las noches cenaban en el fino restaurante del hotel y celebraban su amor con una botella de vino que les alegraba el alma, como si no tuvieran ya suficiente.

Una de aquellas noches entre tertulias de hamaca a hamaca a Maidel le entró nostalgia por su patria abandonada. Estaba tan cerca de su Cuba, pero tan lejos a la vez. Extrañó a su familia de toda la vida y a los nuevos integrantes que se iban añadiendo artísticamente, pero a los que ella no conocía más que por fotos, las mismas que con el pasar el tiempo iban perdiendo su brillo. Andrés siempre caballero y atento con Maidel, la llenaba de atenciones y caricias para amainar las añoranzas del pasado. Fue sin duda una excelente manera de celebrar al amor que les había tocado la puerta en un bar de Miami y por intervención de una mesera alcahueta. Cosa a la que Maidel ya estaba acostumbrada, los bares le traían buena suerte en el amor.

En el vuelo de regreso ya instalados en sus cómodos asientos de primera clase, la azafata les trae unas copas de champagne para cada uno y Maidel se sorprende.

—La verdad es que se esmeran de lo mejor en la primera clase por atender bien a los pasajeros, pero a mí no me gusta la champaña mi amor —Maidel le entrega la copa a Andrés.

—Disculpa mi amor, que deseas tomar entonces?

—La verdad nada por ahora Andrés, estoy bien así.

Lo que Maidel no sabía era que la champaña había sido una delicadeza del capitán porque Andrés iba a proponerle matrimonio en ese vuelo de regreso, pero parecía que los planes iban tomando otra dirección, aunque después de todo celebrar con vino o coca cola, daba igual si es que Maidel le daba el "sí" a su propuesta matrimonial. Andrés esperó unos minutos para tomar fuerzas y que no se le note tanto el nerviosismo para lanzar la pregunta a Maidel —Maidel, mi amor yo quería que celebremos también porque me gustaría que estés conmigo para siempre. ¿Qué dices? —le dice él con aquella pregunta un poco capciosa y sin concepto completamente definido para Maidel.

Maidel lo besó con ternura en los labios, sin darse cuenta del ofrecimiento hecho y regresó a reposar su cabeza en el cómodo respaldar y cerrar los ojos para seguir descansando en el vuelo. Andrés tuvo que interrumpirla para continuar con la explicación del caso.

—Maidel te estoy proponiendo matrimonio, ¿quisieras casarte conmigo? ¿Y estar juntos para toda la vida? —Andrés le abría los ojos como para que entienda la indirecta bien directa que le estaba enviando y no se haga la tonta. Maidel abrió los ojos exageradamente porque nunca se imaginó que después de un año de amores con el colombiano bien parecido y pro-fesional que le hacía el amor todavía con pasión de hombre enamorado tenía tan serias intensiones con ella y a primera instancia no encontró palabras ni respuesta de ningún tipo.

La azafata pasaba por tercera vez para confirmar que la novia había contestado que "sí" y poder anunciarlo por par-lante en el avión y que todos los pasajeros les den los mejores deseos en su futura unión, pero Maidel seguía sin pestañear.

—¿Amor estás bien? Es una simple pregunta y la respuesta debería ser simple también. ¿Te quieres casar conmigo? —Andrés subía su ceja derecha, a este punto en señal de necesitar una respuesta rápida y de preferencia positiva.

—Andrés, no sé qué decir. Te amo mi amor —Maidel lo besó y sonrió

—¿Eso quiere decir que sí?

Técnicamente Maidel nunca respondió a la pregunta directa que su novio le hizo, pero la azafata asumió al igual que Andrés que la sonrisa de Maidel era un "sí" nervioso y tímido por el hecho de estar a 30 mil pies de altura y la presión en el cerebro atontaba un poco los pensamientos.

Al aterrizar en el aeropuerto de Miami un centenar de desconocidos le deseaban muchas felicidades en su unión matrimonial. Maidel habló poco durante el trayecto a su apartamento. Una vez en el lobby ella le indicó a su prometido que estaba cansada y que prefería quedarse en su apartamento y ponerse al día con sus cosas y que se verían al día siguiente.

Andrés la besó en la frente dejándola dentro de su apartamento con maletas y una mirada algo perdida, que él ingenuamente pensaba era por la altura y el cansancio de las vacaciones.

Maidel cerró la puerta de su apartamento y cayó postrada en el sofá de su sala sin poder creer que sin darse ni siquiera cuenta aparentemente estaba comprometida con Andrés. Maidel ya se había casado una vez y las cosas no resultaron a pesar de que Sergio era un hombre perfecto para ella y tenía todas las de ganar con aquella unión. Pero Maidel conocía las trampas del destino demasiado bien y esto no le sonaba como la mejor de las opciones en ese momento. Ella estaba escalando rápidamente en su carrera y era una mujer independiente, realmente no necesitaba de nadie para nada. Sola llegó a ese país y sola había aprendido a salir adelante. Ella amaba a Andrés, de eso no tenía duda. Él era un hombre bueno y que la amaba de igual manera, profesional, atractivo, sin pasados tormentosos. ¿Por qué alguien no querría casarse con él? Maidel no encontraba la respuesta.

Quizás las pesadillas de la muerte de sus padres y la violación de Alexis aun no la dejaban en paz, aquellas visiones en aquel bote en medio de un atlántico inclemente y violento donde saldó cuentas con la vida, todavía la perseguían sin ella darse cuenta. O quizá aún peor, es que tal vez ella no sabía amar. Había tenido algunos hombres en su vida y todos, aunque a su manera, la amaron de verdad y desinteresadamente. Maidel sentía que, así como se encaprichaba y enamoraba locamente de alguien, así mismo las chispas del amor no eran suficientes para aceptar un noviazgo con el doctor sin haber formalmente terminado con el general. Más aún terminar un matrimonio porque las 90 millas se interponían en sus metas. Y ahora la vida se le hacía un ocho, sin saber porque no aceptaba casarse con su novio, quien la amaba y la trataba como una reina.

Las semanas siguientes Maidel llenó de clientes su agenda y el trabajo en la oficina se le hacía eterno, era la excusa perfecta para pasar más tiempo fuera de los compromisos amorosos que aún estaban flotando en un limbo sarcástico. Normalmente la pareja pasaba entre semana en sus apartamentos y durante los fines de semana se quedaban en el apartamento de Andrés. Ya habían pasado tres semanas y con el asunto del trabajo excesivo de Maidel, Andrés decidió ir directo al grano y salir de dudas de cuál era el motivo de su alejamiento, justamente después de formalmente estar comprometidos en matrimonio.

—¿Maidel estás evitándome? —pregunta Andrés para no entrar con muchos rodeos.

—Ya te dije Andrés que tengo un montón de trabajo, discúlpame.

—¿Es por lo del compromiso?

—Andrés, ¿qué compromiso?, yo nunca dije que sí a tu pregunta y tú y 200 pasajeros asumieron lo que les dio la gana —Maidel seguía hablando en voz demasiado alta y agitando los brazos por todos lados mientras el rostro se le enrojecía y comenzaba a sudar.

Esa noche conversaron como dos personas adultas que eran y decidieron que seguirían como enamorados y que la propuesta de casarse estaba aceptada pero que no habría planes cercanos para llevarla a cabo. Maidel estaba en el tope de su carrera y tenía muchas cosas en su mesa como para atarearse con más, pero Andrés no se comió el cuento. Era tiempo de hablar. Maidel lo citó en su apartamento aquella tarde y la botella de vino rojo ya estaba abierta y servida cuando Andrés llegó un poco preocupado. La verdad irrefutable de que ellos se amaban estaba de más, ambos sabían lo que sentían el uno por el otro y querían estar juntos. Pero el asunto de "que hasta la muerte los separe" a Maidel le causaba náuseas y se lo comentó a Andrés.

Aquella noche Maidel decidió contarle el resto de su vida que por cosas de conveniencia nunca le había comentado a Andrés a pesar del año de relaciones. Maidel no pensó que fuese necesario rebuscar en el pasado, si es que el pasado no traía nada bueno y por eso prefirió callarse sin realmente ninguna malicia de por medio. Algunas cosas le parecían muy íntimas de ella y otras irrelevantes para la relación de ambos. Pero si habían tocado el tema del matrimonio y tenían la idea de, en algún futuro no cercano, posiblemente unir sus vidas legalmente, había que compartir secretos y experiencias guardadas en el baúl de los recuerdos.

Pasaron la noche en vela, porque Maidel tenía cosas que contarle a Andrés. Andrés se lo había dicho todo a ella y tenía todo el tiempo del mundo para escuchar las historias de su novia. Andrés sabía de la muerte de sus padres y de cómo Gloria se la llevó a vivir al barrio Peñas, pero era momento de contarle al prometido que sus padres fueron asesinados por estar organizando movidas en contra de los revolucionarios en la época en que Cuba comenzaba a desmoronarse. Luego le tocó sincerarse con la historia trillada de que fue violada por su primer enamorado detrás de las graderías de la escuela pública en La Habana cuando ella era apenas una adolescente, fue el segundo machetazo a los oídos de Andrés. Los prospectos de relación amorosa que tuvo con el Ñato, prefirió pasarlos por alto, ya que resultaban de poca importancia si se comparaban con los amores siguientes.

Maidel le había contado a su enamorado sobre Sergio y como se conocieron en el hospital donde trabajaba y como terminaron casándose, pero Maidel había omitido la historia de sus amoríos ilícitos con un general, mano derecha de los comunistas. Mismo general que le regaló propiedades y unos años de decencia en aquellos tiempos donde su pueblo se moría de hambre. Esa noche Maidel le confesó a Andrés que ella amó al general y que como siempre el destino le da bofetadas sin escrúpulos ni compasión, tiempo después se enteró que los militares, incluyendo personal cercano del general, habían sido los involucrados con la muerte tan violenta de sus padres. Maidel le habló a Andrés sobre todos los sentimientos encontrados y las penas machacadas por las verdades y como éstas le fueron endureciendo la piel. Le contó de la muerte repentina del general y de que esa fue la verdadera razón del porqué ella tuvo que salir del Mariel en 1980 sola y arriesgándolo todo. Otra parte que había omitido y ahora le tocaba aclarar fue la historia de barcos volteados y ahogados en plena tempestad a pocas millas de las costas cubanas, su encuentro con Alexis en aquel bote, encuentro que le revolvió el estómago y que le nubló la razón porque en un momento de odio le negó una mano a su agresor dejando que las profundidades del mar le cobren los pecados.

Desde el punto de vista de Maidel esas habían sido las peores cosas que le había ocultado a Andrés, por vagancia más que conveniencia. Cuando ella pensaba que había terminado y, ya cansada porque eran casi las 2 de la mañana, Andrés aún quería saber más, como cuál era el rollo con su vecino, el americano Sam. A lo que Maidel se sorprendió porque pensó que no había nada que contar sobre Sam. Era su vecino y amigo y cuento acabado.

Andrés tuvo el presentimiento de que Sam algo había tenido con Maidel, desde que se lo presentaron en la boda de Oderay, algo que iba mucho más que una amistad. Maidel le contó lo que Andrés quería oír, ellos eran un par de amigos que se gustaban mucho y se besaban de vez en cuando como para no perder la costumbre.

Después de la cantidad de experiencias con violaciones, muertos y comunistas, aparentemente no le habían llamado tanto la atención a Andrés, tanto como el asunto de Sam, aquel vecino que besaba a su novia por puro placer. A las 3 de la mañana Andrés agarró su chaqueta de cuero y sin despedirse dejó a Maidel sentada en el mismo lugar que horas antes la saludó con besos románticos.

Maidel muerta del cansancio de hablar por horas ininterrumpidas sobre sus penas e infortunios de la vida, se quedó dormida con el uniforme y el maquillaje arruinado por la velada, hasta el mediodía del día siguiente.

La pareja siguió sus relaciones normales por aproximadamente 6 meses después de la noche de confesiones atrevidas en el apartamento de Maidel. Ambos ocupados con cantidad exagerada de trabajo ni se daban cuenta que el tiempo se les pasaba en las rutinas que en algún momento infraganti sorprende a las parejas después de cierto tiempo de relaciones.

Andrés invitó a su novia a cenar al restaurante de costumbre, él había llegado a la conclusión que casi a los 2 años de relaciones, y donde ya todas las verdades se habían escupido en las caras de ambos, era momento de volver hacer la pregunta que quedó perdida en el limbo en aquel avión regresando de Cancún. Pero esta vez de una manera más formal y romántica, a ver si la novia finalmente deja de dar excusas tontas y le da el sí tan deseado para Andrés, porque ya pasados sus 40 se sentía en la necesidad casi biológica de formar una familia, casarse con la mujer perfecta, que por alguna ilógica razón pensaba que era Maidel y tener un par de hijos que les alegren el resto de sus vidas.

El mesero les entregó la carta del menú, el mismo que ya

se sabían de memoria y les dejó saber cuáles eran los especiales del día, mientras les servía sus respectivos vinos. Andrés siempre gustaba de experimentar con nuevos platos, Maidel en cambio era predecible y ordenaba salmón con vegetales, bañados con una salsa exquisita, de vez en cuando omitía el puré de papas porque trataba de evitar muchos carbohidratos y mantener la esbeltez con que la naturaleza la había premiado. Ya casi al terminar la cena, que había estado espectacular, Andrés mete la mano en el bolsillo derecho de su pantalón para sacar la cajita perfectamente envuelta que le daría a su enamorada y sin muchos nervios lanzó la pregunta sin tapujos ni espera.

—Maidel, mi amor. ¿Aceptas casarte conmigo? —Andrés le dijo sin despegarle la mirada de encima y entregándole el anillo. Maidel se sorprendió porque después de la propuesta a medias meses atrás, ella pensaba que las cosas habían quedado claras. Que sí se casaría con él, pero sin fechas específicas, pero de seguro nada cercanas.

Maidel sonrió y tomó la cajita finamente decorada para la ocasión. La abrió con cuidado y el diamante de tamaño y brillo intermitente le nubló por segundos la vista —Andrés es hermoso mi amor, gracias.

Pero "gracias" no era la respuesta que Andrés estaba esperando, la pregunta había sido clara y directa, las únicas opciones eran de contestar si o no. Él no le estaba dando un obsequio por ser una excelente vendedora de casas o amante apasionada. Él quería una respuesta positiva de preferencia y

en ese momento, no había cabida a esperar, ni planes ambig-
uos a futuro. Él quería un sí para inmediatamente escoger
la fecha cercana para unir sus vidas en sagrado matrimonio.

—¿Y entonces Maidel, nos casamos? —interrumpió Andrés
el par de segundos silenciosos.

—Andrés yo te amo, y tú lo sabes. Pero el matrimonio no
está en mis planes, por lo menos no ahora.

—¿Entonces para cuándo Maidel? —Andrés comenzaba a
perder la paciencia.

—No sé Andrés, ¿cuál es el apuro? ¿Y cuál es la necesidad
de firmar un papel? Tú y yo nos amamos. ¿No es eso suficiente? Si quieres podemos mudarnos juntos mi amor, pero la
verdad y lo siento mucho pero no veo la necesidad de hacer
nuestra unión legal.

—Maidel, yo quiero que formemos una familia, tener hijos.
¿Tú no piensas en eso?

Aunque Maidel no pensaba mucho en el matrimonio, sí
había pensado en hijos y formar una familia. Iba por la mitad
de sus 30 y esas preguntas algunas veces la asaltaban cuando
tenía la mente ociosa, que no era muy seguido. Pero en el
fondo le aterraba la idea de la responsabilidad de traer al
mundo un ser humano. Ella era prueba irrefutable que por
más que se de amor y educación a los hijos, el destino tenía
sus propios planes con la gente y no se podía jugar limpio.
A pesar del amor de sus padres y del cuidado esmerado de
Gloria, Maidel tenía heridas grabadas en el alma que nunca

se borrarían por más amor y éxitos que acumule en su vida. Es como es y se le erizaba la piel de pensar que sus hijos podrían correr la suerte que ella corrió o quizá hasta peores, y no quería correrse el riesgo.

Aquella noche cuando el mesero les entregaba la cuenta, Maidel con lágrimas en los ojos le dijo a Andrés que ella no creía en el matrimonio y que no planeaba traer hijos al mundo para que sufran como ella había sufrido.

En el auto de Andrés mientras regresaban después de otra propuesta interrumpida, él trataba de hacer entender a Maidel que ellos serían unos padres excelentes y que, porque ella pasó por situaciones difíciles en la vida, no quería decir que a sus hijos les iba a pasar lo mismo. Andrés creció sin traumas ni fantasmas de asesinatos injustos ni mucho menos pobrezas, por eso quizá las teorías de paternidad le resultaban más livianas. Comentario que fue suficiente para Maidel para indicarle a Andrés que la lleve a su apartamento, que no iba a casarse con él y que tampoco iba a darle hijos, y que si él estaba de acuerdo con esa decisión podrían seguir amándose como hasta entonces, de lo contrario no habría razón de seguir invirtiendo en esa relación.

Esa noche Maidel y Andrés terminaron sus amores porque el futuro no les secundaba sus diferencias y era mejor terminar por lo bueno antes de cometer errores que les cuesten más lágrimas y malos ratos.

Maidel entró a su apartamento y ni siquiera encendió las luces, en silenciosa oscuridad se sentó en su cama decorada con sábanas de marcas y decenas de almohadas sumamente cómodas y suaves. Era la mejor etapa de Maidel en los negocios, había alcanzado éxitos y se había hecho un nombre en el campo de los bienes raíces en el sur de la Florida. Lo tenía todo, un apartamento envidiable, un auto del año con todas las comodidades del caso, su casa decorada con cosas finas. Se daba el lujo de ir al gimnasio tres veces por semana y comer en restaurantes elegantes. Todo lo que en su Cuba le hubiera parecido una fantasía, ella lo tenía y estaba orgullosa de sí misma.

¿Pero por qué le era tan difícil hacer las paces con el amor? Pareciera que la suerte le era negada en ese aspecto de su vida. O quizá como había escuchado tantas veces por ahí "no se puede tener todo en la vida", lo que le parecía tan injusto porque viniendo de donde ella venía, las carencias eran resultado de un gobierno opresor y no de la falta de voluntad de las personas. ¿Por qué había que escoger entre lo uno y lo otro?

Ella estaba en el país de las oportunidades donde todos los sueños se hacen posibles, en ese preciso momento se dio cuenta de la realidad. Las libertades están sujetas al bendito destino, sin importar en que país se viva. Ella había sido condecorada con éxitos profesionales y estabilidad financiera, el amor ya no tenía cabida, hubiera sido demasiado.

Esa noche se quedó dormida entre llantos y pensamientos

tristes envueltos con edredones de algodón y una luna llena de fondo que se aparecía tímida por su ventana para hacerle compañía.

La mañana siguiente se preparó un café cubano bien caliente y llamó a Sam, necesitaba desahogarse con su amigo, porque era el único que sabía todas sus verdades y no la juzgaba, la escuchaba sin apuntarla con el dedo y sin exigirle preguntas a las que ella no quería responder.

Sam le contestó el teléfono de inmediato y después de preguntarle si algo pasaba, al escuchar la voz quebrantada de su amiga, tomó un par de cosas y se embarcó en su auto para ir a darle apoyo emocional a su amiga, que parecía estarlo necesitando.

Sam se había mudado a Jacksonville meses atrás por cuestiones de trabajo, así que le esperaba un día largo de manejo por lo que le dijo a Maidel que estaría ahí al final de día.

Ya al final de la tarde, Maidel recibe a Sam en su apartamento, abriendo la puerta de éste para tirarse en sus brazos a seguir llorando como lo llevaba haciendo por largas horas.

Maidel no había probado bocado y seguía con la misma ropa de la noche anterior, por lo que Sam le indicó que se vaya a dar un baño para refrescar las penas mientras él ordenaría algo para que ambos pudiesen cenar. Fue casi imposible lograr que Maidel se metiera un bocado en la boca, no quería comer y no dejaba de llorar mientras le contaba con detalle el rompimiento con Andrés. Sam la sostuvo en sus brazos con ternura mientras le secaba las lágrimas con su pañuelo blanco.

—Maidel tienes que comer algo mujer. Ahora te parece todo terrible, pero ya verás que el tiempo lo cura todo. Hiciste lo que tenías que hacer. Eres una mujer tan fuerte Maidel, te admiro tanto.

Sam limpió en lo que pudo el apartamento de Maidel y dejó todo recogido, ya era tarde y Maidel parecía haber dejado de llorar por casi una hora, lo que era un avance.

—Bueno Maidel, hora de irme. Estaré en el hotel a dos cuadras de aquí si me necesitas para algo, por favor llámame a la hora que sea, si necesitas hablar me avisas por favor —le dice Sam despidiéndose y acercándose a la puerta.

—Sam yo pensé que te ibas a quedar, por favor no me dejes sola. Quédate haciéndome compañía —le suplicaba Maidel mientras parecía que sus ojos se llenaban de lágrimas nuevamente.

Sam aceptó quedarse ese fin de semana para ayudar a su amiga que estaba pasando por malos ratos con asuntos del corazón. Maidel le enseñó la habitación para visitas que ella tenía adornada muy al estilo clásico y le preguntó a Sam si necesitaba algo más.

—No Maidel, estoy bien, muchas gracias. Ahora trata de descansar y dormir un poco, mañana será otro día. —seguía tratando de consolarla.

—Gracias Sam por quedarte, te lo agradezco mucho —se acercó a él para darle un beso y un abrazo fuerte y sin aflojarse mucho, ella buscó sus labios para besarlo como acostumbraban años atrás, cuando ella era soltera y él su amigo con muchas mujeres de paso. El beso los tomó a ambos por sorpresa y lo disfrutaron por algunos minutos, largos y lentos, donde sus cuerpos se iban calentando como preparándose para amarse como siempre habían querido, pero nunca había pasado.

—Maidel éste no es el momento más indicado para esto. Tu estas muy vulnerable, recién terminaste con tu novio y estas muy tristes, yo sentiría que me estoy aprovechando de la situación y eso me haría sentir terrible. ¿Tú me entiendes?

—Sí. ¿Qué es lo que sentimos Sam? ¿Tú lo entiendes?, nos queremos y deseamos tanto, pero no nos atrevemos a nada más, por nuestras cobardías.

—Yo te amo tanto Maidel, pero tú te mereces alguien mucho mejor que yo. Yo te haría sufrir y eso no me lo perdonaría nunca —la besó en la frente dejando escapar una lágrima de nostalgia por lo imposible.

Maidel entendió, así como también entendió que nunca sería de Sam, ellos se querían de tan buena manera que nunca se perdonarían herir al otro así que, conociendo de sus experiencias en la vida, lo mejor era mantener la amistad sincera que llevaban a pesar del tiempo y la distancia. La carne era débil y los había tentado aquella noche, donde la soledad y el desamor los rondaba impaciente. Maidel estaba herida por el rompimiento con Andrés, y acostarse con Sam hubiera sido el peor error en su vida.

El domingo en la mañana ya los ojos de Maidel estaban menos hinchados y había aceptado desayunar algo, Sam con bolso en mano se despidió de Maidel con abrazos cariñosos y una sonrisa conformista pero sincera. Ambos habían entendido a estas alturas de sus caminos que su amistad era lo suficientemente fuerte para sobreponer cualquier adversidad y que, a pesar de no estar juntos, siempre podrían contar el uno con el otro. Ambos se despidieron con un nudo en el corazón.

Ese fin de semana Maidel terminó con dos de sus amores. Y por primera vez sentía que le dolían de manera intensa en el corazón. Nunca había sufrido así, le tomaría recuperarse de esta doble puñalada con que la vida la agredía una vez más.

Coral Gables

Era una mañana de abril hermosa, fresca y con un sol brillante. Maidel se había levantado con el espíritu en alto y una sonrisa ligera porque seguía archivando éxitos y metas realizadas, cosas que la llenaban de orgullo y positivismo, compensando un poco los desaciertos del destino.

Esa tarde se convertiría en ciudadana americana, jurando frente a la bandera de los Estados Unidos su lealtad a la nación que la había recibido con los brazos abiertos y hasta el momento la llenaba de agradables memorias para desempolvar en los años de vejez y retiro.

Maidel nunca pensó que llegaría a alcanzar todas las metas que se había propuesto aquellas primeras noches en esa habitación pequeña en la iglesia del Sagrado Corazón, que fue su primer hogar en Miami, donde hizo su primera amistad con la mujer en el cuadro de la pared que tenía al niño en brazos y a la que hasta la fecha no dejaba de encender un par de velas todos los domingos, agradeciendo por su protección en estas tierras ajenas.

Maidel, con sus contados familiares y amigos, llegó a la hora acordada al centro de convenciones en Miami Beach a hacer fila para entrar a la ceremonia que se llevaría a cabo esa tarde, donde alrededor de 3000 personas de todas partes del mundo jurarían lealtad a las barras rojas y blancas acompañadas de sus 50 estrellas perfectamente alineadas.

El auditorio estaba a tope, los futuros ciudadanos de los Estados Unidos se habían engalanado con sus mejores trajes y las mujeres traían peinados de peluquería, maquillaje y zapatos de tacones. La ceremonia duró casi dos horas y entre lágrimas y abrazos la gente emocionada se registraba para votar con la frente en alto y el pecho inflado.

Luego se reunieron en casa de la tía de Maidel para hacer un brindis y ponerse un poco al tanto de chismes, razones más que suficientes para comerse un buen asado de cerdo con frejoles negros y arroz amarillo y una cantidad desmedida de plátanos maduros.

El padre Solá se quedó poco tiempo porque tenía responsabilidades en su iglesia, pero le dio su respectiva bendición a la nueva ciudadana americana y a sus familiares. Doña Piedad se había hecho cargo de hacer los dulces y la sangría para Maidel. Oderay llegó con su marido y muy avanzada con su primer embarazo, aquel primer sobrino en tierras extranjeras de Maidel, vendría al mundo en cualquier minuto, así que había que conversar de todo un poco y disfrutar de la tarde juntos.

Mientras terminaban de cenar entre risas e historias repetidas, Maidel sonrió, su corazón estaba feliz. Por primera vez en muchos años se sentía rodeada de familia, de gente bonita que la estimaban tanto como ella a ellos. Quizá por primera vez el asunto de que cupido la sigue ignorando a Maidel no le importaba mucho, porque después de todo tenía el amor de sus familiares y amigos, más una vida profesional exitosa, con eso era más que suficiente.

Todavía Maidel se acordaba de Andrés y pensaba en lo que hubiera podido ser, pero no se arrepentía de sus decisiones, más bien aprendía de ellas y pasaba la página. Ni ella ni Pam lo volvieron a ver en el bar de siempre por lo que asumieron que él quería poner espacio. Maidel seguía su ajetreada y ocupada carrera llena de éxitos, los mismos que ahora le permitían ayudar a los suyos en Cuba de una manera más decente y darles aunque sea un poco de los beneficios ganados tras la huida del Mariel años atrás.

Maidel sentía que los 40 se le venían encima pero le parecía que había sido ayer que había llegado a Miami, le parecía también que recién había terminado sus clases de inglés, pero por algún motivo extraño sentía que llevaba de amistades con Oderay y Sam por eternidades. Por alguna razón estúpida le parecía que había amado demasiado, pero sin embargo cada vez que esos pensamientos le atacaban la mente, estaba sola.

Llevaba algunos años ya en la compañía de bienes raíces que le abrió las puertas cuando ella estaba apenas en los pininos del negocio, seguramente vieron algo en ella que les dio la idea de que esta marielita tenía lo que se necesitaba para desenvolverse exitosamente en las ventas de propiedades. Y la verdad es que Maidel lo que se proponía, lo llevaba a cabo de la mejor manera porque la mediocridad y términos medios no iban con ella. Lo entregaba todo para recibir todo a cambio, habían sido demasiados los sacrificios como para echar las oportunidades al carajo. Y aunque todavía extrañaba su Cuba, la casa del barrio Peñas, a sus hermanos, primas y aquellas memorias de amores intensos, estaba agradecida con lo que había logrado en tierras extranjeras, tierra que cada vez que pasaba el tiempo inverosímil se le pegaba más a la piel.

Ese verano comenzaron a capacitar exhaustivamente a Maidel en la venta de propiedades comerciales, porque la mujer tenía la habilidad de convencer a la gente de una manera casi mágica en comprar propiedades y los dueños del negocio donde ella trabajaba pensaban que era el mejor momento para darle la oportunidad de hacer más ventas y traer entradas más interesantes al negocio. Ya en ocasiones anteriores Maidel los había ayudado a cerrar algunos negocios comerciales por lo que tenían la certeza ciega que ella seguiría acumulando éxitos profesionales.

Para el fin de año le dieron a Maidel su primera cuenta comercial y ella estaba con el pecho inflado de tanto orgullo y con las ganas de convertirse en la estrella en ese departamento de la compañía y no defraudar a sus jefes quienes habían puesto toda su confianza en ella.

Un empresario judío conocido en el sur de la florida llevaba dedicándose un par de décadas a mantener a la gente en línea y saludable con suplementos naturales y unos cuantos gimnasios con una teoría diferente que prometía a sus clientes cuerpos esbeltos y perfectos. Las salas de estos gimnasios estaban equipadas con máquinas diferentes a las convencionales y un entrenamiento profesional y personalizado por lo que los interesados pagaban cantidades absurdas de dinero porque aparentemente los paquetes ofrecidos daban resultados. Los clientes bajaban de peso de una manera saludable y se mantenían con muy buena salud por tiempos indefinidos mientras sigan con sus rutinas de ejercicios y vitaminas.

En los últimos años el negocio de Adam había crecido de una manera escandalosa y como eran conocidos con los jefes de Maidel, éste terminó contratándolos para la compra de doce locales comerciales en el sur de la florida con la finalidad de abrir más sucursales de sus centros de ejercicio y salud física. Las especificaciones de las propiedades eran las mismas así como la locación donde quería abrirlos, ya se había hecho un estudio de mercado extenso y lo único que quedaba era encontrar los lugares perfectos para abrir más locales porque la gente los esperaba ansiosos para comprar membresías, ponerse en forma y lucir espectaculares.

En aquella reunión de trabajo, Maidel y Adam fueron presentados y después de un par de detalles y firmas de algunos documentos legales, ambos se sentaron frente a la computadora en la oficina de Maidel para comenzar a buscar las propiedades y no perder mucho tiempo e irlas a visitar y, desde el punto de vista de Maidel, tratar de cerrar el negocio lo más pronto posible.

Adam y Maidel se sintieron inmediatamente cómodos entre sí. Adam le llevaba pocos años de diferencia y por haber vivido toda su vida en Miami podía lanzar unas cuantas oraciones en español para halagar a Maidel y hacer la situación de trabajo algo más amena, porque las horas que pasarían juntos iban a ser largas, así que lo mejor era que ambos se llevasen de lo mejor. A Adam le encantaba hacer chistes por todo, Maidel muchas veces no sabía si le estaba hablando en serio o en broma, pero trataba de manejarse con profesionalismo porque la comisión que recibiría le alcanzaría perfectamente para pagar su apartamento en Brickell y comprarse algo más cómodo, y nada iba a arriesgar esa venta.

Por dos semanas el cliente y la corredora de bienes raíces se citaban dos veces por semana para hablar sobre opciones, locación y precios. Adam le ofreció a Maidel una membresía gratis por 3 meses en el gimnasio de su área para que se empape con más detalle de su negocio. Y aunque a Maidel le pareció completamente irrelevante, aceptó por algo de curiosidad y para no parecer desinteresada ante la generosidad de su cliente. La verdad era que a Maidel no le hacía falta esbeltez porque de eso se había hecho cargo la naturaleza y tampoco le hacía falta salud porque las velitas que le llevaba poniendo a la Virgen desde su llegada a los Estados Unidos parecía estarle haciendo el favor.

Adam la acompañó una mañana a inscribirse en su gimnasio porque quería ser él mismo quien le enseñara las instalaciones y cómo funcionaba todo en aquel lugar que parecía sacado de un cuento futurista, con máquinas digitales y una decoración tan moderna que parecía que estaba en otro planeta. Enseguida Sam presentó a Maidel a todos los empleados para que la traten con especial atención ya que era una "clienta especial", como la llamó delante de todos.

Maidel por su parte en medio de su ajetreada agenda hacía tiempo 2 veces por semana para atender a las clases en el gimnasio de Adam mientras el resto de la semana se la pasaba trabajando en su nuevo proyecto. Después de todo el hecho de ser clienta del gimnasio le ayudó a entender mucho más a fondo las necesidades de su cliente, sabía que el ofrecimiento de Adam no era en vano, él era un hombre de negocios y perro viejo en el asunto de hacer dinero y entendía que todas sus movidas eran perfectamente justificadas.

A la tercera semana hicieron un par de citas para ir a visitar las primeras opciones para los locales comerciales de Adam. Viajarían desde Fort Lauderdale hasta West Palm Beach a recorrer siete diferentes propiedades que Maidel había encontrado para su cliente. Y entre almuerzos al pie de la playa y conversaciones amenas recorriendo las autopistas del sur de la Florida este par de profesionales se llegaban a conocer un poco más disfrutando la compañía.

Maidel caminaba los locales de pies a cabeza como si el negocio fuera suyo, lo que le encantaba a Adam y le daba confianza en esta cubana con curvas típicas de mujer latina y con una elegancia e inteligencia que le llamaba la atención de manera simplemente encantadora. Maidel daba sugerencias como si ella fuera socia del negocio con Adam. Habían conversado tanto que ella sabía sus gustos, así como las cosas que no le convenían a su primer cliente de ventas comerciales y se estaba tomando de lo más en serio su papel de licenciada en bienes raíces.

Los días se pasaban volando y por las noches ambos llegaban extenuados a sus respectivos hogares a darse un duchazo y acostarse para comenzar al día siguiente con la misma cantaleta. Situación que aceptaban con ansiedad sana y con ganas de pasar más tiempo juntos inspeccionando galpones vacíos y oficinas con ecos resonantes entre paredes blancas y silenciosas.

El cierre de los 12 locales comerciales para el negocio de Adam les tomó casi un año, porque el cliente era muy detallista y a la corredora de bienes raíces le encantaba su compañía. Maidel pensó que como en las ventas residenciales el asunto de encontrarle propiedades a Adam iba a ser rápido, pero aprendió de su primera experiencia vendiendo locales comerciales, que el asunto toma tiempo, especialmente tratándose de una cantidad elevada y en diferentes condados a distancias extremas una de la otra, lo que mantuvo a ese par entretenidos por varios meses y con sus rutinas ocupadas. Maidel se dedicó exclusivamente a Adam porque sus jefes, que tenían experiencia en el asunto, sabían desde el principio que el negocio tomaría un buen par de meses y ella no se daría tiempo para nada más.

Al cierre del último local comercial la compañía de Maidel realizó una cena exclusiva en un restaurante conocido de la ciudad de Miami un jueves por la tarde. Los jefes de Maidel y un par de empleados más estuvieron invitados. Por parte de Adam llegaron su esposa y tres de sus socios con sus respectivas parejas. Fue una tarde larga que se extendió hasta la noche entre tertulias y festejos de ambas empresas por haber cerrado finalmente de manera exitosa arduos meses de trabajo.

Maidel, como no tenía pareja y la invitación le permitía llevar a alguien, había hablado con Sam para que se haga el viaje a Miami a visitarla a ella por supuesto y a otras de sus amistades y a la vez la acompañe a la cena de negocios. Sam apareció, como lo había prometido, a tiempo en el apartamento de Maidel con un ramo de rosas rojas y una caja gigantesca de los chocolates favoritos de la cubana. Se besaron rápidamente en la boca como buenos amigos y ya en el parqueadero Sam caballerosamente le abrió la puerta de su auto para dirigirse al estipulado restaurante.

Como era de esperarse, Sam fue el centro de atención aquella tarde en esa reunión donde nadie lo conocía, pero su personalidad arrolladora le dio el toque de alegría a la celebración.

—Sam, te presento a mis jefes. El señor y la señora Esposito. Este es mi amigo Sam —los presentaba Maidel con educación y respeto, por supuesto sin entrar en detalles de relaciones indiscretas que les envolvía el alma, todavía de una manera vaga y difusa.

—Mucho gusto, encantado. Gracias por la invitación —saludó educadamente Sam.

—Y Sam ven te presento a mi cliente, Adam y su esposa Esther son los dueños de la compañía para la que te comenté estábamos buscándole propiedades.

La tensión se sintió de inmediato entre las dos parejas, era una situación que nadie hubiera podido explicar. Maidel no sabía exactamente como presentar a Sam, sin que Adam piense que tenían algún lazo romántico por algún lado, aunque algunas veces le había hablado de él. Sam notó inmediatamente un brillo en la mirada del judío cuando miraba a Maidel, lo que le dio a entender que el hombre se sintió un poco incómodo quizá por su presencia o quizá por haber tenido que llevar a su mujer y presentarla delante de Maidel. Lo que le dio la pauta de que probablemente algo había entre su amiga y el empresario judío, pero sonrió como si todo fuera normal. Adam definitivamente estaba incómodo con la situación, él y Maidel se habían vuelto "casi" amigos, pero habían hablado muy poco de sus parejas, aunque él sabía que ella estaba soltera y ella que él era casado. Por su parte Esther no sabía que era lo que estaba pasando, por primera vez veía en persona a la vendedora de bienes raíces que había pasado tantos meses con su esposo de arriba para abajo por el sur del estado y nunca se habría imaginado que era una mujer tan bella como exuberante y, como si fuera poco, parecía ser inteligente.

Ambas parejas después de segundos silenciosos decidieron sentarse en la mesa que habían preparado para la cena y disfrutar de ella. Hicieron un par de brindis por los éxitos alcanzados para ambas empresas y después de un par de horas entre comida y bebidas continuas, se iban aliviando las tensiones.

Adam no le despegaba la mirada a Maidel y tanto ella como

Sam se dieron cuenta, Esther había bebido unas copas de más y apenas se enteraba de lo que estaban celebrando. Al término de la reunión Sam llevó de regreso a su casa a Maidel y como buen amigo de ella que se consideraba le preguntó directamente y sin tapujos que era tanta energía recíproca entre ella y su cliente.

—Qué dices Sam, nada de miradas raras. Él es mi cliente y hemos invertido muchas horas en este trabajo. Así que hemos comenzado una amistad. Pero que de seguro se perderá con el tiempo ya que ahora el pobre tiene tres veces más trabajo que antes, tú sabes abriendo sus tiendas y eso.

—No me trates de cambiar el tema Maidel, yo te conozco. Estabas nerviosa cuando él se acercaba con su esposa, tu pones esa cara que te delata a millas.

—Qué cara?

—Esa cara de nervios, como cuando viste a tu hermano Alfredo en la puerta de mi apartamento en Miami Lakes y cuando nos presentaste con tu ex, el colombiano. —se ríe Sam para ver si Maidel le confiaba algo.

Pero Maidel le insistió en que él se estaba haciendo ideas en su cabeza, Adam y ella habían terminado un negocio y estaban felices de haberlo culminado tan positivamente. Ambos eran adultos y profesionales y sabían que nada podría pasar entre ellos porque primeramente él era casado, pero sobre todo porque ninguno de los dos estaba interesado en el otro. O por lo menos esa fue la explicación que Maidel le dio a Sam.

Se despidieron en el lobby del edificio de Maidel y quedaron en almorzar al día siguiente antes que Sam regrese al norte del estado.

Maidel antes de aquella noche nunca había pensado en Adam de otra manera que como un cliente de su edad con el que compartían muchas cosas en común y agradables conversaciones, él era casado y ella era profesional y nunca se involucraría con un cliente. Además, Adam nunca le había mostrado ningún otro tipo de interés a ella que no sea puramente profesional. Aquella noche sentada en el balcón de su apartamento, el mismo que iba a poner a la venta para mudarse a una casa en algún lugar en Miami que aun desconocía, pensó en Adam, quien ya no era más su cliente y lo notó atractivo, jovial y con un cuerpo espectacular, probablemente debido a sus horas de entrenamiento en aquel gimnasio futurista que tenía por negocio y ella había llegado a conocer como la palma de su mano. Dejó la copa de vino a medias sobre la mesita del balcón y se retiró a descansar con aquella sonrisa leve que le inducía picardías en el cerebro.

Tres meses después de aquella cena, Maidel se estaba mudando a una casa pequeña en Coral Gables, pero remodelada completamente y con piscina. Le dio un poco de pena dejar tantos recuerdos en aquel apartamento cerca de Brickell donde había conocido el amor y la soledad también, pero ahora tenía nuevas metas y sueños y esta propiedad era la manera perfecta de comenzar una nueva etapa. Ahora tendría más espacio para recibir a sus tíos y amistades e inclusive tenía un patio cómodo para que el hijo de Oderay juegue cuando sus padres la visiten.

Maidel hizo una pequeña reunión con la gente de siempre para celebrar su casa nueva, donde no podía faltar el padre Solá quien bendijo el nuevo hogar de la cubana con oraciones e inciensos que dejaron la casa oliendo a santuario. Maidel había invitado a Alfredo, pero era verano y él estaba demasiado ocupado reparando aires acondicionados por el centro de la Florida, por lo que se le hizo imposible corresponder la invitación de su media hermana a la que no había visto en bastante tiempo, pero con la que se mantenía en contacto telefónico.

Maidel se despertó la mañana siguiente en su casa nueva, todavía con olor a incienso y un par de copas sin lavar en el mesón de la cocina. Con una bata de algodón pesada Maidel se preparaba un café cubano cuando el timbre de la puerta la terminó de despertar aun algo aturdida. Era un hombre entregándole una caja con unas rosas de varios colores, ella le agradeció y sorprendida puso la caja y las flores sobre el mesón y abrió la tarjeta que las acompañaba. La misma que decía «Maidel, felicidades por tu nuevo hogar. Adam».

Había pasado tanto tiempo desde la última vez que vio a Adam en la celebración de la compañía que le llamó la atención y no supo si devolverle la llamada, ni mucho menos que decir. Probablemente "gracias" sería lo más lógico.

Se sabía su número de teléfono de memoria y esperó que sea lunes para marcarle a su oficina.

—Buenos días. Adam? —preguntó ella algo nerviosa.

—¡Buenos días Maidel, que sorpresa! —le contestó Adam feliz porque esperaba su llamada.

—Llamaba para agradecerte por las flores, están hermosas. ¿Cómo te enteraste de que me mudé la semana pasada?

Fue excusa suficiente para que Adam invite a Maidel a almorzar sin ningún problema, por aquel asunto de que antes estaban trabajando juntos. Maidel lo pensó por un par de segundos y finalmente aceptó, porque no veía malicia en la invitación y le agradaba la idea de ponerse al tanto de cómo le iba a Adam con los nuevos locales.

Se citaron en un restaurante en el área del sur de Miami, los dos llegaron a tiempo y les ofrecieron una mesa en la terraza con mirada a la bahía. Ordenaron poco de comer porque se extrañaban de alguna manera absurda y querían ponerse al día de sus vidas, tanto así que el hambre pasaba a segundo plano. A Adam le faltaban horas en sus días para hacerse cargo de tantas responsabilidades, había tenido que contratar una cantidad interesante de personal y entre decorar los locales, instalarlos y capacitar a sus empleados se le iban los días ridículamente. Por su parte, Maidel se había tomado un mes de vacaciones para vender su apartamento y comprarse su nueva casa, en la que se sentía sumamente a gusto, y luego había regresado a trabajar con las rutinas de siempre.

—Maidel, quería agradecerte una vez más por ayudarme tanto todo ese tiempo y aguantarme, yo sé que no soy fácil, pero tú te portaste a la altura —la halagaba Adam mientras no le quitaba la mirada de encima.

—De nada Adam, lo hice con gusto. Es mi trabajo y realmente me alegro mucho de haber puesto mi granito de arena para ayudarte con tu emprendimiento. Te deseo los mejores éxitos, tú lo sabes.

Terminaron de almorzar y se despidieron con la promesa de verse de cuando en cuando para no perderse de sus vidas. Lo que le pareció raro a Maidel, que este hombre tan ocupado y con una familia quiera entablar un tipo de amistad con ella, algo más allá de la profesional, la misma que obviamente ya no mantenían y probablemente le daba chance a algo más. Le llegaron malos pensamientos a Maidel en su cabeza, y se acordaba de Gloria y sus consejos basados en párrafos de la biblia, aquel libro que ella nunca se interesó en leer, pero que escuchaba con atención porque si venían de Gloria debían ser buenos aprendizajes.

Dos meses después habían almorzado un par de ocasiones y entre proyectos personales y de trabajo decidieron ir juntos a comprar un par de cosas para uno de los gimnasios que aún estaba por abrirse y Maidel tenía que terminar de decorar un par de áreas en su nueva casa. Terminado el día de compras Maidel invitó a Adam a conocer su casa en Coral Gables a la vez que la ayudaba a organizar tantas cajas pesadas que había comprado para terminar el área social de la piscina.

—Pero Maidel esta casa está espectacular —le decía Adam mientras dejaba sillas arrimadas en el césped del patio de Maidel.

—Es pequeña y muy antigua, pero suficiente para mí. Los antiguos dueños la renovaron unos meses antes de venderla y la verdad es que yo me enamoré desde el primer día que la vi, sobre todo el área de la piscina me encanta tomar sol aquí, es el lugar perfecto para desconectarme de todo.

Adam no la dejó terminar de hablar y se acercó a ella, la tomó suavemente por la cintura y la miró a los ojos por un par de segundos sin decir palabra. Maidel sentía que el corazón se le salía por la boca y aunque algo le dijo que tenía que parar aquella situación, se dejó llevar por la soledad y falta de ternura de los últimos años y le correspondió el beso al hombre casado en pleno patio de su casa con el agua de la piscina haciéndole eco a los impulsos dormidos.

Enseguida Maidel se separó de Adam despacio y con cautela, sin poder mirarlo a los ojos por unos minutos. Él la tomó por los hombros y le pidió disculpas por lo ocurrido.

—Maidel discúlpame, realmente no sé qué me pasó fue un impulso. No quiero que pienses que vine acá o que te ayudé con todo esto como pretexto. Discúlpame.

—Está bien Adam, discúlpame tu también, es que no sé qué me pasó.

Ambos se quedaron mirando con las manos en sus respectivas caderas en un par de minutos escandalosos, hasta que Maidel interrumpió el momento para indicarle a Adam que lo mejor era que se vaya. Ya en la sala mientras él recogía su billetera le pidió disculpas nuevamente a Maidel y se despidió de lejos.

Maidel se quedó pensando en el beso con Adam por casi media hora parada en el mismo lugar donde se despidió de él, le había gustado demasiado como para ignorarlo. Adam era un hombre atractivo y agradable, habían compartido tanto tiempo y conversaciones metidas en un carro por horas que se sentían atraídos sin duda. Antes había el inconveniente de que era su cliente, situación que ya no existía, pero Adam todavía estaba casado y bien casado con hijos, una empresa llena de éxitos y un futuro brillante. Probablemente el futuro le dé a Maidel también algo parecido algún día, por ahora se conformaba con sus éxitos profesionales y sus amistades. Parecía que otra vez el amor le tocaba la puerta equivocada. La opción de Adam era simplemente prohibida.

Unos días después, Adam llamó a Maidel para saber que todo estaba bien entre ellos y que lo mejor era olvidar lo ocurrido junto a la piscina de la casa nueva de Maidel. Maidel le contestó la llamada y le dijo que el asunto estaba olvidado, que nunca pasó. A lo que Adam contestó enseguida —bueno, así como que nunca pasó tampoco. De que pasó, pasó. De que hay que olvidarlo es otra cosa Maidel—.

Maidel sentía que Adam había empezado un juego con ella, un tira y hala a ver hasta qué punto la soga aguanta y se rompe. Ella pensaba que no tenía nada que perder, después de todo ya no era su cliente y como él estaba casado nunca llegarían a nada íntimo ni serio y por qué no entretenerse por un rato. Maidel a veces parecía demasiado ingenua para la cantidad de experiencias vividas y no se daba cuenta que estaba jugando con fuego.

Adam y Maidel comenzaron con un coqueteo sano por llamadas telefónicas y conversaciones algo subidas de tono de vez en cuando, ambos se lo disfrutaban y se sentían seguros porque a través del teléfono era muy poco lo que se podía consumar.

El último local de Adam estaba listo para ser inaugurado en la ciudad de Boca Ratón, a una hora al norte de Miami y Maidel fue invitada a la ceremonia que hicieron los dueños. Maidel se apareció casi al final solamente para hacer acto de presencia y felicitar a los empresarios, pensó encontrarse con la mujer de Adam, pero ella no había acudido porque era otra más de las continuas y trilladas aperturas que su esposo tanto disfrutaba pero que a ella no le llamaban la atención para nada. Si hubiera sabido que Adam había invitado a Maidel probablemente se hubiera aparecido arreglada y embellecida para opacar a la que alguna noche meses atrás vio como su rival, pero que el alcohol le hizo olvidar el agravio rápidamente.

—Maidel, que alegría que viniste. Pensé que no te vería.

—Tú sabes que siempre estoy ocupada de un lado para otro. Pero decidí pasar un ratico nada más, ya me voy. Tengo cosas que hacer.

—De veras? Qué lástima, vamos a ir a almorzar con los otros socios. ¿Quisieras venir?

—Muchas gracias Adam, pero la verdad tengo que regresar a Miami —Maidel le dijo a Adam, pero este no le creyó la excusa.

—Mira hagamos una cosa, tú y yo nos escapamos para Miami ahorita y nos encontramos allá para almorzar. ¿Te parece? Te prometo que no te beso para nada —Se ríen ambos aceptando la oferta.

Maidel había recibido a sus amistades ese domingo y tenía comida de sobra en su casa, así que quedaron en encontrarse ahí y comer algo. Maidel estaba nerviosa porque la última vez que Adam la había acompañado a su casa la había besado muy delicada y apasionadamente, pero se había disculpado por el beso equivocado y se habían prometido que nunca más pasaría.

Aquella tarde Adam le ayudó a Maidel a colocar algunos muebles en su puesto y a colgar unos cuadros en las paredes, mientras Maidel calentaba los restos de comida para almorzar juntos.

—Qué deseas tomar Adam?

Adam la miró fijamente y le contestó —es muy temprano

para vino. ¿Qué más tienes? — mirándola nuevamente con las manos en las caderas como esperando una respuesta.

Maidel abrió la puerta de su refrigerador para darle la lista de bebidas que tenía y Adam la agarró de la cintura, ella cerró el refrigerador y se volteó para mirarlo de frente y sin hacer más comentarios, hicieron el amor por un par de horas mientras se enfriaba la comida.

Nostalgias

La vida en el barrio Peñas parecía tan complicada aquellos años donde a Maidel le tocó conocer la pobreza y vivir sin entender mucho sobre pérdidas. Y a medida que le pasaba la niñez entre desconocidos y petates incómodos, le parecía que la vida estaba siendo algo injusta con ella, pero realmente qué poco sabía Maidel de la vida en aquel entonces. Era como si el destino se las había agarrado con la cubana de una manera irónica y los tropiezos de la vida no la dejaban en paz.

Ahora recordaba con nostalgia las palabras redundantes pero sabias de su Gloria, cuando le decía que ella era muy joven todavía y que tenía la vida por delante para amar, para soñar y para vivir al máximo. Pero la vida adulta de Maidel parecía no querer darle la razón a Gloria, porque, a pesar de estar triunfando profesional y financieramente, todavía le hacía falta el amor. Y es que le seguía pareciendo ilógico que con tantas experiencias en su vida tanto en Cuba como en los Estados Unidos, siga terminando sus días sola.

Maidel lo tenía todo, un trabajo que le apasionaba y que le permitía vivir relativamente cómoda y con sus lujos, una casa que había decorado a su propio gusto, donde llegaba por las noches cansada y los cuadros de la sala y el chapoteo del agua en su piscina le relajaban el espíritu. Tenía también a sus familiares y amistades ganadas con los años por esas tierras. Pero era más el tiempo que se sentía sola que acompañada, y se preguntaba si algún día compartiría su vida con el amor de su vida, y si en efecto, esa persona existía ¿por qué no se había aparecido todavía? Había tenido tantos amores, la habían amado tanto y ella había sido recíproca con los sentimientos, pero pareciera que era como una enfermedad que le daba cada vez que se enamoraba, porque los amores se le esfumaban solamente dejándole cicatrices refundidas en su corazón.

A medida que se hacía más mujer la vida parecía complicársele demasiado y los problemas que la habían aturdido en el barrio Peñas parecían ridículos. Sin darse cuenta se había convertido en la amante de un hombre casado, si Gloria estuviera viva le hubiera dado un sermón de dos horas y después de halarle las orejas hasta dejárselas casi sangrando le hubiera hecho terminar con aquella relación pecaminosa y que no la llevaría a nada. En esos triángulos amorosos, el casado nunca deja a su cónyuge y la tercera persona es siempre la que termina mal parada y pagando los platos rotos.

Igual como cuando andaba de amoríos con el general, ella sabía que no podía pedir nada a cambio y que los puchos de amor que Adam le daba tenían que aprovecharlos sin reclamar. Esta vez estaba mucho más consciente de las posibles consecuencias porque las experiencias le habían dado algo de sabiduría y los rallones del corazón le recordaban que era mejor no envolverse emocionalmente en este tipo de relaciones, era preferible solamente disfrutarlas mientras se pueda sin acumular culpas.

Maidel era una profesional sumamente ocupada, dedicada a su carrera cien por ciento porque al mismo tiempo que la llenaba de satisfacciones personales le servía para cubrir los errores del pasado y pretender que las cosas materiales que nunca hubiera podido tener en su país la ayudaban a ser feliz en el ajeno. Se veían con Adam pocas veces cuando él le podía robar un par de horas al tiempo y a su familia, pero realmente no eran muchas. Él estacionaba su coche en el garaje de la casa de Maidel, para esconder su auto del pecado y evitar dar que hablar a las vecinas chismosas. Llenaba de caricias y palabras bonitas a Maidel, se daba un baño después de hacer el amor sin vergüenzas y regresaba a su vida de empresario y esposo leal.

Con el tiempo la relación intermitente de Maidel y Adam se mantuvo como lo que era, un par de amantes furtivos que se sacaban las ganas una vez al mes sin involucrar más sentimientos que los de esas pocas horas donde los cuerpos les sudaban pasión y las palabras estaban de más.

Maidel seguía acudiendo al bar de Pam una o dos veces por semanas para conversar con ella de sus cosas y hacer un par de esas amistades típicas de bar que duran poco y de las que no se puede fiar. Andrés nunca más se apareció por esos lares y aunque Maidel no preguntaba por él, Pam le intuía la curiosidad a la cubana y le daba el reporte de todas maneras para que su amiga deje de sentirse nerviosa y disfrute el momento en el bar con sus amigos y su "Cuba libre" que tanto le gustaba.

Oderay se había convertido en una ama de casa y madre modelo, salía con cuanto paquete era necesario a todos lados con su hijo a cuestas. Lo llevaba de arriba para abajo a todas partes y cuando se encontraban con Maidel, a veces se les hacía difícil ponerse al día de sus vidas porque el niño les interrumpía las conversaciones con exigencias y berrinches de hambre. Oderay le contaba a Maidel las veinte mil nuevas hazañas de su hijo y los avances de este en el kindergarten, lo que le dejaba muy poco tiempo a Maidel para hablar de su amante casado que era la única experiencia interesante que le ocurría en esos días. El resto era la misma historia trillada de siempre, trabajo y más trabajo.

Por su lado Alfredo era el único que le quedaba a Maidel para compartir sus aventuras profesionales y amorosas, él la escuchaba con paciencia, porque ya se había hecho al dolor tiempo atrás de que algún día Maidel pudiera darse cuenta del amor que sentía por ella. Y el también ya había hecho su vida llenándose de trabajo y logros en aquella empresa de reparación de aires acondicionados en Orlando, donde había llegado como empleado y ahora se había convertido en socio de la compañía y que al igual que Maidel se estaba olvidando de la posibilidad remota de algún día regresar a Cuba.

Estos dos exiliados cubanos habían huido de la isla por razones similares, pero con historias distintas, huyendo de la opresión y del miedo a represalias por decisiones tomadas con la cabeza caliente, las mismas que pusieron en riesgo sus vidas. Las oportunidades de abandonar su patria se les presentaron de la manera más fácil y sin más alternativas y sin pensarlo mucho hicieron lo que había que hacer.

Sus experiencias desde el preciso instante que se embarcaron con destino al sur de la Florida respectivamente fueron completamente diferentes. Ambos habían compartido la crianza de Gloria y la compañía de sus hermanos de sangre y para Maidel, los prestados. Habían dormido bajo el mismo techo destartalado y dividido hogazas de pan en los días de austeridad, que fueron muchos como para narrarlos. Maidel y Alfredo crecieron en plena revolución cubana y bajo el régimen autoritario castrista que les ahorcaba los sueños y dejaba vivir a los cubanos de esa época con gotero.

Rencores guardados por malos ratos vividos, la escena continua de pobreza y atropello a los derechos humanos los hizo crecer con el corazón duro, pero con coraje para buscar un futuro mejor, cualquiera que ese hubiera sido en esos años en Cuba. Y cada uno a su manera se las arreglaron para seguir a flote cuando el resto se ahogaban en la incertidumbre y la falta de libertades.

Crecieron con la idea de familia y aunque convivieron poco, el sentimiento siempre quedó presente. Cuando Gloria llegó a la casa con esa niña escuálida en los brazos, Alfredo sintió una pena inmensa por ella, que con el tiempo se fue convirtiendo en amor. Amor de hermanos, amor de familia, amor por pena ante la crueldad que le tocó vivir a Maidel a tan temprana edad.

Maidel por su parte, aunque poco había hablado con Alfredo aquellos primeros años en el barrio Peñas, se sentía a gusto con su mirada. Se sentía protegida y de alguna manera que a su corta edad no podía explicar, se sentía querida.

Ahora se encontraban por cosas del destino y por culpa de la revolución cubana, haciendo sus vidas en otro país, lejos de los suyos, de sus costumbres y su familia. En ocasiones Maidel se preguntaba porque ella y Alfredo no vivían juntos como familia. Posiblemente en algún futuro cercano se puedan plantear la idea y de esa manera cada uno pueda ser para el otro ese pedazo de Cuba nunca olvidado que los arrastraba de alguna manera sutil al pasado.

Alfredo había tenido dos enamoradas en su paso por la vida en la ciudad de Orlando, en su cabeza se había hecho la idea racional que nunca tendría a Maidel en sus brazos, pero entendía que la vida seguía y ya había tenido mucho de decepciones y sueños rotos como para aumentar más a la lista. Mientras más alejado esté de Maidel sería mejor para él, el tiempo y la distancia siempre colaboran con esos asuntos de amores no correspondidos.

Tantas veces Alfredo quiso confesarle a Maidel sus sentimientos, pero en el fondo le aterraba una respuesta negativa de Maidel. El hecho de que cada vez que se acercaba a ella, ella se encontraba enamorada de un nuevo hombre, era solamente una excusa para Alfredo, y él lo sabía. Si él hubiera sido uno de esos hombres, Alfredo hubiera sabido como amarla de verdad y hacerla feliz y nunca dejarla ir de su lado. Pero parecía que Maidel no estaba interesada en él como hombre y esa era una realidad que poco a poco Alfredo tenía que ir aceptando.

Ambos exiliados cubanos habían alcanzado éxitos profesionales en esas tierras extranjeras, tenían vidas cómodas, nada les faltaba. Solamente extrañaban su Cuba de las nostalgias y de los recuerdos, los boleros de antaño, el olor a café y el aire caribeño bailándole los cabellos. Pero sobre todo les hacía falta el amor.

El deseo de Navidad

Maidel poco recordaba sus primeros años de infancia en casa de sus padres, cuando los cubanos disfrutaban de democracia y apogeo económico. Tenía clavada aquella imagen del ático oscuro y húmedo donde estuvo encerrada aquella mañana hasta que Gloria la rescatara por lo que le era difícil resurgir imágenes de alegría en familia. Recordaba vagamente sus clases de baile con unas mallas color rosa que le apretaban los muslos y zapatos en punta que su madre le ponía con orgullo. Inclusive las voces de sus padres ya no le resonaban en su cerebro, se acordaba de ellos como rayos fugaces que, así como rápido llegaban así de rápido se desvanecían.

Durante su niñez y adolescencia en la casa de Gloria, las celebraciones navideñas se resumían a una pierna de pollo flaca y pellejuda con unos regalitos que Gloria y Eugenio conseguían para que esa noche sus hijos sientan la emoción de abrir cajitas de juguetes usados y heredados de otros. No había arbolitos, ni luces, ni villancicos porque la austeridad no se los permitía y el temor a ser reprendidos por el gobierno les quitaba las ganas. Por lo que la idea de navidad para Maidel era casi la misma que la de los cumpleaños, un día especial donde a ella le daban un helado de chocolate sin falta y todos los hermanos, primas y vecinos se reunían a compartir risas, que esos días eran complicado encontrar.

Desde que Maidel llegó a tierras americanas había pasado acompañada las navidades. Los primeros años en casa de su tía con doña Piedad, luego cuando se mudó a vivir con Oderay les daba por poner un arbolito plástico con luces intermitentes y adornos de todos los colores y celebraban con sus amistades. Sam las había acompañado un par de años a excepción del último donde él hizo una reunión en su apartamento para celebrar las fiestas de fin de año y su despedida antes de mudarse al norte del estado. A pesar del tiempo, la distancia y la falta de los suyos, esas fechas seguían teniendo el mismo significado para Maidel, aquel que Gloria les inculcó. Era un día para reunirse con los seres queridos e intercambiar sonrisas, olvidarse del trabajo, las deudas y penas y pasar un buen rato.

Ya por estos lugares del mundo las perspectivas habían cambiado un poco, y los típicos árboles de navidad rebozaban con veinte mil adornos y luces que iluminaban hasta la luna, se abarrotaban de cajas de regalos de diferentes tamaños perfectamente envueltas con papeles de colores rojo y verde y lazos dorados. La situación de prosperidad en este país de libertades y oportunidades ayudaba sin duda alguna.

Pero ese año en particular Maidel no había adornado su casa de Coral Gables con detalles navideños porque entre la mudanza y decorar la casa le habían faltado las ganas y el tiempo. Cuando se mudaron fuera del apartamento de Miami Lakes, se dividieron la mitad de los adornos navideños con Oderay y luego Maidel había comprado adornos todos en color plata para adornar su apartamento en Brickell, así que las nuevas ideas y energías para las fiestas de fin de año quedarían para el próximo festejo, Maidel se sentía cansada.

Sus tíos habían viajado a Texas a pasar navidades con sus hijos que se fueron a estudiar la universidad años atrás, y ya estaban haciendo sus vidas por la ciudad de Houston. Oderay y su familia habían organizado una fiesta infantil temprano en el día para los niños con sus compañeritos de escuela, Maidel se disculpó con alguna excusa que ni ella se creía, pero no tenía ganas de escuchar gritos y llantos de pequeños, ese año había trabajado demasiado y prefería descansar. Sam la había llamado temprano para desearle feliz navidad, se había ido a Carolina del Norte a visitar a su hija que estaba embarazada y pronto lo haría abuelo. Era el mejor regalo de navidad que le habían dado a Sam, en el fondo Maidel sabía que, a pesar de todas las mujeres que tenía, Sam añoraba la vida en familia y extrañaba a su hija y quizá ahora que sería abuelo tendría la excusa perfecta para mudarse más cerca de ellos, después de todo eran la única familia que el amigo de Maidel tenía y los años tampoco le estaban pasando en vano.

Esa mañana Maidel había hecho un par de compras después de salir del gimnasio y estaba lista para cocinar algo especial en su casa, ponerse pijamas cómodos a tempranas horas del día y ver películas navideñas hasta que el sueño la tumbe.

Mientras preparaba un pollo horneado con papas y vegetales, se puso a escuchar villancicos que apenas sabía porque nunca les había prestado mucha atención, además la mayoría estaban en inglés y no representaban mucho para ella una vez traducidos en su cabeza. Abrió una botella de vino blanco y decidió hacer todas las llamadas telefónicas del caso con tiempo, para así poder dedicarse a postrarse en el sofá frente al televisor sin pena ni piedad alguna y sin interrupciones.

Ya una vez terminada la cena, el horno todavía caliente y la casa oliendo a mil maravillas, Maidel contesta el teléfono y era Alfredo, que la llamaba a desearle feliz navidad y muchas bendiciones para el año nuevo, como acostumbraba a hacer todos los años.

—Alfredo que alegría, estaba esperando que sea más tarde para llamarte, me ganaste. ¿Ya estás en casa? —Maidel se sentó en el sofá con su vino en la mano izquierda y el teléfono en la derecha y un plato lleno de palomitas de maíz en medio de sus piernas entrecruzadas.

—Sí. Cerramos temprano hoy y mandamos a todo el personal a sus casas. ¿Tú qué planes tienes para esta noche Maidel?

—Bueno Alfredo, preparé la cena, estoy disfrutando de una copa de vino, y probablemente disfrutaré de algunas más —sonrió sarcásticamente— tengo mis pijamas puestos y después de comer algo tengo planeado ver películas corta venas hasta quedarse dormida. ¿Y tú?

—¿No vas a pasar donde tu tía? ¿Y qué pasó con Oderay?

—Mi tía está en Texas visitando a los hijos, tú sabes. Y Oderay con veinte mil niños corriendo de un lado para otro como locos en su casa, realmente no es mi tipo de plan Alfredo. Este año decidí pasarla aquí tranquila sin mucha cosa.

—¿Pero tu estas bien Maidel? ¿Qué hay de Pam? ¿Y ningún amigo que acompañe a Maidel hoy? ¿Cómo es eso? ¿Pero qué pasó?

—No seas sarcástico Alfredo. Pam está en Nueva York con su familia y no tengo ningún compañero estas navidades. Soy yo sola y mis pijamas de Santa Claus —continuaba Maidel su conversación mientras se acababa la copa de vino— me disculparas, pero detrás de ti se escucha un silencio sepulcral Alfredo, parece que tú también estás pasando solo con tus pijamas —se ríe Maidel.

—Tú sabes a mí no me gustan las fiestas, paso mejor solo que acompañado.

—Pero mira tú. Si hubiéramos sabido antes nos hubiéramos puesto de acuerdo y te hubieras venido un par de días a pasar acá conmigo y estuviéramos ambos empijamados y acordándonos de todo un poco. Nos estuviéramos haciendo compañía.

Alfredo dejó pasar unos segundos sin respuesta, porque en el fondo de él lo había pensado tantas veces. Pero nunca se había atrevido a decirle nada a Maidel. No por miedo a que ella esté acompañada sino más bien a tropezarse otra vez frente a ella con esa mirada de hermano que ella solamente tenía para él.

—¿Alfredo, estás ahí?, ¿se cortó la llamada?

—No Maidel, aquí estoy.

—¿Qué pasó, te pusiste melancólico hermano?, ¿qué tal si nos hacemos compañía hasta que nos quedemos dormidos, te parece? Así pasamos juntos esta navidad.

Alfredo no tenía nada más que hacer, así que mientras Maidel hablaba sin parar de su trabajo y de algunos clientes, Alfredo se ponía cómodo en su casa. Tocaron muchos temas de sus vidas de antaño, del barrio Peñas. Se acordaron de Gloria y Eugenio, de los hermanos y de las primas. Se reían de historias pasadas y de las aventuras como exiliados que les había tocado pasar por estos lados del mundo cuando apenas comenzaban sus nuevas vidas en medio de otra cultura y otro idioma.

Entre risas y conversaciones sin fin les dio la media noche sin darse apenas cuenta, habían pasado conversando por teléfono horas sin parar, la comida se había enfriado en la mesa de Maidel y el vino se acababa de la manera más tenue.

—Maidel feliz navidad, es la media noche ya chica.

—Feliz navidad Alfredo. Me alegra tanto haber pasado esta noche contigo. Aunque sea por teléfono. Gracias por hacerme compañía.

—Igual para ti Maidel, no pude haber pedido por una navidad mejor que esta. Y no me agradezcas nada. Agradécele a la vida que nos tiene solos y olvidados en este país —sonríe Alfredo sarcásticamente y con la mano acalambrada de sostener con tanto gusto su teléfono por tantas horas.

—Ok Alfredo te acuerdas como Gloria nos hacía pedir un deseo cada navidad, nos hacía cerrar los ojos y respirar profundo y pensar en algo que quisiéramos mucho. Y ella nos decía que si pedíamos con fe, seguramente se nos daría. ¿Te acuerdas?

—Claro que me acuerdo Maidel.

—¿Te acuerdas qué pedías? Yo no me acuerdo, pero si se me hubiera cumplido como ella decía, seguro que si me acordaría —le sonrió nuevamente en el teléfono a Alfredo.

Alfredo otra vez dejó pasar unos minutos en silencio.

—¿Alfredo estas ahí, o te fuiste otra vez?

—Aquí estoy Maidel.

—¿Estás pidiendo tu deseo?

—Sí Maidel, pero quizá tu tengas razón y todo haya sido habladurías de mi madre y el asunto este de pedir deseos es una estupidez.

—Si Gloria te escuchara, te estaría halando las orejas —Sonrió Alfredo—sí seguramente

—Cerremos los ojos Alfredo, respira profundo y a la cuenta de tres, pedimos ambos nuestros deseos. ¿Te parece?

—Dale pues chica.

Maidel comienza a contar —1, 2 y 3...

Alfredo dice en voz alta «que algún día me ames Maidel, como yo a ti». Maidel se quedó de una pieza pensando que había entendido mal lo que Alfredo había pedido.

—Alfredo, el deseo era para pedirlo en nuestra mente nada más, no en voz alta.

Alfredo se sintió estúpido y entre la espada y la pared. A estas alturas del partido él y Maidel habían pasado la noche juntos hablando por teléfono y segundos atrás él le había confesado sin querer a Maidel el amor que siente por ella.

—Lo siento Maidel, si vez siempre salgo perdiendo. Discúlpame y olvídate de lo que dije, debe ser la nostalgia mezclada con el vino, pretende que no dije nada.

—Como voy a pretender que no dijiste nada. ¿Qué tú me amas Alfredo? ¿Qué dices? ¿Me amas como mujer, como hermana? No entiendo.

Así que a Alfredo no le quedó otra alternativa que confesarle a Maidel sus sentimientos reprimidos todos estos años. Habló por casi una hora en un monólogo infinito, Maidel solo lo escuchaba sentada al borde de su piscina, como para remojarse las sorpresas.

Alfredo no omitió detalle alguno, la vida le estaba dando la oportunidad que se sincere con su hermana prestada y se lo contó todo, desde el día que ella llegó aterrada con los ojos llenos de lágrimas y penas a su casa del barrio Peñas, hasta el día que la vio con Sergio Rivas y como los celos se lo llevaban en peso. Luego cuando se le iba la vida aquella mañana que ella se embarcaba en el puerto de Mariel y cada momento que él quería verla para decirle cuanto la amaba, pero ella siempre estaba acompañada. Ya casi sin saliva, pero con el corazón alivianado por el descargue de tanta carga pesada llevada por décadas calló, esperando que Maidel contestara algo, pero solo había silencio al otro lado del teléfono.

—¿Maidel, estás ahí? ¿Se cortó la llamada?

—No Alfredo, estoy aquí. Discúlpame, es que no sé qué decir....

—No tienes que decir nada Maidel, yo sé que tú me ves solamente como un hermano y me conformo con eso. Tú sabes ya se me pasará. —le dice Alfredo con ganas de animarla.

—Alfredo todos estos años, me hubieras dicho algo.

—Nunca era el momento indicado Maidel, y obviamente este tampoco era. Me siento como un estúpido. Olvidemos esta conversación por favor.

—Olvidarla, como vamos a olvidarla. Alfredo yo te amo tanto también, pero....

—No quiero "peros" Maidel, han sido muchos años de "peros". Dejémoslo así te parece.

La mañana siguiente Maidel despertó con los rayos de sol quemándole la cara, todavía estaba en una de las sillas del patio de su casa con la mala noche y las noticias de amores escondidos atragantándosele en la garganta. Se tomó un baño, mientras pensaba en todo lo que Alfredo le había confesado la noche anterior. Luego con veinte mil pensamientos que le daban vuelta sin parar en su cabeza, se preparó un café cubano, se puso unos jeans y salió en su carro sin rumbo fijo.

Por su lado Alfredo después de la conversación llena de confesiones a destiempo que tuvo la noche del 24 con Maidel, decidió acabarse la segunda botella de vino que había abierto esa noche. Abrió los ojos el 25 con una resaca que le partía la cabeza en dos, y con la punzada en el corazón de haber cometido tan terrible error de haberle confesado a Maidel sus sentimientos.

Pensó que por algo pasan las cosas en la vida, y que el hecho de que tantas veces él quiso decírselo a Maidel, pero siempre algo se lo impedía, tenía que haberlo visto el cómo un mensaje de que confesarle a su hermana de la vida el amor que sentía por ella, era definitivamente un error garrafal.

Se metió en la bañera y dejó rodar el agua fría sobre su cabeza por minutos interminables, sentía náuseas y el cuerpo le temblaba, más por el error cometido que por la resaca que se mandaba después de la noche de confesiones y copas de vinos de más.

Se puso unos jeans encima y se sirvió una taza de café cubano super cargado, mientras se veía en el reflejo de la ventana de su sala. Y pensó que probablemente esa era la última vez que escuchara de Maidel. Sin duda después de esa conversación de la noche anterior, su hermana prestada, la misma que había amado toda la vida, nunca más iba a querer verlo.

Se tomó un par de aspirinas que las pasó con una segunda taza de café mientras le quemaba el estómago, se daba contra las paredes por lo idiota que había sido, pensaba en mil formas de llamar a Maidel nuevamente y ahora ya sobrios pedirle que lo perdone por tanta tontería y que dejen las cosas como antes, como siempre.

Esperó un par de horas para llamarla porque la bilis se le regresaba de cuando en cuando y la casa le daba vuelta a velocidades estruendosas, Alfredo quería estar seguro de que cuando hablara con Maidel estaría en sus cinco sentidos y de esa manera las cosas queden claras entre ellos.

Después de vomitar un par de veces, el alma le comenzó a regresar al cuerpo de Alfredo, se puso un suéter que encontró a mano porque ese día estaba frío en Orlando y con la mala noche, lo sentía más en los huesos.

Tocaron a la puerta un par de veces, dudó en contestar porque seguramente eran los muchachitos vecinos que venían a desearle feliz navidad y dejar unos chocolates como hacían todos los años. Pero Alfredo no estaba de humor. Comenzaron a tocar el timbre varias veces sin parar, así que puso su buena cara para evitar el chisme de su borrachera del día anterior y abrió la puerta. Era Maidel.

—Maidel, pero ¿qué haces aquí?

—¿Puedo pasar?

—Perdóname, sí por supuesto. Disculpa el desorden, pero estuve de mala noche —le dice a Maidel sarcásticamente como para romper el hielo con la tensión del momento.

—Alfredo, tuviste que haberme dicho lo que sentías por mí mucho antes, no sé porque esperaste tanto —le decía Maidel casi con lágrimas en los ojos.

—¿En qué hubiera cambiado las cosas Maidel?

—Nunca lo sabremos Alfredo —ella lo miró a los ojos, todavía rojos y cansados por la cruda de la noche anterior y acercándose a él, lo besó por unos segundos. Alfredo quiso devolverle el beso, después de todo había soñado con ese momento por décadas enteras. Pero la apartó de su cuerpo.

—¿Qué haces Maidel?

—Alfredo, he tenido tantos amores, he amado tanto y me han amado también. Pero, así como me enamoro, así me desamoro. He pensado mucho en tus palabras y yo te amo mucho también, y tú lo sabes.

—Si Maidel, lo sé. Como hermano.

—Bésame Alfredo, bésame como si me hubieras besado desde siempre.

Alfredo se acercó lentamente hacia Maidel, con algo de duda, pero con mucho amor. El corazón se le salía del pecho y sus ojos se entrelazaron con los de Maidel y se besaron por minutos sin fin.

—Alfredo, nadie me ha besado como tú. No pares por favor.

Alfredo y Maidel contrajeron nupcias seis meses después en la iglesia del Sagrado Corazón bajo la bendición del padre Antonio Solá en compañía de sus tíos, Oderay y su familia, Pam y demás amigos íntimos de la pareja. Cuando les dieron la noticia, a nadie le pareció raro, al contrario, era como si todos esperaban ansiosos la fecha de la ceremonia.

Alfredo se mudó a Coral Gables y abrió una sucursal de su negocio en la ciudad de Miami. Y desde aquel día del beso diferente que este par de exiliados cubanos se dieron, nunca se separaron. Eran ese puñado de Cuba que los hacía sentirse que estaban en su hogar y en su tierra a pesar de la distancia y los recuerdos. La familia en La Habana les envió bendiciones y felicidades, y estaban felices por ellos, aunque probablemente nunca más los verían.

Maidel y Alfredo trabajaban duro en sus empresas, seguía acumulando éxitos, pero ahora tenían el amor porque se tenían el uno al otro. Las cosas pasaron cuando tenían que pasar, antes no había sido el momento oportuno, porque ambos tenían que crecer y darse cuenta con experiencias vividas, lo valioso que eran el uno para el otro. No hubiera ocurrido de otra manera. A veces vale la pena esperar y hasta sufrir, solamente a veces.

Una tarde de jueves después de sus días ajetreados de trabajo, cenaron en su casa, y con una copa de vino tinto y sus pies en la piscina se vieron a los ojos enamorados y se besaron tiernamente.

—¿Tú crees que Gloria nos esté viendo de algún lado? —pregunta Maidel arrimada a su hombro y mirando a la noche estrellada que los iluminaba.

—De seguro que sí mi amor —le dijo Alfredo besándole el cabello mientras elevaba su mirada al cielo, en busca de alguna señal de su madre.

Una luz intensa parecía caer del cielo como en cámara lenta, ambos dejaron escapar un par de lágrimas, porque sintieron que Gloria les daba su bendición desde el más allá.

—Si ves, la viejita sí que tenía la razón. Siempre que pidas tu deseo de navidad con fe, se te dará —sonrió Maidel.

Ambos se miraron y se besaron suavemente en compañía de la luna y del amor que finalmente les hacía compañía.

FIN